T0204073

MALAS

Papel certificado por el Forest Stewardship Council®

MIXTO
Papel procedente de
fuentes responsables
FSC® C117695

Penguin
Random House
Grupo Editorial

Primera edición: septiembre de 2020
Tercera reimpresión: marzo de 2022
De este título se han hecho un total de 10 ediciones

Printed in Spain – Impreso en España

ISBN: 978-84-666-6760-9
Depósito legal: B-6.454-2020

Compuesto en Comptex & Ass., S. L.

Impreso en Rodesa
Villatuerta (Navarra)

BS 6 7 6 0 A

MALAS

Noemí Casquet

Estas son las canciones que escucharon Alicia,
Diana y Emily. Adéntrate en este viaje con ellas.

Para mi abuela, por todo lo vivido.
Te quiero

I

Dinero

Próximo destino: Ibiza.

El mar. El calor. La magia de la isla. Las ganas de viajar. Hace tiempo que me escapé de la brisa y me vine a la aridez. Madrid. Los días que pasan. Tú que ya no estás, yo que me siento viva. Y Diana que no para de bailar.

Es curioso cómo podemos cambiar el destino, el rumbo, la historia. Cómo de pronto reaccionamos y nos convertimos en las narradoras de nuestro propio cuento; uno cuyo final ya está escrito, pero cuyo nudo depende de una. Por lo tanto, enredémonos, deshagámonos, equivoquémonos y volvamos a empezar. Vivamos lo que queramos. Y que se joda el mundo.

—No me lo puedo creer. ¡Nos vamos a Ibiza!

Es 18 de mayo, un lunes extraño. Ella está en casa. Falta un mes para el festival. Debo trabajar día y noche en los proyectos editoriales que se acumulan en la bandeja de mi *e-mail* para ganar algo de dinero y así poder sobrevivir en Ibiza.

Emily escribe un mensaje al grupo. Ha encontrado vuelos baratos. «Son 87 € ida y vuelta. ¿Los pillamos ya?» Por mí sí. La entrada al festival son 190 € y es muy probable que me compre también algún bikini o modelito para lucir esos días de verano que se aproximan. Voy a terminar con mis ahorros. Mierda.

«¿Compramos las entradas ya?», insiste Emily. «Se están agotando.» Cierto. A por ello. Entro en la página web, compro mi entrada. Emily, en la distancia, hace lo mismo. Diana está concentrada mirando su móvil. Suspira. ¿Va todo bien?

—¿Diana? ¿Estás pillando la entrada?

—No. No voy a poder ir.

—¿Por?

—No tengo dinero, tía.

—¿Cómo?

—No puedo acceder a mi cuenta de ahorros. «Permiso denegado», pone. Y en la tarjeta solo tengo doscientos euros.

Parece que los padres de Diana han madrugado para desautorizarla de sus cuentas bancarias. No me sorprende.

—Sabíamos que podía pasar.

—Ya, pero... ¿qué coño hago? ¿Cómo consigo el dinero?

—Encontraremos la fórmula.

—Tengo doscientos euros para sobrevivir, ¡joder!

Su grito me deja muda. No es una situación fácil, lo comprendo. Le escribo a Emily por privado. «¿Le compramos la entrada entre las dos? Cuando tenga dinero, ya haremos cuentas. No podemos ir sin ella.»

Ingreso de nuevo en la página del festival. Añado a la cesta otra entrada. Introduzco el número de mi tarjeta de crédito. Pago.

Escucho a Diana cagarse en su familia. Corto rápido su balbuceo y su energía.

—Ey, amiga. Emily y yo te hemos comprado la entrada.

—¿Que habéis hecho qué?

—Sí. Es un préstamo. Cuando puedas, más adelante, nos lo devuelves y listo. No podíamos ir sin ti.

—Pero, tía... No sé cómo voy a conseguir el dinero y menos si nos vamos a Ibiza. Encontrar curro teniendo ese compromiso será difícil.

—Tranquila, sin prisas. Son muchos cambios, Diana. Acéptalos poco a poco. Adáptate primero a la nueva rutina y luego ya buscarás un trabajo. Seguro que hay oportunidades en verano.

—Dios, tía.

Me abraza y llora. ¿Felicidad o desahogo? ¿En qué se diferencian?

—Gracias.

—Nada, amiga. Para eso estamos.

Se mete en la ducha. Yo vuelvo a coger el móvil. Tengo un mensaje de Ricardo: quiere que nos veamos por la tarde. Le cuento la situación con Diana y lo invito a casa. Unos vinos nos sentarán bien.

Recojo los restos del desayuno y me pongo a trabajar. Diana se pasea por su nuevo hogar, el nuestro, en plural. Coge mis llaves, va a hacerse una copia. «Ahora vuelvo.»

Me sumerjo en las palabras, en los capítulos y en los pseudoconsejos del actual proyecto editorial que me da de comer. Leo un *e-mail* de Carolina. Ya ha leído su manuscrito y está encantada. «Eres la mejor.»

Me ducho y sigo escribiendo. Voy a necesitar organizarme bien y dedicarle tiempo al trabajo. Se acabaron las fiestas este mes. Pienso en cuánto dinero queda en mi cuenta bancaria después de comprar las entradas. Agobio, ansiedad. Un cuento de terror *millennial*.

Confía. No queda otra.

Vuelve Diana.

—Hoy haré yo la comida.

Asiento sin mirarla. Lo siento, sigo ensimismada.

Huele rico. Un arroz con verduras y pollo. «Es un plato que cocina mi padre.» Comemos en la mesa de centro, arqueando la espalda. Me duelen los riñones. Vemos las noticias, nos reímos con las bobadas del programa de la tarde. Me pongo a escribir otra vez.

Suena el interfono. Mierda, Ricardo. No me acordaba.

—¿Quién es? —pregunta Diana.

—Es Ricardo.

—¡Ah! Qué bien. Me encanta ese chico.

A mí también. Qué tendrá Ricardo que lo hace tan adorable y tan sexy a la vez. El equilibrio.

Abro la puerta. Estoy en pijama.

—Perdona mis pintas. Estaba currando y se me ha pasado el tiempo —me disculpo.

—Estás guapísima, Alicia. Me encanta tu uniforme laboral.

Llevo un pijama de Hello Kitty. ¿Puedo estar más ridícula?

—¡Ricardo! Cuánto tiempo —saluda Diana.

Se abrazan.

—¿Cómo estás? —pregunta Ricardo.

—En pleno cambio. Me he ido de casa de mis padres. ¿Te acuerdas de aquellas fotos tan increíbles que nos hicieron en la fiesta BDSM? Las encontraron en mi habitación.

—Espera, cuéntame.

Ambos se acomodan en el sofá. Abro la nevera, cojo el vino y sirvo tres copas. Los dejo charlar y acabo el capítulo que me queda pendiente.

—Ey, Alicia, como sigas trabajando y no nos controles, vamos a acabar borrachas perdidas —dice Ricardo.

—¡Eso! Le estoy contando mi vida entera. ¡Ven a rescatarlo!

Sonrío. Cojo mi copa vacía y me siento en el sillón. Los observo. Hace un par de meses ni tan siquiera sabía que existían; no conocía sus nombres, sus historias. Y aquí están, en el sofá de mi casa de Madrid, compartiendo risas, vinos y penas. Un sentimiento de agradecimiento profundo me invade. La felicidad de ser, al fin, la narradora.

—Diana, no entiendo por qué estás tan triste. Por lo que me has contado de tus padres, tu repentina mudanza me parece algo muy positivo. ¿Qué pasa entonces? —pregunta Ricardo.

—El dinero, eso pasa. Mis padres me han desautorizado de mi cuenta de ahorros. Solo tengo doscientos euros en mi tarjeta y si quiero ir a Ibiza no puedo buscar un curro. Solo tengo un mes de margen. Es imposible.

—¿Quieres ganar dinero rápido? Vende tus bragas.

Me atraganto con el vino. Toso fuerte.

—¿Cómo? —balbuceo.

En serio, me ahogo.

—¿Y esas caras de sorpresa? Me habéis escuchado bien: vende tus bragas por internet.

—Pero, a ver, ¿cómo que venda mis bragas?

—Tus bragas usadas, claro.

—¡¿Qué?! —grita Diana.

—Relax, chicas. Os veo muy alteradas. —Ricardo se ríe.

Coño, como para no estarlo.

—Existe una comunidad de fetichistas y coleccionistas de bragas usadas. Hay páginas webs y foros exclusivos que ponen en contacto a personas que quieren vender o comprar ropa interior.

—Pero ¿todo tipo de ropa interior? —interrogo.

—Sí, claro. Y aunque lo que más se demanda son bragas usadas, también puedes encontrar calzoncillos, calcetines, sujetadores e incluso condones y juguetes eróticos.

—Cuéntame más. ¿Cómo funciona eso? —dice Diana.

Me sorprendo al ver su interés. ¿En serio está pensando en vender sus bragas usadas por internet?

Alicia, y por qué no.

—Mira, esta web es la más famosa.

Ricardo nos enseña una página en su móvil. El nombre ya da una ligera pista sobre la temática: «Bragas Sucias». Aclarado.

—Aquí, chicas y chicos anónimos suben fotografías con la ropa interior puesta. El comprador o compradora puede indicar el nivel de suciedad que desea: un día de uso o más, con manchas de menstruación o incluso... con caca.

—¿Qué dices? —Me río.

—Claro, es otro fetiche. Alicia, recuerda, sin juzgar.

—Sin juzgar, sin juzgar.

—¿Cincuenta euros por unas putas bragas? —exclama Diana.

—¡Y más! Depende del caché que tengas en la web.

—¿Y eso cómo se consigue?

—Creando una buena historia, un buen personaje. Fotos sensuales, una gran colección de bragas diferentes...

—Eso es fácil si tienes un cuerpo sexy, pero mírame.

—¿Qué?

—Soy gorda y encima negra.

No sé cómo reaccionar a la contestación de Diana. Sigo pensando en cómo hacerle ver que lo más bonito que tiene es justo lo que más odia.

—Diana, estás buenísima. Tienes unas tetas increíbles, un culo de infarto y una piel radiante.

—¿Has visto esta barriga? ¿Cómo voy a subir fotos con esta barriga?

—¿Te has visto en el espejo? Barriga tenemos todos, coño. Tienes una belleza única e impactante. No eres como las demás. Eres tú, con tus raíces y tus formas. Créeme, lejos de no gustar, eso es algo que atrae, mucho. Lástima que no seas consciente de ello.

En ese momento me follaría a Ricardo por sus palabras.

—Joder, Ricardo. Gracias.

—No me las des. Quiérete de una vez. No puedes ir con la cabeza agachada y esa autoestima de mierda, porque entonces nadie te verá atractiva. Lo más sexy de una persona es su actitud. Una buena actitud hace que el físico sea seductor. Mírame a mí. No soy un chico guapo. Me acompleja mi sonrisa, por ejemplo. Pero ¿piensas que eso me importa? ¿Que ligo menos por ello? ¡Para nada!

—Si estás buenísimo, Ricardo, qué nos estás contando —interrumpo.

Nos reímos. Acabamos el vino. Abro otra botella. Diana se queda callada. Respira hondo. Nos mira. Esos ojos negros se vuelven traviesos. Ay...

—¿Sería muy loco si os digo que la idea de vender mis bragas por internet me seduce?

—Para nada —responde Ricardo.

Sí, es un poco loco, no nos engañemos, pero te apoyaré en todo, Diana. Es tu decisión.

—¿Abusaría si os pido que me ayudéis a crear el perfil? Nos bebemos la botella de vino y dejamos que fluya la creatividad por nuestras venas.

—Estoy dentro —dice Ricardo.

—Yo también.

Adquirimos cierta velocidad bebiendo. Una copa, otra y otra. La botella vacía presencia la insólita situación. Somos tres personas —un tanto borrachas— inventando una historia erótica para conseguir vender bragas por internet.

—Alicia, la escritora eres tú —sugiere Diana.

—¿Eso qué significa?

—¿Puedes escribir mi perfil?

¿Esto va en serio?

Me levanto. Me acomodo delante del portátil y abro la página web. «Registrarse.»

—¿Qué nombre te pongo? —pregunto.

—¿Diana?

—No, tía. Tiene que ser un pseudónimo.

Ella, la experta.

—¿AlmaNegra? ¿Qué os parece? —propone Diana.

—A mí me encanta. ¡Y está disponible! —añado.

Seguimos rellenando datos. La descripción es lo que más nos cuesta. Al final, damos con las palabras perfectas:

AlmaNegra, artista, veinticuatro años, rebelde sin causa. Me excita vender mis bragas usadas por internet y masturbarme pensando en las personas que las olerán y orgasmarán con ellas. De algún modo, compartimos esos encuentros, a pesar de la linealidad temporal. Es como si conectáramos a través de los fluidos, los olores y la esencia más animal. Aquí tienes la mía, ¿quieres viajar con ella?

—¡Me encanta! Te compro veinte bragas —exclama Ricardo.

—Me alegro, pero falta la materia prima —puntualizo.

—¿Hacemos las fotos?

Diana asiente. Se acerca a su armario, saca todas las bragas que tiene y las esturrea encima de la cama. Elegimos unas de encaje, otras viejas de algodón con el dibujo de un osito y un tanga blanco.

Cojo el móvil mientras Diana se cambia, delante de nosotros. Es la primera vez que lo hace. Será la confianza. O el empoderamiento. Ojalá sea esto último. Por favor, que sea esto último.

Ricardo da las instrucciones, Diana las acata. Yo intento encuadrar lo mejor que sé. Salen unas fotos espectaculares. Pienso en Diego y en las veces que posé para él. Dónde quedaron.

Subimos las fotos al perfil. Añadimos un pequeño relato erótico en cada una de ellas.

—Menos mal que la web no tiene detector de mentiras. —Diana se ríe.

¿Precio? Cincuenta euros cada una. La web se lleva una pequeña comisión por gestionar las ventas; es lógico.

—¿Ya está?

—Sí, ahora toca esperar. Mañana me cuentas —dice Ricardo.

De repente, miramos a nuestro alrededor. Estamos a oscuras. Enciendo algunas luces cálidas.

—Chicas, me voy a ir.

—¡Oh, no! ¿Ya?

—Sí, son las once de la noche.

—¿Cenamos juntas? —pregunto.

—No, tranquilas. Pillaré algo por el camino.

Nos abrazamos. Un apapacho largo. El olor de Ricardo es una fiesta para mis fosas nasales. Me pone tan cachonda...

Cierro la puerta.

—Es un amor este chico —dice Diana.

—Y que lo digas. Un regalo del universo. Igual que vosotras.

Otro abrazo.

—Gracias por todo, Alicia. No sé cómo agradecerte esto.

—Ya lo haces, amiga. Estás aquí, conmigo. Me apoyas, confías, me haces reír, me escuchas cuando lloro, soportas mis rayadas mentales. Y estás loca de cojones. ¿Qué más puedo pedir?

—Nada, porque quererte también te quiero. Con toda mi alma.

Sonrío. Una notificación interrumpe el momento.

—¿Qué ha sido eso? —pregunto.

—Viene de tu portátil.

«¡Enhorabuena, AlmaNegra! Drako_497 ha comprado uno de tus productos. Sigue las instrucciones para proceder al envío.»

—¡Tía, has vendido tus primeras bragas!

—No me jodas, ¿en serio?

—Te lo juro.

—¿Y qué dice?

—Quiere que te las pongas un par de días y que te masturbes con ellas.

Estallamos en carcajadas. Qué locura.

Diana se tira encima de la cama. Entierra la cabeza entre sus bragas. La acompaño. Nos tiramos los tangas como si fuesen tirachinas. Al momento, el cansancio nos obliga a reposar nuestro cuerpo y a tomar aire.

—Te dije que encontraríamos la fórmula —le digo.

—Sí, aunque esto es un parche. Quiero apostar por lo que de verdad me apasiona.

—¿Y es?

Sé lo que es, pero quiero escucharlo de su boca.

—El arte. Ese es mi camino.

Un pequeño pellizco interno. Una paz infinita.

Diana, eres tuya. Por fin estás viendo el universo que hay en ti, ese que yo tanto admiro. El mismo que te hace aullar por las noches. El fuego que prende tu alma. La magia que emana de tus ojos negros. Lo hipnóticos que resultan tus ángulos.

Empieza a narrar tu historia, que yo estoy aquí.

Y te escucho, loba.

Que cada noche sea luna llena.

II

Abróchense los cinturones

Hace varias semanas que no salgo. No bebo. No me drogo. No follo. No me masturbo. No me maquillo. Ni tan siquiera me peino. Hace varias semanas que mi vida se reduce a escribir, comer, escribir, cenar, escribir y dormir.

He aceptado varios proyectos literarios que debo entregar antes de que nos vayamos a Ibiza, lo que se traduce en descansar poco, trabajar demasiado e intentar ahorrar para el viaje. Quién sabe lo que nos deparará la isla.

El calor gobierna las calles de Madrid. Es junio. Atrás quedaron las chaquetas. Hay días en los que salgo a comprar *noodles* en tirantes. El verano ya se respira y se me acelera el pulso. Quiero viajar, largarme con ellas a otro lugar. Por suerte, solo faltan un par de días para que eso ocurra.

Diana ya es toda una profesional en la venta de bragas usadas. Domina el arte de hacerse fotos, ensuciar ropa interior e ir a Correos a hacer envíos. No es el trabajo de sus sueños, pero podrá pagarse las vacaciones en Ibiza. Nos devolvió el dinero cuando vendió su Satisfyer. Sus padres siguen sin dar señales de vida y ella se aleja cada vez más. Ahora todo le parece un recuerdo que no sabe muy bien si le pertenece.

Llevamos varias semanas conviviendo y la rutina se ha

establecido. Ella se encarga de hacer la comida y de mantener la casa en condiciones. Yo no tengo tiempo ni para respirar.

Dos días. Quedan dos días para subirnos a ese avión y largarnos a Ibiza. Joder, qué ganas.

Comemos rápido. Reviso el libro y presento el manuscrito. Por la tarde he quedado con las chicas para ir a comprar modelitos zorriles para las vacaciones.

—Alicia, ¿estás lista? —pregunta Diana.

Leo la última frase. Redacto el *e mail*. Enviar.

Respiro. Se acabó.

—¡He terminado! —grito.

Diana me abraza. Entro en la ducha después de tres días sin tocar el agua.

—¡Menos mal, Alicia! Ya era hora.

Siento cómo resbalan las gotas por mi piel. Conecto con el viaje. Ya ha empezado. Es el momento. Nos vamos a Ibiza a un festival lésbico. ¿Cumpliré allí mi fantasía? ¿Conoceré a alguna chica? ¿Seré capaz de comerme un coño? ¿Y si no me gusta el sabor? ¿Qué nos deparará esta aventura? ¿Con quién nos encontraremos?

El corazón se me acelera. Tengo ganas de gritar, de saltar, de comerme el mundo.

Diana se queja. «¡Vámonos ya!»

—¡Voy, voy!

Me dejo el pelo mojado. Máscara de pestañas. Tapo las ojeras que me acompañan desde hace un mes. Me pongo unos tejanos, una camiseta de manga corta y nos vamos. Llegamos tarde.

Emily nos está esperando en Tribunal. Salimos del metro. La veo, está sentada.

—¡Zorra! —gritamos.

Ella fuerza una sonrisa.

—¿Estás bien? —pregunto.

—Me han echado del curro, tías.

—¿Y eso no son buenas noticias?

—Sí, debería estar contenta. Odiaba ese trabajo.

—¿Qué ha pasado?

—Reducción de personal.

—¿En verano?

—No sé. Me agobia el dinero. Tengo ahorros, pero...

—No te preocupes. Encontraremos la fórmula —dice Diana, guiñándome un ojo.

Sonrío. Abrazamos fuerte a Emily.

—Mira el lado positivo. ¡Podrás quedarte más tiempo en Ibiza!

—¿Qué vais a hacer vosotras? ¿Cuánto tiempo os queréis quedar?

—No lo hemos hablado. Creo que lo ideal sería dejarnos llevar. Ver cómo fluye —contesto.

Asienten. Nos cogemos de las manos, estamos emocionadas. Nuestro primer viaje juntas. El primero de muchos, espero.

—Nos preocupa el dinero, pero vamos a dejarnos un montón de pasta comprando modelitos para el viaje. No tenemos remedio —dice Emily.

Pasamos la tarde recorriendo las tiendas de Fuencarral, Gran Vía y Malasaña. Nos tomamos unas cañas para cerrar la jornada y nos despedimos. La próxima vez que nos veamos será en el aeropuerto.

Diana y yo dedicamos el martes a organizar nuestras maletas. No sé qué coño ponerme ni cuánta ropa llevar. No tengo ni idea del tiempo que me dejaré atrapar por la isla.

Bebemos vino. Sacamos la ropa del armario. Decidimos si ese vestido merece la pena o no. Bailamos al son de una salsa. Pasamos el día sin salir de esas cuatro paredes.

Nos metemos en la cama pronto. Mañana madrugamos. A las 7.20 sale nuestro avión. Intento cerrar los ojos, no puedo dormir. Estoy ansiosa, deseosa. Tengo tantas ganas que me duele lo despacio que pasa el tiempo. Quiero estar allí. Quiero salir de aquí.

Al final consigo descansar unas horas. Suena el despertador. Salimos corriendo.

—¡Qué emoción! ¡Nos vamos a Ibiza! —grita Diana.

Último vistazo a mi hogar. Reviso si llevo la cartera, el móvil y las llaves. Hago un repaso mental de mi maleta. Cierro la puerta. No paro de sonreír.

Pillamos un taxi. «Al aeropuerto.» Diana me coge de la mano. ¿Llevo chanclas?

Momento de crisis.

Sí, sí que las llevo. ¿Y el maquillaje? ¿He cogido la purpurina?

—Mierda, tía. Me he dejado el *glitter* en casa, joder.

—No te preocupes, Alicia. Compraremos en el aeropuerto.

Bajamos del taxi. Vemos a Emily. Gritamos, saltamos, nos abrazamos.

—¡Que nos vamos, zorraaas!

Es el momento del protocolo aeroportuario que tanto odio. *Check in.* Control de seguridad. Quítate. Ponte. Todo correcto. Emily lleva un bote de champú en seco. «Esto no puede pasar. Es aerosol.»

Se quedan mirando a Diana cuando escanean su maleta. Lleva un par de vibradores.

—¿Nueva adquisición? —le pregunta Emily.

—Sí. Los uso y luego los vendo.

Las personas de seguridad nos miran un tanto perplejas. Sonreímos.

Nos dirigimos a nuestra puerta de embarque. Por el camino entramos en una tienda de bisutería y maquillaje. Compramos purpurina, pegatinas y tatuajes faciales. «Un festival no es un festival sin estas mierdas», comenta Emily. Cuánta razón.

Embarcamos las últimas. Guardamos las maletas en los únicos huecos que quedan disponibles, cinco filas atrás. Cada una se sienta en un lugar distinto, vuelo *low cost*. Más protocolos, esta vez de seguridad. Miro por la ventana. Me abrocho el cinturón. Se encienden los motores. El avión despega. Aprieto mis manos con fuerza. El corazón se me encoge. Nos elevamos. Me pongo cómoda. Poco más de una hora de vuelo. Adiós, hogar. Hola, incertidumbre.

Poco después ya puedo ver la isla a lo lejos. Sus playas cristalinas, el mar que la rodea. Me duelen las mejillas de tanto sonreír.

Entrelazo de nuevo las manos y cierro los ojos. Aterrizamos. Estoy viva, respiro aliviada.

Dejamos que la gente salga del avión, no tenemos prisa. Cojo mi maleta. Me dejo la espalda, pesa demasiado.

Al salir, la humedad nos impacta en la cara. Y ahora ¿qué?

Hay un hombre con un cartel. «Lesbest bus.» Preguntamos por los horarios. Sale dentro de una hora. Nos da tiempo a tomar un café. Charlamos entusiasmadas. Perreamos sin música. Nos mimamos sin excusas. La brisa mueve las hojas de las palmeras que decoran la puerta principal del aeropuerto. Pienso en aquella mancha en el techo.

Es la hora. Subimos al bus con varias mujeres de diversas edades. ¿Me liaré con alguna? Nos sentamos al final. Miro por la ventana. Carteles de DJ conocidos, discotecas, fiesta, movimiento. El sol me ciega. Las casas blancas, las carreteras con baches. En la radio, suena Carlos Sadness.

Días que vuelan,
noches en vela.
Sueños que olvidarás
cuando amanezca.
Voy a colarme aunque cierres la puerta.
Hoy te has dejado las llaves puestas.

Las tres cantamos a la vez.

Naaa, na na na na naaa. Nanaaa.
Na na na na naaa. Nanaaa,
na na naaa.

Joder.

Hoy es el día.

III

¿Esto es el paraíso?

Llegamos. Es aquí, este es el lugar. Nos bajamos del bus y cogemos nuestras maletas. Nos quedamos perplejas. Un hotel enorme se presenta ante nosotras: muchas palmeras, una entrada gigantesca y un cartel que nos da la bienvenida en varios idiomas.

—¡Esto es inmenso! —exclama Emily.

Subimos por una pequeña rampa hasta la recepción. Hay una larga cola de mujeres esperando a ser atendidas. Escucho algunas palabras en inglés. Italiano. Francés. Alemán. ¿Holandés?

Nos impacientamos. Una hora después nos atienden.

—*English?* —pregunta la recepcionista.

—No, español.

—Perdonad por la espera, chicas. Habéis llegado todas a la vez y somos pocos. ¿Me decís vuestros nombres?

Le damos nuestros datos. Sigo mirando a mi alrededor. ¿Será con ella? ¿O tal vez con ella? ¿Y si no pasa con ninguna? ¿De verdad soy bisexual?

—Perdona. ¿Hola?

Emily me da un codazo.

—Ay, joder. Estoy desconectada.

—¿Dónde estás, tía? —dice Emily.

Planteándome mi orientación sexual.

—Tenéis una habitación triple. Una cama de matrimonio y una supletoria individual. Balcón con vistas a la playa y baño privado.

—Qué lujo.

—Esta es vuestra llave y aquí tenéis el programa del festival y un detallito. Bienvenidas al Lesbest Festival. Que lo paséis genial.

—Muchas gracias.

Abrimos el regalo. Monodosis de lubricantes y de estimuladores de clítoris.

—Vale, amigas. Aquí se viene a follar —dice Emily.

—¿Acaso teníais alguna duda? —Diana se ríe.

Subimos a la cuarta planta. Habitación 406. Entramos. A la izquierda, un baño enorme; de frente, un pequeño escritorio y las camas. Corro las cortinas y...

—¡Madre mía! Qué vistas.

El hotel está ubicado enfrente de Es Canar, una de las calas más bonitas de la isla. El agua es turquesa; la arena, blanca. Estamos rodeadas de pinos y piedra. No puedo creer lo que ven mis ojos.

Nos hacemos nuestro primer selfi.

Luego, Diana analiza la programación.

—Hay yoga por las mañanas y otras actividades durante el día. Y DJ set de día y de noche. También podemos hacer alguna excursión a Ibiza, aunque eso no está incluido.

—Pasando, ¿no? Ya tendremos tiempo. Disfrutemos del festival, de la piscina y de la playa —sugiere Emily.

—¡Estoy de acuerdo!

Abrimos las maletas, nos ponemos los bañadores y nos vamos directas a la piscina. Son las doce del mediodía.

El hotel es increíble. Un jardín rodea la zona de baño, en la que hay camas balinesas con cortinas blancas y hamacas. Chicas en *topless*, una DJ pinchando música *chill out*, ni una nube en el firmamento. El sol que me quema la piel en este 10 de junio.

—¡Dios! ¡No me lo creo! —grita Emily.

Nos abrazamos las tres y saltamos. No sé cuántas veces lo hemos hecho en lo que va de día. Parece un ritual. Nos acercamos a una larga barra que hay frente a la piscina, donde un camarero acude a atendernos.

—¿Qué podemos pedir? —pregunta Diana.

—No sé si os han explicado cómo funciona. Tenéis barra libre de bebida y de *snacks* desde las diez de la mañana hasta las doce de la noche. Los *snacks* incluyen patatas fritas, perritos, hamburguesas y frutos secos. Y para beber, refrescos, agua, cerveza, vino, cócteles y copas —nos informa.

Adiós a mi hígado.

—¿Tres piñas coladas? —sugiero.

—¡Sí!

Nos tomamos los cócteles en una cama balinesa mientras observamos el panorama. El ambiente está muy animado. No me quiero ni imaginar cómo será por la noche.

—¿Habéis visto alguna tía que os haya llamado la atención? —pregunta Emily.

Analizo mi entorno. Es difícil describir la variedad de estilos, edades, pieles y formas que hay en ese espacio tan reducido. Una mujer de cuarenta años, pelo corto, *piercing* en mitad del labio y camiseta de tirantes; una chica de veintipocos, con taconazos, kimono transparente, pendientes gigantescos y gafas de sol. Y yo, con mi bikini negro de cintura alta, mis gafas estilo *cat eye* y mi piel pálida a punto de quemarse. Aprovecho y me pongo crema solar.

—Hay mucha diversidad —comenta Diana.

—Mazo.

Mi primer «mazo» después de tres meses en Madrid.

—¿Habéis visto a esas tías de ahí? —señala Emily.

Un grupo de chicas jóvenes se hacen fotos mientras bailan. Tienen unos cuerpazos de infarto. Una de ellas me llama especialmente la atención. Lleva el pelo corto con mucho estilo, caderas anchas y pecho pequeño. Algunos tatuajes salpican su piel.

—Están buenas, ¿no? —dice Diana.

—Están buenísimas, amiga —asiento.

—Me encanta la de rojo —añade Emily.

Pienso en la logística de acostarnos con alguien durante el festival.

—Chicas, ¿qué pasa si ligamos y queremos follar? —pregunto.

—¿Qué problema hay? ¡Ojalá!

—Sí, ojalá. Pero estamos las tres en una habitación. ¿Cómo lo hacemos? —insisto.

—Vaya, Alicia, vas a tope. ¿Quieres liarte con alguna ya? Mira que me pongo celosa, eh —suelta Diana.

—Tú sabes que eres la más especial —digo.

—Ya, eso se lo dices a todas.

Nos reímos. Emily se queda pensando.

—¿Y si ponemos un calcetín? —pregunta Emily.

—¿Para qué?

—Para avisar de que vamos a follar. ¡¿De qué estamos hablando?! Dejad de zorrear entre vosotras y hacedme un poco de caso.

—¡Anda, Emily! No seas tonta. El calcetín, venga. Cuéntanos.

—Vamos informando de nuestras intenciones y en caso de que vayamos a follar en la habitación, ponemos un calcetín en el pomo de la puerta. Aunque lo ideal sería hacerlo en otro sitio, pero si no hay opción... ¿Os parece bien?

Asentimos con la cabeza.

Pasan un par de horas. Llevamos ya varias piñas coladas. Yo estoy un poco borracha y parece que así seguiré los próximos cinco días.

Nos llaman para ir a comer. Entramos en el comedor, también enorme. ¿Cuántas mujeres hay? ¿Doscientas? ¿Trescientas? Bufet libre, lo que faltaba.

—Menudo detox vamos a tener que hacer después de esto, tías —apunta Emily.

Y que lo digas.

Como sin control.

Al acabar, volvemos a la piscina. Me tumbo en una hamaca y me quedo dormida. Escucho a Emily roncar a mi lado.

Me despierto de repente. Son las siete. Pero ¿qué coño? Ellas están bebiendo vino y bailando descalzas. Intento volver a la realidad.

Estoy en Ibiza. Miro el mar. ¿Hace cuánto que no te veía? Con lo que te llegué a odiar y aquí estoy, contenta por verte danzar de nuevo. Me hipnotiza el oleaje. El sol está cayendo, pero todavía hay gente en la playa. Me giro. Veo a muchísimas mujeres bebiendo, sonriendo y mostrándose tal y como son. Sin miedos. Sin barreras. Sin imposiciones. Con total libertad. ¿Serán todas lesbianas o bisexuales? Eso facilitaría el trabajo. Creo. Espero.

Diana me saluda desde la distancia. Perrea la pierna de Emily. ¿Están borrachas? Voy a por una copa de vino y me uno a ellas.

—Tía, menudo *tecnazo* está pinchando la DJ —me dice Emily.

—¿Estáis pedo ya?

—Te sacamos varias horas de ventaja. Menuda siesta te has pegado. Pensábamos que estabas muerta.

—Cabronas.

Bailamos un rato más y nos acabamos la copa.

Subimos a la habitación y nos peleamos por la ducha. Me seco el pelo.

—¿Nos maquillamos después? En el programa pone que se cena a las ocho. Y ya son las ocho y media.

—Perfecto.

Cenamos. Bufet libre. Intento comer sano, una ensaladita. Veo un trozo de pizza. Joder. De vuelta a la habitación: es hora de transformarnos. Nuestra primera noche en ese festival tan especial. Me pongo unos tejanos negros y un top con la espalda al descubierto. Labios rojos. Tacones.

—Oh, *baby*. Pero qué buena estás —me piropea Emily.

Diana va con su vestido rojo y su escotazo. Emily, con uno blanco ceñido.

—Es imposible no ser unas zorras, ¿eh? —les digo.

—Lo llevamos en la sangre.

Salimos al balcón y aullamos juntas a la luna llena. Diana me pregunta por el *glitter*. Nos llenamos la cara de purpurina y pegatinas.

—Parecemos diosas.

—Unas diosas malvadas y zorras. Seamos malas esta noche —añado.

—Seamos malas.

—¡Y acordaos del calcetín! —grita Emily.

Bajamos a la fiesta. Son las diez y media. Pedimos tres chupitos de tequila. Pienso en el yoga de la mañana siguiente. Suerte. Añadimos unos gin-tonics a la resaca.

Sigue la música en directo. Gente bailando. Olor a perfume. En una esquina se está desarrollando un *speed dating*. Busco a la chica del pelo corto. La veo.

—¿Queréis participar? —nos pregunta una chica. Parece holandesa.

—Emmm..., bueno. No teníamos pensado...

—¡Venga! Animaos. Es una buena forma de romper el hielo.

Aceptamos. Me giro y veo a Diana y a Emily salir corriendo, pero yo ya estoy sentada delante de una mujer con una sonrisa amplia y sincera. Se parece a mi madre. El encuentro no dura más de tres minutos. Coincido luego con una italiana, una estadounidense y varias holandesas. Son majas, las conversaciones son amenas, pero no siento nada. Mi atención sigue puesta en la chica del pelo corto. ¿Qué tendrá?

Última ronda. Retira la silla, se sienta enfrente. Pelo corto y moreno. Labios violeta. Sonrisa perfecta. Curiosos pendientes. Tiene un *piercing* en la nariz y algunos tatuajes en los brazos y en las manos. Lleva un top escotado atado al cuello y pitillos ajustados. Perfume. Una nueva obsesión.

Me pongo nerviosa. Sonrío como una gilipollas. Alicia, por lo que más quieras, no la cagues.

—Hola.

Me quedo muda. Es preciosa. Su pelo moreno está rapado por los laterales y tiene un flequillo largo moldeado en un tupé. Los ojos, grandes y expresivos. ¿Son verdes? Los pendientes largos combinan a la perfección con su cuello fino y su clavícula marcada.

—¿Hola?

Vuelve, Alicia. Vuelve.

—Ay, perdona.

—¿Estás bien?

—Sí, sí. Vaya, hablas español. Estaba haciendo un intensivo de inglés.

—¿Primera vez en el festival?

—Sí. ¿Tú también?

—Segunda. ¿Has venido sola?

—No, con dos amigas. ¿Y tú?

Menuda conversación estamos teniendo.

—Yo he venido sola. Conozco a gente del año pasado. Se hacen muchas amigas aquí. Amigas íntimas.

Sonríe con picardía. ¿Está ligando conmigo? Se toca el tupé. Me mira. Vale, está ligando conmigo. ¿Qué coño hago? Nunca he ligado con una chica. ¿Cómo actúo? ¿Qué digo?

—Ey, ¿estás bien?

—¿Yo? Ah, eh, sí. Sí, sí, estoy bien.

—¿A qué te dedicas?

Charlamos sobre nuestros trabajos. Ella es diseñadora de lencería, tiene su propia marca. Se me acelera el pulso, me sudan las manos. Suena el timbre. Se acabó el tiempo. Nos levantamos. Se me queda pillado el bolsillo del pantalón con la esquina de la silla. Soy patética.

—A todo esto, ¿cómo te llamas?

—Soy Sophie. ¿Y tú?

—Alicia.

Se le escapa una mueca. Me clava su mirada.

—Te veo en la fiesta, Alicia. Te raptaré para bailar una canción.

—Será un placer.

Nos damos dos besos. El segundo es más largo de lo normal. Huelo su perfume. Embriaga. Vuelvo con las chicas, no sin antes pedir otro gin-tonic. ¿Qué acaba de suceder? ¿Estoy mojada?

—¡Tía! ¿Qué tal ha ido? Cuéntanos.

Les explico el encuentro con Sophie. Gritan y saltan. «Es tu fantasía», dicen. A Emily se le cae una pegatina de la cara. Ahora sí, están borrachas.

—Esta es tu noche —balbucea Diana.

Me tiembla el pulso. ¿La primera noche? ¿Así?, ¿tan fácil?

—Ey, chicas. La gente se va a la discoteca. Son las once y poco y a las doce se acaba la barra libre. ¡Hay que beber! —dice Diana.

Entramos en una sala. Música electrónica. Una chica muy tatuada está ahora en los controles. Pedimos ¿diez? gin-tonics en la barra y los escondemos en una esquina, detrás de una columna. «Es nuestra vitamina para esta noche», comenta Emily.

La discoteca está llena. La busco. No sé si queriendo o sin querer. La encuentro. Me mira. Desvío mis ojos al suelo. Joder, ¿qué me pasa?

Unos tacones se paran delante de los míos. Alzo la cabeza.

—Hola, Alicia.

Y ahí está. Ella.

IV

Sophie

Las luces parpadean. El subidón de la canción. El entorno vibra, tiembla el suelo. La gente salta. Hay gotas de sudor en el aire. Emily está gritando, Diana enloquece. Y yo delante de esta mujer, de sus huesos, de sus carnes, de su atractivo cuerpo. Percibo su olor a pesar del ambiente cargado. Trago saliva. Me suda la frente. Suena Major Lazer, ese *beat* que te hace mover el culo sin querer. Es irresistible.

Sophie me clava la mirada. Yo lleno mis pulmones, sonrío. Dejo que el gin-tonic haga su efecto. Me quedo quieta, sin mediar palabra. Ella mueve sus caderas, da una vuelta sobre sí misma. Le miro el culo. ¿Se puede estar más buena? No lo creo. Sigo sin inmutarme. No sé qué coño hacer.

Intento acallar mi mente y escuchar a mi cuerpo. Qué quieres, dónde lo quieres y cómo. Dímelo. Apoyo mis manos en sus anchas caderas. Sus curvas son el eslabón perdido. Ella mece su pelvis a un lado y al otro, mis brazos siguen su movimiento. Dibujamos un círculo en el aire. Es invisible, pero nos aísla del resto.

Está sudando. Las gotas resbalan por su escote hasta su ombligo. Sus tetas, pequeñas, rebotan con cada movimiento. No disimulo, las miro. Subo por su cuello, sus ojos me están esperando. Me acerco un poco más, el perfume me llama. Me quiere, me atrapa. Tiene la piel salpicada de chispas diminutas que crean un efecto terciopelo.

Sophie pega sus caderas a las mías. Pelvis con pelvis, hipnotizadas por el ritmo. Pum, pum. Se vuelve lento. El espacio se hace eterno. No hay nadie. Solo sus ojos, su hechizo y ella. En nuestra intimidad se magnifican los movimientos. Plano detalle de su mirada. Ese iris me pide que entre, que investigue, que está bien hacerlo. Sus pendientes revolotean en el cosmos. Su cuello se estira, se le marcan los huesos. Cada pequeña sensación se eleva al cuadrado. Estoy extasiada por esta magnificencia.

La música se escucha a lo lejos. Ella pega su nariz contra la mía. Seguimos bailando al mismo compás, ese que nos inventamos en nuestro propio ecosistema. A nuestro ritmo, que dista de la cadencia de la canción. La melodía choca contra las cuatro paredes físicas y contra esta dimensión creada.

Recorro poco a poco su espalda. Le acaricio las vértebras, los músculos, el arqueo, la curvatura. Sophie lleva su cabeza hacia atrás, mira al techo. Cierra los ojos, entreabre la boca. En ese momento me imagino más allá, sumergiendo mis dedos en su coño. ¿Estará mojado? El mío desde luego sí.

Intento adivinar a qué sabe el placer de sus labios. El primer contacto es tímido. Se separa, respira. Me clava sus pupilas. Un escalofrío. Me tiemblan las piernas. Quiero ver un orgasmo en tu cara, Sophie, cómo se hunden tus mejillas, cómo detienes el tiempo. A qué sabe tu lengua. Tu coño. A qué sabe tu coño en mi lengua. Qué es lo que crearemos juntas. Tú y yo.

Aprieta sus dedos en mis brazos. Y entonces sí, ese beso. Mi cabeza estalla, el corazón me vibra. Mi piel se eriza. Los pezones duros. Rienda suelta a los fluidos que manchan mi tanga. Sus labios violeta y los míos rojos se fusionan. Inventamos mil colores nuevos en la escala Pantone. Desafiamos el rebote de la luz en esta existencia. Intento beber más de ella. Mi lengua se incorpora, se encuentra con la suya; es pequeña, pero decidida. Empieza una guerra que acabará en la cama. En la suya o en la mía. Un calcetín en la puerta. Un universo detrás de ella.

Cuánto tiempo ha pasado, no lo sé. A duras penas sabría adivinar dónde estoy. Qué me has hecho, dime. Qué.

Se acerca a mi oído. Susurra.

—¿Nos descubrimos?

Quitémonos lo sobrante y admiremos lo que resta. (Des)cubrirte.

Me acerco a las chicas.

—Me voy.

—¡Tía! Joder, disfruta. Hacéis una pareja brutal. Yo me masturbaría viéndoos follar —suelta Emily.

Se cruza por mi mente aquella escena porno que vi sin querer. No es el momento.

Cojo la mano de Sophie y salimos del ruido, del furor, del descontrol. La luz del pasillo nos ciega. Un fogonazo de realidad.

—¿Tu habitación? —jadeo.

Sophie llama al ascensor. Me empuja contra la pared. Sin querer, le doy a otro botón. Nos besamos con tanta pasión que no nos damos cuenta de que hay una recepcionista mirándonos con cara extraña. Se abren las puertas. Entramos con prisa. Segundo piso. No esperamos a que se cierre. Seguimos comiéndonos los pintalabios, que se van extendiendo por nuestras mejillas. Mi mano se apoya en el espejo. Miro la imagen. Sophie me lame el cuello.

Esa soy yo. Me gusta mi reflejo. Cachonda y zorra. Dueña de mí misma. Abierta a la vida. Dispuesta a sentir.

A punto de acostarme con una tía por primera vez. Joder, sí.

Llegamos. Corremos por el pasillo. La excitación hace que a Sophie se le caiga la llave que abre la puerta de su habitación. La 245. Portazo. Intenta introducir la tarjeta en el dispositivo para activar la luz, pero resulta imposible. Su cuerpo se sacude. Exhala.

—Estoy tan cachonda que no puedo ni encender las luces.

—¿Y para qué las queremos? —pregunto.

Se gira. Estamos a oscuras. Tanteo el espacio. Me acerco a las cortinas y las abro de par en par. La luna llena se cuela en la habitación. Un reflejo blanco nos aleja de la oscuridad. Bendita la noche y su poder.

El aliento de Sophie rodea mi nuca. Mi cabello se mueve. Besa el inicio de mi espalda. Lleno mis pulmones de oxígeno. No recordaba esa vibración. ¿Alguna vez la he sentido?

Me quita el top. Yo sigo mirando al mar. Sus manos recorren mis costillas, que se marcan cada vez que inspiro. Jadea. Su fuerza hace que me pegue contra el cristal. Mi pecho queda al descubierto. Escucho el latido de mi corazón en el vidrio. El frío de la ventana hace que mis pezones se pongan duros.

Sophie cuenta mis vértebras con sus besos. Se arrodilla. Me masajea el culo, se recrea. Sonrío. Una maniobra de escapismo y roza mi perineo. Sigue un poco más allá. Y ahí está, mi coño. Movimientos circulares encima del pantalón. Noto cómo mis fluidos traspasan la tela.

Me desabrocha un botón, baja la cremallera. Los pantalones se resisten, pero logra deshacerse de ellos. Los tengo en los tobillos. Mi culo está expuesto. Solo me protege un tanga. Ella entierra su cara entre mis nalgas. Gimo. Una lengua caprichosa busca mis feromonas. Mis manos intentan agarrarse al cristal sin éxito.

Bebe de mis fluidos con total descontrol. Es el resultado de la excitación. Suplico porque quiero notar su lengua con exactitud. Deseo concedido.

Me tira encima de la cama. Casi me caigo por culpa de los pantalones. Ella se da cuenta y se ríe. La acompaño en la carcajada. Me quita los zapatos y los tejanos y se queda de pie mirándome. Quiero que observe mis ángulos, las esquinas, las cicatrices, los tatuajes, las excusas, las oportunidades, lo que odio, lo que adoro, las pequeñas alas que me estoy construyendo, las grandes equivocaciones, las propias indicaciones.

Tarda en cansarse, y cuando lo hace se abalanza sobre mí. La abrazo con mis piernas, seguimos liándonos. Le desato el top. Caen los tacones. Quiero arrancarle los pantalones. Me cuesta bajárselos, son demasiado ajustados. Nos reímos de nuevo. Veo su cuerpo. Y, sorprendida, vuelvo a sus pupilas.

Quién eres y qué puedo hacer contigo.

Las pieles se rozan. Son de la misma especie, la misma categoría. Eso crea unión, complicidad. Es suave y delicada por fuera. Poderosa por dentro. Nos quedamos mirándonos. Mi continente acaba de explosionar sin ni tan siquiera tocar la frontera. Me aparta el tanga con los dedos y me toca el coño. Estoy chorreando. Sophie percibe mi excitación. Siguiente fase.

Lame mis pezones, los muerde. Baja por mi abdomen. Yo elevo el cuerpo. Lo estoy deseando, por favor, no me hagas sufrir más. Me quita la ropa interior. Saca la lengua. Me atraviesa con sus ojos. Espera. Pausa. Se escucha mi respiración. El mar a lo lejos. El pálpito de mi entrepierna. Mierda, cómetelo ya.

Recorre mi coño con su lengua. Sin prisas. Es constante. Vuelve. Otra pasada. Y otra más. Estoy tan cachonda que siento que me voy a correr en menos de un minuto. Sus manos tatuadas cogen mis tetas con fuerza. Aumentan los movimientos de su lengua. Escucho el sonido de su boca al lamer y al tragar. Empuja sus labios contra mi clítoris. Lo succiona. No sé qué está haciendo, pero me está llevando directa a la casilla final. Y no lo puedo evitar. El placer electrifica mi espalda. Le agarro el tupé y aprieto su cabeza contra mi pelvis. El ritmo se vuelve frenético. El sonido se intensifica y con ello, el calor.

Elevo la mirada al techo. Gimo, jadeo. No puedo aguantar más. Libero la tensión. Me arroja al orgasmo. Contraigo los pies. Arqueo el cuerpo. La explosión. La liberación. La descarga. Y su lengua ahí, dispuesta a quedarse lo que es suyo. Lo que le pertenece.

Sophie descansa su cabeza en mi pubis. Recupero la cordura o la locura, no lo sé. Me cuesta entender cómo funciona el mundo. Tardo unos minutos en procesarlo. Estallo en carcajadas.

—Joder.

Joder. Como si fuese la única palabra que conozco, que reconozco, que comprendo, que sé. Joder. Porque hasta eso has conseguido, Sophie: dejarme sin palabras. A mí.

—¿Te ha gustado?

Me siento. Ella se queda de rodillas en el suelo y apoya sus codos en la cama. Está atenta.

—¿Te lo demuestro?

Una mueca, media sonrisa. Su picardía. Me arrodillo enfrente de ella. Desconoce cuál es el siguiente paso. Me da ventaja. Voy a por la reina. Muevo el peón.

Su pecho pequeño está adornado con un tatuaje. Tiene un *piercing* en el pezón izquierdo. Recorro con mis manos su cuerpo. Cuento los tatuajes como hacía Diego con mis pecas. Qué lejos está.

Bajo hasta la entrepierna. Le quito sus bragas de encaje. Entiendo que son de su colección. El coño se abre. Un particular olor me embriaga. Me resulta familiar. La inseguridad me invade. ¿Y si no me gusta? ¿Soy bisexual? ¿Tengo que comerme un coño para saberlo?

Sophie acomoda su cuerpo en el suelo. La luna me muestra el vello de su pubis. Su clítoris mojado reluce. Le separo las piernas. La inocencia de lo desconocido.

Estoy a punto de comerme mi primer coño.

Mi intuición me guía. Me sorprendo. Parece que lleve toda la vida haciendo eso. El sabor es ácido. Me gusta. Lamo con cuidado el clítoris, los labios y la abertura. Ella se mueve y gime bajito. Siento el poder de mi lengua. Admiro la belleza de su cuerpo expuesto. Qué increíble es viajar con una mujer al éxtasis. La creación y la destrucción en un solo envoltorio.

Cuando pienso en que no puedo hacerlo mejor, Sophie...

—Méteme un dedo.

Cierto, joder. Tenemos vagina.

Desempolvo mis conocimientos sobre el punto G. Me acuerdo de aquel artículo, el del *squirt*. Introduzco un dedo. Noto el hueso pélvico. Subo hacia el abdomen. Movimiento de «ven». Ella aumenta el volumen de sus gemidos. Algo estoy haciendo bien.

Me cuesta coordinar mi dedo con mi lengua. Cuestión de práctica, supongo. Pero mi falta de experiencia no es un obstáculo para que ella alcance el orgasmo. En mi boca. En mi mano. Su pelvis rebota contra el suelo. Se retuerce. Aumento el ritmo. Las contracciones aprietan mis dedos. El clítoris palpita. Abro los ojos y veo estallar su aura. Jamás había visto algo tan bello en el sexo.

Sophie se sienta. Nos abrazamos. Recuperamos la consciencia. Su tupé está revuelto y el maquillaje se le ha corrido. Se me escapa una sonrisa boba cada vez que me llega su perfume. Apoyo mi frente contra la suya.

—Gracias. Has sido mi primera vez —digo.

—¿En serio? No lo parecía. Y...

—Dime.

—¿Puedo ser tu segunda?

Inspiro profundamente. La miro a los ojos. Suspiro. Se levanta. La acompaño. Me empuja contra la cama. Empieza una guerra de placer en mi cuerpo. La segunda. No sé qué hora es. Cuánto falta para que el destello de luz solar se cuele en la habitación. No quiero saberlo. Que se jodan los amaneceres, los poetas que expresan la majestuosidad del alba, los pintores que intentan captar su luz, los amantes que se besan con el inicio de las llamas. Que se jodan los amaneceres. Por primera vez, quiero que la noche sea eterna.

V

Rita

Sale el sol. Entreabro los ojos. ¿Qué hora es? La luz me atraviesa la pupila derecha. Dejo caer el párpado y me encierro de nuevo en la oscuridad. Muevo mi mano por el espacio. Lo de esta noche, ¿ha sido un sueño o ha sido real? Y ahí está, su brazo y su suavidad. Sigo en la quimera.

—Buenos días —me dice.

Abro los ojos por completo. Tiene la cara manchada de pintalabios y *eyeliner* y aun así está guapa. Le regalo media sonrisa. Ella me devuelve una completa.

—¿Qué hora es?

Ni idea. ¿Acaso importa? Quedémonos un poco así, que aún no he conseguido adivinar de qué color es tu iris, Sophie. Además, mi cansancio y mi resaca casi se pueden palpar. Me estalla la cabeza. El parpadeo gana a los ojos abiertos. Tengo la boca áspera, seca y pegajosa. ¿Hay agua? Sí, aquí a mi lado. Bebo un gran sorbo. Me sabe a gloria.

—¡Son las dos de la tarde! —exclama Sophie.

Intento dibujar una expresión de sorpresa, pero no me sale. Tanteo mis músculos faciales, escucho un portazo. Pero ¿qué coño? Miro a mi alrededor. ¿Estoy sola? Pues sí, lo estoy.

¿He hecho algo mal? ¿Se ha asustado? ¿Le comí bien el coño? ¿Por qué se ha largado sin decir nada? O quizá se ha despedido y no me he enterado. No entiendo nada. Son las dos de la tarde y tengo que comer. Busco mis bragas por la habitación. Están ocultas en una esquina, justo debajo de la cortina. Consigo vestirme y observo la cama con cierta nostalgia. Esas sábanas contienen mi virginidad lésbica. Ay...

Salgo y cierro con fuerza la puerta, me asusto. Llamo al ascensor. ¿Habitación o comedor? Comedor. Fuera ya del ascensor, camino despacio y entro en el bufet. Huele bien. Alguien me coge por el brazo. Me giro.

—Pero, bueno, ¡pensábamos que te había raptado ese coño!

¿De qué coño me habla? Ah, sí, del de Sophie.

—Buenos días, zorra.

—Buenos días, chicas.

Emily sobrelleva la resaca con dos moños bien apretados y un poco de máscara de pestañas. Se le marcan las ojeras. Diana, como siempre, presume de superpoder, ese capaz de borrar todo rastro de alcohol de su sangre con apenas unas horas de sueño. Cuando Dios repartió ese don, se olvidó de mí.

—¿Y bien? ¿Vas a comer? —pregunta Emily.

—Sí, coged mesa.

Alcanzo un plato y me sirvo una ensalada y algo de verdura a la plancha. La pizza me tienta, pero esta vez le digo que no. Desintoxica tu cuerpo, Alicia. Pienso en Sophie. ¿Dónde está? Recorro la sala con la mirada. Ni rastro de ella. De repente, atisbo su pelo corto. Está en una mesa, rodeada de chicas. Se ríe. Le coge la mano a la que tiene a su lado y le da un beso con lengua. ¡¿Cómo?! A ver, no es que quiera casarme con ella, pero mi boca todavía huele a sus fluidos.

En fin. Me acomodo en la silla. Bebo agua.

—¿No tienes que contarnos nada? —insiste Emily.

—¿El qué? —Me hago la loca.

—Venga ya, zorra. Suéltalo. ¿Qué pasó ayer?

—¿Ayer? ¿Qué pasó?

—Como no nos cuentes todo con detalle te tiro este vaso de agua a la cara —me amenaza Emily.

—Es que no sé a lo que te refi...

En un segundo mi cara está empapada. Vale, me lo merezco. Narro el encuentro con sus pormenores.

—Entonces, Alicia, ¡joder! —grita Diana.

—¿Qué?

—Creo que ya has cumplido tus tres fantasías.

Un momento. ¿Es verdad? Hago un repaso mental. Probar el sadomasoquismo, bueno, el BDSM, hecho. Hacer un trío con dos tíos, también. Acostarme con una tía... Hostia.

—¡Es cierto! —exclamo.

—Ay, ¡tía!

Me abrazan las dos. Diana mete las trenzas en mi comida. Lo que no mata, engorda.

—¿Cómo te sientes?

—Pues..., ¿rara?

—¿Rara por qué? —pregunta Emily.

—No sé, es increíble que haya cumplido mis tres fantasías y quiero celebrarlo, pero, por otro lado, me siento vacía, ¿sabéis? ¿Qué hago ahora?

—¿Cómo? Pues qué vas a hacer, ¡seguir cumpliendo fantasías! —dice Diana.

Cierto.

—Sí, supongo que sí. Es que, coño, he cumplido las tres. Vaya..., ¡guau!

Ambas sonríen. Desvío la mirada y veo a Sophie. Está con otra chica, pero la actitud sigue siendo igual de cariñosa. Oye, oye, Alicia, que no tienes nada con ella. Basta. Emily se gira. Mira a Sophie. Me mira a mí.

—¿En qué piensas, tía?

Nos levantamos y vamos a la piscina a descansar el cuerpo y a seguir charlando. Mi apertura emocional precisa del mar, de una piña colada y de protección solar. Les cuento mis sensaciones. Hablamos toda la tarde entre el barullo de la gente y la música electrónica. Los dramas son menos dramas en Ibiza.

Es hora de cenar. No me he duchado en todo el día. Entramos de nuevo en el comedor. Ensalada, otra vez. Se cuelan dos *nuggets*, no los evito.

—Hoy vamos de tranquis, ¿no?

¿De tranquis? Pero ¿cuántas piñas coladas llevamos?

—Sí, sí, claro —digo.

Disfruto del último bocado de ese falso pollo mojado en mostaza. Voy a la habitación, me ducho y bajo a la discoteca. Bailamos toda la noche. Sophie no aparece, ni rastro de sus tacones. No he sabido nada de ella desde por la mañana. Que le den.

Amanece un nuevo día. ¿Es viernes o sábado? Cojo el móvil. Viernes, 12 de junio. Estoy en Ibiza. Todo correcto. Bajamos a desayunar. Adiós, detox. Hola, huevos fritos con salchichas. Piña colada y a la hamaca.

Las horas pasan y me duelen las lumbares de estar tanto tiempo tumbada, pero de aquí no me mueven, que para eso estoy de vacaciones. De repente, se acerca una chica.

—¡Hola! ¿Os puedo hacer una pregunta?

Antes de que podamos responder, lanza la cuestión.

—¿Sois bisexuales o lesbianas?

—¿Cómo? —dice Emily.

Me quedo mirándola. ¿Quién es esta tía? Sus rasgos son suaves, aniñados. Los ojos son muy expresivos, destellan. Labios marcados. Sonríe. Tiene los dientes incisivos ligeramente separados, un pequeño diastema que le da un toque distintivo. Eso y los tatuajes que visten su piel. Aunque lo que más llama la atención es su pelo rubio lleno de rastas, unas más largas que otras, y con las puntas alisadas. Es atractiva. Diana gira la cabeza, la mira. Se incorpora en la hamaca. ¿Qué le pasa?

—Hola —le dice.

La chica de rastas sonríe con dulzura y le devuelve el saludo. Se mantienen unos segundos en silencio, conectadas. Emily y yo nos miramos. ¿Nos hemos perdido algo?

—¿Por qué nos preguntas eso? —interrumpe Emily.

—¡Ay! Perdonad, jo. Ni siquiera me he presentado. ¡Qué maleducada soy!

Un poco, pero sigue.

—Soy Rita.

—Rita —repite Diana.

—Sí, Rita.

—Entiendo —dice Diana.

Yo no.

—¿Y tú? —le pregunta Rita.

—¿Yo?

—Sí, tú..., ¡ja, ja, ja!

—Soy Diana. Encantada. Ella es Alicia y la loca de los moños es Emily.

—¡Un placer! Y bueno, repito la pregunta: ¿sois bisexuales o lesbianas?

—Bisexual —contesto.

—Bisexual —me sigue Emily.

Diana no habla. Rita la mira expectante.

—¿Y tú? —De nuevo, Rita.

—Pues, estoy en plena fase de autodescubrimiento, ¿sabes?

—Ah, ¿sí?

—Hasta ahora nunca me había planteado si me gustaban las tías.

Emily y yo reaccionamos ante la respuesta. ¿Están tonteando?

—Perdona, eso ha sonado muy mal. Parece que me haya empezado a plantear mi orientación sexual al verte a ti —añade Diana.

—¿Y no ha sido así? —Rita se ríe.

—A ver...

La cosa se pone interesante. Emily y yo compartimos espacio con ellas, pero estamos ajenas. No queremos ni respirar para no estropear la energía que están creando. Me paro a pensar. ¿A Diana le gustan las chicas? Es cierto que entre nosotras había cierto tonteo, pero ella nunca había fantaseado con un encuentro lésbico. Al menos, que yo sepa.

—Cuéntame —dice Rita con voz desafiante.

Diana se ríe.

—Me estoy planteando muchas cosas y, entre ellas, mi sexualidad.

—Vaya, la cosa se pone interesante. ¿Y ahí entro yo? —suelta Rita.

—Bueno, eh...

Mirada de socorro. Diana nos necesita. Jamás la había visto tan nerviosa. Decido rescatarla.

—A lo que se refiere es que hasta hace poco vivía con sus padres, que son muy conservadores y controladores. Entonces, nos conoció a nosotras y juntas nos adentramos en el camino del «mal» para conocernos más a nosotras mismas. Los padres de Diana se enteraron y la echaron de casa hará ¿un mes? Ahora Diana vive conmigo y se está conociendo cada día más y mejor, ¿verdad?

Diana abre sus ojos negros y pone cara de «qué-coño-acabas-de-decir-no-era-necesaria-tanta-información».

—Vaya... —dice Rita mientras asimila la parrafada que acabo de soltar por la boca.

Emily se ríe. Suena muy falsa, pero interrumpe el curso de la conversación.

—Y oye, Rita, ¿tú eres bisexual o lesbiana?

—Bisexual —dice mirando a Diana.

Sophie se cuela en mis pensamientos. La busco con la mirada. Bah, qué más da.

—¿Es vuestra primera vez en este festival? —prosigue Rita.

—Sí. ¿Y la tuya? —responde Diana.

—¡Qué va! Vengo desde que empezó. Las organizadoras son amigas mías. ¡Y vecinas!

—Ah, ¿sí? ¿Dónde vives?

De nuevo, Emily y yo pasamos a ser meras espectadoras del momento. Rita se acomoda en la hamaca que hay junto a la de Diana.

—Vivo aquí, en Ibiza, cerca del hotel. Tengo una casita que te encantaría. Bueno, que os encantaría.

—¿En serio? ¿Por qué?

—Es blanca y tiene una terraza con lucecitas y un sofá enorme con muchos cojines. Entra el sol al atardecer y se ve el mar a lo lejos. Está rodeada de naturaleza y ¡tengo un árbol de más de cien años! A veces invito a cenar a mis amigos y nos pasamos la noche tocando la guitarra y fumando porros.

Vaya. ¿Hace cuánto que no fumo marihuana?

—¿Tocas la guitarra? —pregunta Diana.

—Sí, bueno, lo intento. Me sirve para distraerme de mi trabajo.

—¿A qué te dedicas?

—Soy artesana. Trabajo la cerámica de una forma un tanto especial. Me muevo en varias disciplinas. Estoy muy feliz porque he conseguido hacer de mi pasión un trabajo. También ofrezco terapia tántrica para todos los géneros.

Antes era actriz, pero lo dejé porque no me gusta cómo es esa industria en este país.

¿Terapia qué?

—¿Y tú? ¿A qué te dedicas?

—Era estudiante —responde mi amiga.

—Anda, ¿eras?

—Sí, lo dejé hace poco, cuando me fui de casa de mis padres. Estudiaba Empresariales y no, no era lo que me gustaba.

—¿Qué te gusta, Diana? —susurra Rita.

Bebo de mi piña colada. La pajita hace ruido y rompe la tensión.

—Ay, ¡chicas! Jo, lo siento —se disculpa Rita.

—¿Por?

—Porque estoy aquí cautivada por Diana y me he olvidado de vosotras, ¡ja, ja, ja!

—No te preocupes, que nosotras estamos bien.

—¡Oye! ¿Cuántos días os quedáis en Ibiza?

—Pues..., todavía no lo sabemos —respondo.

—Fluimos —interrumpe Diana.

—Es que justo estoy organizando un retiro en Ibiza para dentro de una semana y creo que os podría interesar. Ya que estáis en ese proceso de autodescubrimiento.

—¿Un retiro? —Emily se sorprende.

No me imagino a Emily y a su alma fiestera meditando.

—Sí, es un retiro tántrico.

—A ver, pero ¿qué es eso de tántrico? —pregunto.

—¡Uf! Es muy largo de explicar.

—Haznos un adelanto —insisto.

—El tantra es una filosofía ancestral que proviene del Tíbet y de la India. En resumen, utiliza la energía sexual para el crecimiento espiritual, la meditación y el trance. Mal resumido.

—¿Y cuánto cuesta? —pregunta Diana.

Seguro que está pensando en la cantidad de bragas que tendrá que vender este mes.

—No os preocupéis por eso ahora. El dinero no es un obstáculo. ¡Que le den al dinero! Además, os podéis quedar en mi casa si no tenéis dónde quedaros.

Otra vez esa mirada fulminante a Diana. Ella sonríe. Reinan unos segundos de silencio. Eso me pone tensa. Emily y yo nos miramos. Asentimos. Nuestra amiga sigue embelesada. ¿Hay alguien ahí?

—¡Venga! Hemos venido a fluir —responde Diana.

A mí me parece sospechoso que alguien que no nos conoce de nada nos invite a su casa, pero supongo que las cosas en Ibiza funcionan diferente. Rita parece una chica simpática e interesante y yo tengo ganas de adentrarme más en mi sexualidad.

—Me alegra que se alargue vuestra estancia en Ibiza.

—A mí también —responde Diana.

Una chica se acerca. Parece holandesa.

—Rita, ¿estás ocupada? Te necesitamos para una cosita.

—¡Claro! Voy.

Se levanta y nos abraza. A Diana le da un beso en la mejilla y le guiña un ojo.

—Nos vemos luego.

Espero unos segundos a que su figura desaparezca entre la multitud que baila en la pista. Yo me incorporo y Emily deja su piña colada en el suelo. Clavamos nuestros ojos en Diana, que sigue observando a Rita.

—¿Y bien? —pregunto.

Silencio.

—¿Diana? —dice Emily.

—Aham... —contesta.

—¿Estás ahí?

—Sí, ¿qué pasa?

Sonríe. Giro la cabeza y veo que Rita también la está mirando desde la distancia. Diana se pone colorada.

—¿Nos vas a decir de una puta vez qué coño ha pasado? —estalla Emily.

No lo podría haber dicho mejor.

—No lo sé ni yo —responde Diana.

Por fin tenemos su total atención.

—He sentido algo muy extraño, chicas. Jamás me había sentido atraída por una chica. ¡Nunca! Y, de repente, no sé, me he puesto nerviosa delante de Rita. No podía dejar de mirarla, de sumergirme en sus ojos; sentí unas ganas enormes de compartir espacio con ella y de mantener conversaciones infinitas. Vosotras me preguntáis qué ha pasado, pero creo que esa cuestión os la tendría que formular yo porque no entiendo nada.

—¿Qué no entiendes?

—Las sensaciones.

—¿Son nuevas?

—En parte sí, porque es la primera vez que las siento por una chica, pero ya las había experimentado con algún chico; aunque pocas veces, la verdad.

—¿Y por qué diferencias entre chicos y chicas? —pregunta Emily.

—No lo sé. Será porque lo «normal» es que te guste un chico, o al menos es lo que llevan metiéndome en la cabeza desde que soy una niña.

—No, tía. Son personas, te pueden gustar por igual. ¿Por qué tenemos que seguir la norma? Estoy harta —insiste Emily.

—Estoy de acuerdo. No hace falta que te acuestes con una chica para saber si eres bisexual. Has sentido atracción hacia Rita, eso es lo que cuenta —digo.

Diana se queda pensativa. Suspira. Nos mira. Se le ilumina la cara. Un destello en sus ojos negros. Una sonrisa que no puede contener. Un ligero mordisco en su labio producto del deseo.

—Fluye, Diana. Deja que tu cuerpo te diga lo que quiere. Tú solo escúchalo.

—Eso haré.

Nos vamos a cenar rápido y subimos a la habitación. Repetimos la misma rutina de ayer y de anteayer. *Glitter* en las mejillas, melenas al viento y ropa tan ajustada que se nos marcan hasta las estrías.

Es la tercera noche. Entramos en la discoteca. Nos acercamos a la barra. Tres gin-tonics. Sophie aparece a mi lado. Me roza el brazo. Me sonríe.

—Hola, Alicia.

¿Perdón? ¿Te fuiste sin decirme nada y ahora vuelves?

—Hola.

—Ey, ¿va todo bien?

Acerca su cuerpo, pega su cadera contra la mía. Mierda, estoy cachonda.

—Sí, tía, pero me ha parecido rara la situación. Anteayer estaba comiéndote el coño y a la mañana siguiente desapareces. No quiero casarme contigo, pero esperaba algo más, joder.

—Perdona.

Creo que eso es lo único que necesitaba oír para follármela de nuevo. Soy fácil de convencer.

—¿Crees que puedes arreglarlo con un simple «perdón»?

—¿Qué tengo que hacer para que veas lo arrepentida que estoy?

Mi coño parece Pocahontas con su *Río abajo lo veré*.

—Tienes que superar nuestro primer encuentro.

—Eso está hecho.

Me coge de la mano. Agarro un gin-tonic y dejo los otros

dos encima de la barra. Desaparezco sin despedirme de nadie. La situación lo exige. Subimos a su habitación. Intento que no se caiga ni una gota de mi copa, pero no lo consigo. Termino con la camiseta empapada. Me da igual. Sophie abre la puerta de su cuarto, nos olvidamos de la luz. La luna llena sigue reinando en el firmamento.

—Desnúdate.

Acato la orden. Durante una fracción de segundo pienso en Ricardo y sonrío. Echo en falta sus juegos. Le enviaré un wasap más tarde contándole la experiencia, ahora debo obedecer.

Dejo la mitad del gin-tonic encima de la mesita de noche. Me quito la ropa sin prisas. Ella se queda de pie, observando mi cuerpo, mis movimientos, el vaivén de mis caderas. Los pantalones se me quedan atascados, otra vez. Nos reímos. Y ahí estoy yo, bañada por la blanca luz del satélite, dispuesta a aceptar el arrepentimiento más placentero de mi vida.

—Túmbate.

Me siento en la cama. Apoyo mi espalda en el cabezal. Abro las piernas y dejo expuesto mi coño húmedo. Vuelvo a coger la copa. La sujeto. Miro a Sophie con cierta chulería.

—¿Crees que te voy a perdonar?

—No solo eso. Querrás casarte conmigo, Alicia.

Me besa el interior de los muslos. Tengo un espasmo muscular. Casi le doy una hostia en la cara.

—Tengo cosquillas.

Se centra en mi coño. Lame lento, abriendo mis pliegues con su lengua. Mis fluidos lubrican la zona y se mezclan con su saliva. Me mira con esos ojos que todavía no sé de qué color son, pero que me clavan en la pared. Gimo bajito. Bebo un sorbo. Me siento poderosa.

Sophie sigue concentrada en mi entrepierna. Besa, acaricia y recorre cada recoveco de mi sexo. Estoy tan cachonda que no puedo evitar mover la pelvis y apretar su cabeza contra mí. Ella se excita tanto que aumenta la intensidad. Me mete un dedo, toca mi punto G. Me cago en mi vida. Es mejor que la última vez. Jadeo alto y claro. El hielo del gin-tonic repica contra el cristal de la copa. Sophie dibuja círculos sobre mi clítoris mientras me folla con su dedo. Cuando estoy a punto de correrme, para.

—Estoy a punto.

—Ya lo sé.

Se desnuda delante de mí. De nuevo me pregunto cómo puede estar tan buena. Me quita la copa y la deja en la mesita de noche. Me coge de las caderas. Su pierna izquierda pasa por debajo de mi pierna derecha. Encajamos nuestros coños. Sophie mueve su pelvis y restriega sus fluidos contra los míos. Follamos desesperadas, desinhibidas, despreocupadas. No puedo dejar de frotarme más y más. El orgasmo estaba ahí, casi lo podía saborear. Tengo que volver a concentrarme. Me fijo en sus tatuajes, son preciosos. Ella me besa, me introduce su lengua hasta el final. Yo le clavo las uñas en los brazos. Ella se queja y me coge del pelo con violencia. Yo la agarro por la nuca y sigo con las embestidas. Sus pezones están durísimos. Sus fluidos mojan la cama. Resbalamos tanto que nos cuesta incluso encajar nuestros clítoris y continuar con el movimiento. Sophie reduce la intensidad y mueve sus caderas de lado a lado y en círculos. Me centro de nuevo en la humedad, en el tacto de su coño en el mío y en sus ojos, que se entreabren por el gozo. No dejamos la fricción, aunque nos deleitamos en alargar el orgasmo todo lo posible. Su vello púbico tiene algunas gotitas blancas propias de la lubricación. El olor está presente en la habitación, lo que me pone todavía más. Nos besamos con pasión. Sophie gime, separa sus labios, su cara muy cerca de la mía. Noto su cálido aliento. Me coge de las caderas y me atrae hacia ella. Aumenta el ritmo, otra vez. Está a punto de correrse. Creo que yo también. La observo. Su piel se eriza y cambia de textura. Sus ojos se voltean. Se muerde el labio. Es tan bella que no puedo dejar de adorarla con mi meneo. Se le marcan las costillas. Su respiración se vuelve caótica, catártica. Es indomable. Una amazona cabalgando sobre mi entrepierna, la misma que me eleva hasta el éxtasis. Ella grita, yo la sigo. Ella jadea, yo la imito. La lucha de pelvis, oscilaciones y vibraciones culmina en un orgasmo tan intenso que nos sumerge en el silencio más absoluto. No sé dónde estamos. El espacio y el tiempo no existen. Está oscuro. Escucho el mar a lo lejos golpeando en la orilla. Escucho también el latido del corazón de Sophie. Dejamos de respirar. Qué coño ha pasado.

Transcurren unos minutos. Decidimos movernos y acomodarnos. Sophie sonríe.

—¿Me has perdonado?

—Creo que quiero casarme contigo —bromeo.

Estallamos en carcajadas. Estamos desnudas y mojadas por el sudor, la saliva, los fluidos. Nos tumbamos en la cama. Sophie me abraza. Apoyo mi cabeza en su pecho. Pienso en Diana y en su categorización del placer, del deseo, del amor. Pienso también en esas personas que dicen que esto está mal, que es pecado, que no es natural. Yo creo que lo que ha sucedido forma parte de mi ser, de mis raíces, de mis átomos.

Qué enfermos deben de estar aquellos que creen que el amor se puede moldear. Qué ciegos aquellos que solo tienen ojos para una única forma de expresar el afecto. Qué inhumanos los que se atreven a limitar la conexión.

Que digan, que hablen, que cuestionen, que castiguen, que mientan, que señalen. Que sigan, me da igual. Nosotras, esta noche, hemos conectado con Dios.

VI

Marihuana, canciones y pies descalzos

«Esta vez no me voy», me susurran.

Entreabro los ojos. Sophie me está mirando. Sus ojos son verdosos con un toque marrón. Por fin, misterio resuelto. La luz del sol se cuela por la ventana e ilumina la estancia. Dónde estuve ayer. Ni idea, pero quiero volver.

Sonrío y entierro mi cara en la almohada. No hay resaca de alcohol. Siento nostalgia por la noche que viví ayer y que no volverá. El placer que me da esta mujer es increíble.

—¿Estás bien?

—Sí, dormida —contesto.

Me besa la espalda desde la nuca hasta el coxis. No tiene prisa. Se me escapa algún espasmo muscular. Relajo la mente y disfruto del cielo azul que abraza al mar. Veo el paisaje a través del cristal. Estoy en Ibiza.

Hace calor. Una suave brisa entra por la puerta de la terraza y mueve las sábanas con delicadeza. Es agradable. Todavía huele a nuestros coños. Me pican los ojos debido al maquillaje.

—¿Quieres desayunar?

—Sí, pero antes pasaré por la habitación a ducharme.

—Puedes ducharte aquí.

—Tengo que cambiarme de ropa.

—Vale.

Sophie se levanta. Me besa. Acaricia mi cara. Entra en la ducha. Intento recomponerme de lo experimentado anoche. Me encanta follar con tías. Busco mi ropa por la habitación. Me despido desde la puerta del baño. Al salir, cierro con cuidado.

Justo cuando estoy a punto de abrir la puerta de mi habitación, salen las chicas. Me pegan un susto de muerte.

—¡Joder!

Diana y Emily se ríen. Mi corazón va a mil.

—¿Os vais a desayunar? —pregunto.

—Sí, te esperamos abajo, ¿te parece?

—Por cierto, zorra, ¿qué tal ayer?

La expresión de mi cara responde a la pregunta de Emily. Lo que sucedió no se puede describir con palabras. Es inefable.

—Serás perra. No paras de follar —se queja Emily.

—Bueno, hoy es la última noche. ¡Aprovecha! —insisto.

Nos abrazamos y entro en el cuarto. Mi cama está intacta, pero la habitación está hecha un desastre. Hay purpurina en el escritorio y bragas sucias por las esquinas. Huele a pedo. Abro la ventana y entro en la ducha. Tengo el coño lleno de fluidos y mis axilas apestan. Disfruto de la sensación de limpieza, de la caída del agua, de mi piel volviendo a su textura natural. Dejo que mi pelo se seque al aire. Me pongo el bañador y bajo a desayunar.

El día pasa tranquilo, sin demasiada actividad. La misma rutina vacacional. Piña colada. Hamacas. Protector solar. Sol. Olor a mar. El verano que está a punto de llegar de forma oficial. Ibiza.

Pasan las horas, nos levantamos para mear, para ir a buscar otro cóctel y para ir a comer. Nada más. Por la tarde, Rita se tumba a nuestro lado. Diana y ella no paran de charlar sobre arte. Emily y yo nos quedamos dormidas.

Es la última noche y los ánimos ya no están tan arriba. La gente está cansada. Mi cuerpo no puede con otra sesión de sexo salvaje. Necesito un respiro. Cenamos con Rita. Nos cuenta que sus padres son hippies y que están viviendo en Bali, donde tienen un negocio. Ella se ha quedado en Ibiza y les paga un pequeño alquiler por la casa. «Vais a flipar cuando la veáis. ¡Tengo tantas ganas!» Pienso en Montgat y en mi pequeño apartamento al lado de la playa. Era diminuto, pero acogedor. Un sentimiento de nostalgia me invade. El recuerdo de algo lejano. A veces me siento sola. Han pasado tres meses desde que me fui a Madrid y unos cuantos años desde que no siento lo que es el amor. Quizá vaya siendo hora. Tengo ganas de volver a enamorarme. ¿Estaré preparada?

Las chicas se levantan.

—Vamos a la habitación a tunearnos.

Las acompaño. No me ducho, apenas me maquillo. Estoy cansada.

—Hoy estoy a medio gas.

—No te preocupes, tía. ¡Yo estoy a tope! —grita Emily.

Hay un espectáculo de fuego al lado de la piscina. Cuatro chicas hacen malabares y apagan llamas con la boca. La música electrónica suena muy alto. Cantamos una canción de Avicii. Sophie se acerca. Hoy no. Lo comprende. Tarda poco en liarse con otra tía. Me siento mal. Emily está ligando con una morena muy alta, creo que es una de las DJ. Le gustan los retos. Diana está en una esquina charlando con Rita. Me voy a la habitación. Subo sin prisas, disfrutando de la luna llena y del último día de festival. Son las doce y media. Necesito dormir. Me desmaquillo, me lavo los dientes. Me desnudo y me meto en la cama.

Escucho la fiesta a lo lejos. Me hago un ovillo. Quiero desconectar.

A la mañana siguiente, veo a Diana tumbada en mitad de la cama. Emily no está. ¿Habrá follado? Miro la hora. Son las once. Joder. Diana se despierta.

—¿Qué tal anoche?

—Ay, amiga. Muy bien. Rita me encanta. Mucho. Mucho mucho —insiste Diana.

—¿Os habéis liado ya?

—¡No! Poco a poco. Me apetece conocerla más. Creo que el festival no es el lugar ideal para nuestro encuentro. Quiero que sea especial.

—Eres una romántica.

—Empedernida.

Me ducho. Preparo mi maleta. Antes del mediodía tenemos que irnos del hotel.

—¿Vienes a desayunar?

—¡Voy!

Bajamos al comedor y vemos a Emily con la morena. No paran de besarse. En cuanto aparecemos, se acerca.

—Tías, ¡menuda noche!

—Tienes cara de haber follado —digo.

—Pegué un polvazo increíble. No me lo creo aún. —Se ríe.

—¿Desayunas con nosotras?

—Ya he desayunado. Voy a follar otra vez y hago las maletas. No tardaré mucho. Nos corremos en veinte segundos.

Nos sentamos. Rita se acerca.

—¿Listas?

—¿Para?

—¡Para venir conmigo!

—Estamos deseándolo —dice Diana.

Esa intimidad entre Rita y Diana me genera cierta envidia. Emily está follando como una loca y yo aquí, comiendo cereales y bebiendo zumo de naranja. ¿Por qué me siento así? Yo también me he acostado con Sophie. ¿Será que busco algo más?

—El plan es el siguiente. Quedamos a la una en la puerta del hotel y nos vamos en mi coche hasta mi casa. Estaremos unos días tranquilas. Para el miércoles he organizado una fiesta prerretiro. Vais a conocer a mucha gente alucinante. ¡Estoy muy contenta!

—¿Cuándo es el retiro?

—Buena pregunta —dice Diana.

—El retiro empieza el jueves y acaba el lunes. Se hace en casa de una amiga que también es terapeuta tántrica.

—¿Irá mucha gente?

—¿Al retiro? No, unas... ¿treinta personas?

—Qué bien. Me encanta el plan —dice Diana.

—Y a mí —contesta Rita.

Me levanto, Diana me sigue. Subo a la habitación y acabo de recoger las cuatro cosas que me faltan. Escucho el monólogo del sorprendente flechazo que siente Diana por Rita.

Es la una. Emily entra corriendo por la puerta. «Joder, se me ha ido la cabeza. ¿A qué hora nos vamos?» Coge todas sus cosas y en menos de cinco minutos ya estamos saliendo por la puerta. Rita nos espera en la entrada.

—¿Preparadas? ¡A fluir!

Siento excitación. Quiero saber qué me espera en esta segunda fase. El viaje, la aventura, el retiro, la fiesta. Subimos al Peugeot 205 de Rita.

—Este coche lleva conmigo desde que me saqué el carnet, ¡hace diez años! Y antes era el coche de mis padres. Le tengo mucho cariño a este pequeñín.

Recorremos una carretera estrecha que serpentea la montaña. A la derecha, puedo ver el mar, el horizonte y el sol alto que me hace sudar. Bajo la ventanilla del coche con la manivela. Una brisa cálida refresca mi pecho, mis axilas y mi frente. Suena Pedro Pastor. Dan ganas de bailar. Rita canta.

Mañana yo no sé qué será de mí
en la noche gris.
El cielo puede con todo.
Ganar es de bobos.
Morder es de lobos.
Vivir es de gente normal.
Viva la libertad.
Viva la gente normal.

El pelo me tapa la cara. Las gafas de sol me protegen de los rayos ultravioleta. La falda larga se me queda pegada a las piernas. Las sandalias empiezan a oler. Emily se queda dormida en mi hombro. Diana mira a Rita, que sigue recitando canciones de ese disco. Ojalá pudiera guardar este momento en un pequeño baúl y poder acceder a él cuando esté triste. Ojalá.

Giramos hacia un camino de tierra. Me asomo por la ventana como si fuese un perro disfrutando del instante. Veo una casa a lo lejos.

—¡Hemos llegado! ¡Qué emoción! —grita Rita.

Emily se despierta. Se limpia la baba. Me mira. Se ríe. Me abraza.

—El viaje continúa, eh —le digo.

—El viaje continúa —repite.

El ruido del freno de mano es el pistoletazo de salida para estirar las piernas y admirar ese pequeño rincón en medio de la naturaleza. La casa es de un solo piso, blanca con un porche a la izquierda lleno de sofás y de cojines, tal y como la describió Rita. En la entrada se puede leer un nombre forjado en hierro: La Petitona. Las ventanas son enormes. Hay un pequeño huerto. Allá donde mire, veo plantas.

—¡Entrad!

Nos quedamos embobadas admirando el lugar. La puerta de entrada da a un comedor muy acogedor decorado con multitud de dioses hindúes, atrapasueños de diferentes tamaños, maceteros colgantes de macramé, un sofá bajito con una manta que parece mexicana y unos cuantos cojines con estampados coloridos propios de los tejidos andinos. Dos cuencos de cerámica reposan sobre una pequeña mesita. Es una explosión de color tan bohemia que hace que me enamore al instante. Atravesamos la sala. Una contraventana corredera da paso a otra parte del porche presidida por una mesa gigante. Las vistas son espectaculares.

—En verano, pasamos casi todo el tiempo aquí.

Entramos de nuevo en la casa. A la derecha, un marco sin puerta conecta la estancia con la cocina. Los azulejos también son coloridos. Tiene lo justo y necesario para ponerse creativa entre ollas y sartenes. Cambiamos el rumbo hacia la izquierda. Un pasillo nos lleva a las habitaciones.

—La casa tiene cuatro habitaciones y dos baños. Son pequeñas, pero creo que están muy bien, ¿no?

Luego nos enseña su rincón, un espacio lleno de libros, inciensos, dioses de cerámica y figuritas que no entiendo muy bien qué significan. Un mandala gigante decora su cama. Rita deja su maleta y nos guía por el resto de las habitaciones.

—Escoged la que queráis. Las tres tienen camas dobles.

Me quedo con un cuarto pequeño pero precioso. Tiene vistas al mar. Las paredes son blancas, algo que destaca entre tanto colorido. Hay un buda encima del escritorio, una colcha de macramé a los pies de la cama y una planta que llega hasta el techo.

—Voy a hacer la comida. Por cierto, soy vegetariana. ¿Os lo había dicho?

—¡No! Me encanta la comida vegetariana —dice Diana.

Entorno la puerta. Escucho música a lo lejos. Étnica, parece, ¿de la India tal vez? Dejo la maleta, me tumbo en la cama y miro al techo. Suspiro. Pienso en aquella mancha que me hizo salir corriendo, decidir que ya no más. Queda muy lejos, pero lo siento aún muy cerca. ¿Qué estará haciendo Diego en estos momentos? ¿Seguirá trabajando? Cojo el móvil y entro en Instagram. Busco su perfil. Es privado. Mierda. El móvil rebota en el colchón. Sigo observando el horizonte blanco que hay encima de mi cabeza. ¿Qué coño te pasa? Estás en Ibiza, joder. ¿Ahora te vas a poner nostálgica? Alguien llama a la puerta.

—Toc, toc. ¿Se puede?

—Claro, pasa, tía.

Emily se tumba a mi lado y contempla también el lienzo blanco.

—¿Estás bien? Ayer te noté rara y hoy sigues igual.

—Estoy bien, tranquila.

—¿Te va a bajar la regla?

¿Cuándo me tiene que bajar? ¿Qué día es?

—Ni idea.

—¿Entonces? ¿Quieres volver a Madrid?

—¡No! Ni de broma.

—*So, what?*

—No sé, amiga. Me siento sola. ¡Y no lo estoy! Soy muy consciente de ello. No es por vosotras, de verdad.

Pero estos días con Sophie me he dado cuenta de que busco algo más.

—Amor, ¿no?

—Sí. Tengo ganas de enamorarme. Hace tanto que no tengo esa sensación.

—Te entiendo, tía. Soy la peor para darte consejos. Soy adicta al enamoramiento y a las relaciones tóxicas. Ya lo sabes. James.

—¿Sigues con él?

—Hablamos, sí. Sé que me estoy haciendo daño, me trata fatal, pero no puedo dejarlo porque me encanta sentirme querida. Y si no fuese James, sería cualquier gilipollas que me prestase un poco de atención. No sé estar sola, Alicia. Pero tú..., tú eres diferente.

—¿Por qué soy diferente?

—Porque supiste poner fin a una relación. No te dio miedo la soledad. Llevas ¿tres meses? sin pareja. Es normal que sientas nostalgia, pero no te conformes con cualquier cosa.

—Pero tú también te fuiste de Estados Unidos, ¿no?

—Sí, pero no fue por desamor, Alicia.

—¿Y por qué fue?

—Algún día te lo contaré. Necesito más tiempo para integrarlo y procesarlo.

—Aquí estoy, Emily.

—Lo sé. Lo mismo te digo.

Nos cogemos de la mano. ¿Qué más necesito? Una voz nos llama.

—¡La comida ya está lista, hermanas! —grita Rita.

Me levanto de la cama. Veo que Emily se está secando una lágrima.

—Ey, ¿estás bien?

—Sí, sí. Todo guay. Vamos a comer. ¿No tienes hambre? ¡Me muero de hambre! Tanto follar esta mañana..., ¡tengo que reponer fuerzas!

Se levanta y se va. Yo la sigo. Salimos al porche. Diana está poniendo el mantel. Veo el mar a lo lejos. Estamos rodeadas de pinos. El grillar protagoniza la banda sonora de este mediodía tardío. Una ensalada de quinoa y tofu a la plancha. Deliciosa.

Pasamos la tarde entre copas de vino y risas. Escucho el entrechocar de los carrillones de viento que están colgados en el techo. Son de madera. Nos quedamos en silencio.

—Es maravilloso este sonido, ¿verdad? Cuando fui a visitar a mis padres a Bali, en cada casa había uno de estos. Son preciosos. Ahora el sonido me recuerda a esa isla. Qué bonita es la vida.

Sonreímos. Respiro profundo. El calor deja de ser protagonista y pasa a un segundo plano. La humedad me hace sudar. Una hamaca cuelga entre dos pilares. Me levanto, me descalzo y me tumbo. Rita coge la guitarra y se sienta en el suelo del porche. Sus pies tocan la tierra. A su lado hay unas escaleras que llevan a un camino. No sé muy bien a dónde conduce, pero se adentra en el bosque. Rita afina las cuerdas. Emily me acerca la copa de vino. Ahora sí, estoy perfecta. La voz de Rita es un soplo de calidez y dulzura. Canta *Stay With Me*, de Angus & Julia Stone. Le doy un trago a mi copa. Adoro las tardes de verano.

Veo la puesta de sol, el cielo tiñéndose de tonos naranjas, rosados y morados. La hamaca se mece. Rita enciende unas pequeñas bombillas que recorren el techo y proporcionan una luz tenue y cálida. Parecen estrellas. Prende también unas velas grandes colocadas dentro de unos farolillos.

—Me voy a hacer un porro, ¿queréis?

Hace años que no fumo marihuana, pero creo que la ocasión lo merece.

—Sí, yo le daré unas caladitas —asiento.

—¡Yo quiero! Joder, es justo lo que necesito —grita Emily.

—¿Y tú, Diana?

—Nunca he fumado marihuana.

—¿Y te apetece hacerlo ahora? —pregunta Rita.

—No sé cómo me sentará.

—Tranquila. Iremos poco a poco.

Se miran. Los ojos de Diana brillan casi tanto como la llama de las velas. Sonríe de oreja a oreja. Se muerde el labio. Desde la distancia, de algún modo, la acompaño en el momento. En el amor. En la incertidumbre. En la ruptura de las normas, de los valores arraigados. Escucho un maullido. Se acerca un gato blanco con manchas negras.

—Esta es Gata —dice Rita.

—¡Qué bonita es! —dice Diana.

El animal se queda con nosotras disfrutando de la noche, que va cubriendo el cielo y apagando el sol. Rita lía el porro. Es grande. Mi copa está vacía. Emily abre otra botella de vino blanco. Brindamos por la vida, por habernos conocido. Escucho el sonido del mechero. Ya huele a hierba.

—Esta marihuana es brutal, hermanas. Es sativa.

—¿Eso qué significa? —pregunta Diana.

—Hay dos tipos de marihuana: la sativa y la índica. Con la primera te sientes enérgica, creativa, tienes ganas de conversar, estás de buen rollo. La segunda te relaja, te da por pensar y reflexionar, notas el peso de tu cuerpo y prefieres la soledad. Pruébala.

—¿Cómo lo hago?

—Expulsa todo el aire de tus pulmones. Eso es. Ahora inspira y traga el humo. Ve poco a poco, si no...

Diana empieza a toser como una loca. Se da golpes en el pecho. Bebe vino. Nos pasa el porro. Me incorporo para cogerlo. Lo enciendo de nuevo. Inspiro el humo. Me quema la garganta. Yo también toso. Estoy desentrenada. Emily fuma un par de caladas y se lo devuelve a Rita. Hacemos un par de rondas. Tardo poco en notar sus efectos. Ahí están. El cuerpo flota. Estoy a gusto. Qué buen rollo. Miro cómo la brisa mueve la copa de los árboles. Siento el aire en los dedos de los pies. Sonrío y no sé por qué. Se me cierran un poco los ojos. Vuelvo a respirar profundo. Qué maravilla, joder.

—¿Qué tengo que sentir? —dice de pronto Diana.

—Esto no es como el MDMA. Los efectos son menores —responde Emily.

—¿Estás bien? —pregunta Rita.

—Sí, no sé. Muy relajada. Me gusta estar aquí. Me siento conectada con vosotras.

Rita le coge la mano. La acaricia. Hacen buena pareja. Las rastas rubias de una combinan con las trenzas oscuras de la otra. La piel llena de tatuajes de Rita contrasta con la piel brillante y negra de Diana. Me encantan.

Nos quedamos en silencio, disfrutando del momento. Emily pone una canción en su móvil. Rita activa el altavoz *bluetooth*.

—Esta canción me la envió James el otro día.

—¿Quién es James? —pregunta Rita.

—Mi ex. Bueno, no sé muy bien qué es. Vive en San Francisco. Estuvimos juntos una temporada.

—¿Tú tienes pareja, Rita? —interrumpo.

—¿A qué te refieres con pareja?

—Pues una persona a la que estés vinculada y con la que tengas una relación.

—Yo estoy vinculada a mucha gente.

—En un sentido romántico, quiero decir.

—Quiero a mucha gente —insiste.

—Lo que quiero decir es...

—Te entiendo, pero yo no los llamo parejas, sino compañeros de viaje. —Escuchamos atentas—. No me gusta el amor romántico tal y como está establecido en la sociedad.

No tengo ni puta idea de lo que acaba de decir, pero sigo prestando atención.

—Se parte de la base de que el amor es exclusivo, pero yo no lo vivo así. Para mí el amor es libre. No quiero obligar a nadie a estar conmigo. Quiero que fluya, que experimente, que sienta, que viva. Yo solo soy parte de su existencia.

—O sea, que cuando estás con alguien, ¡¿eres infiel?! —dice Emily.

—¡No! La infidelidad es engaño y yo no engaño a nadie. Pero me considero no monógama y mis relaciones son abiertas.

A Diana le cambia la cara. Rita la mira con cierta preocupación.

—¿Y eso en qué consiste? —pregunto.

—Cuando estoy con alguien, lo aviso de cuál es mi modelo relacional. Para mí es básico que todas las personas implicadas estén de acuerdo. El pleno consentimiento y el consenso son vitales para que la relación funcione.

—Yo pensaba que las parejas abiertas podían follar con otras personas, pero de ahí a enamorarse... —añade Emily.

—Hay muchos tipos de no monogamia. Están el poliamor, la no exclusividad sexual, la relación abierta a ojos cerrados, el *swingering*, la anarquía relacional, la trieja, el triángulo y un largo etcétera.

—Joder, ¿y tú qué eres?

—Soy poliamorosa, aunque me decanto por la anarquía relacional.

—¿Qué significa?

—Que no etiqueto las relaciones porque cada una es única en sí misma. El vínculo que yo creo con Diana es muy diferente al que puedo crear contigo, Alicia. Y todas las relaciones están al mismo nivel. No utilizo palabras como «pareja», «amistad» o «follamigo».

—Entiendo.

—Ahora mismo tengo muchas amistades, personas con las que conecto, con las que mantengo relaciones sexuales o con las que paso momentos preciosos.

Diana mira al horizonte. Su mente acaba de explotar.

—¿Cómo sé si soy no monógama? —pregunto.

—Cada uno tiene su fórmula, pero por lo general las personas no monógamas son infieles, sienten ansiedad al pensar que estarán toda la vida en una misma relación o quieren experimentar con otros cuerpos.

Recuerdo la ansiedad que sentía cuando estaba con Diego cada vez que pensaba en el futuro. Me agobiaba la idea de tener que comerme la misma polla el resto de mi vida. Por suerte, no ha sido así. Qué alivio.

—¿Y no sientes celos? —dice Emily.

—¡Claro! Soy persona y tengo emociones, pero los gestiono y los deconstruyo.

Algo en lo más profundo de mi ser se despierta, conecta con la no monogamia, con cada palabra que pronuncia Rita. Jamás pensé que habría otras opciones más allá de lo establecido, de la norma, de la exclusividad. Y resulta que hay personas que viven otros tipos de amor.

—La gente piensa que somos hippies cantando «cumbayá» bajo el arcoíris, pero lo cierto es que detrás de la no monogamia hay mucho esfuerzo, comunicación, confianza, empatía y crecimiento personal. De todas maneras, la no monogamia no es mejor que la monogamia. Es diferente. Punto. A mí me encantaría que existiera un catálogo de relaciones y que cada persona eligiera aquella que le conviniera más y que mejor se adaptara a sus valores.

—Estoy de acuerdo —añado.

La música suena de fondo. No sé qué hora es, tampoco me importa. Sigo dándole vueltas a esa forma de vivir el amor. Nunca entendí por qué al iniciar un vínculo con otra persona, tenía que perder parte de mi libertad, renunciar a experiencias, a tomar mis propias decisiones. Hay otra realidad.

—Chicas, me está picando el cerdo. ¿A vosotras no? —pregunta Rita.

—¿Que qué?

—«Picar el cerdo.» Es una expresión que hace referencia al momento en que, después de fumarte un porro, te entra muchísima hambre, de lo que sea, cualquier guarrada, pero con muchas calorías.

Frase archivada. Necesito comer. Rita se levanta, le acaricia la espalda a Diana, que sigue en su mundo.

—¿Estás bien, Diana? —pregunto.

—Sí, sí. Es que..., bueno, ya te imaginas.

—Entiendo.

—Siento que se están desmoronando mis pilares internos, aquellos que consideraba tan básicos. El amor, la fidelidad, el matrimonio, la pureza, la inocencia. Desde que estoy con vosotras, desde que tenemos nuestro club, he hecho muchas cosas: he probado las drogas, he tenido mi primer orgasmo, he ido a un local *swinger* y a una fiesta BDSM, pero esto... no sé cómo gestionarlo.

—¿El qué? —interrumpe Emily.

—Lo que siento por Rita, su visión de las relaciones... Es extraño. Creo que me gustan las chicas. Al menos ella.

—No hay nada de malo en eso. Nos enamoramos de las personas, Diana. Da igual su género, sus genitales o su forma de vestir. Se trata de su esencia, de su interior. Eso es lo que importa. —La calmo.

—¿Y esto de las relaciones abiertas? Es otra barrera —insiste.

—¿Por?

—Porque no coincide con lo que yo pienso.

—¿Lo que tú piensas es en realidad tu opinión? Quizá no te hayas planteado el poliamor porque desconocías su existencia.

—Supongo. Perdonad, estoy haciendo un mundo cuando todavía no sé ni si le gusto a Rita. Ni siquiera nos hemos besado. Dios, qué tonta soy.

—Diana, en serio, siente tu cuerpo y deja de pensar. Rita es increíble y hacéis muy buena pareja. Fluye. Es el propósito de este viaje: dejarse llevar.

Escuchamos unos pasos. Rita trae dos bolsas de patatas fritas, nata, helado y chocolate. Es el paraíso. Arrasamos con todas las calorías, dulces y saladas. El efecto de la marihuana empieza a desaparecer. Seguimos calladas. Diana está al lado de Rita. Apoya su cabeza en su hombro. Se abrazan. Creo que es su momento. Me bajo de la hamaca.

—Chicas, buenas noches. Yo me voy a dormir.

Emily se va a su habitación. Yo recorro el comedor a oscuras. Salgo a la entrada y miro la luna menguante. Suspiro. Doy un paso. Noto la tierra. Me siento en el suelo. Un maullido. Gata roza mi pierna, se acomoda a mi lado. Y en ese momento me doy cuenta de que mis pies están descalzos.

VII

16 de junio

He mirado la fecha y, de repente, el día se ha vuelto triste. El día. El mes. Y tú, ¿estarás pensando en mí? ¿En este instante? ¿Te habrás dado cuenta de que hoy sería nuestro sexto aniversario? Quizá te haya pasado como a mí que, sin pretenderlo, me he fijado en el día que es. Y es ese. Pero tú no estás. Ni un mensaje. Ni un quizá. Ningún tal vez.

En qué estarás pensando en este momento. ¿Mirarás la noche igual? ¿Sentirás este vacío? Te echo de menos aun echándote de más. Es extraño. Quiero que estés y no lo quiero al mismo tiempo. No cambiaría mi vida en Madrid por nada del mundo. En quien me he convertido. Pero tú. Ya, ¿y yo? Parece que por un momento estemos unidos por este día a pesar de no estar juntos.

Si me lo preguntas, te diría que sí. Sí, me acuerdo de ti. ¿Y tú de mí? Qué caprichosa es la existencia al mantenernos tan separados y conservarte tan en mis adentros a la vez. Sal ya. No me apetece seguir con esto. ¿Será así cada año?

Pienso en tus rizos, en tu mirada triste. En si alguien me volverá a mirar como lo hacías tú. En si estarás mirando a alguien como me mirabas a mí. ¿Estás?

Me da igual. Ya fue, ya estuvo. No hay nada que nos

pueda retener, que me haga volver. La balanza siempre se inclina a mi favor. Siempre.

Y aunque este día te lo dedique a ti y sea tuyo, el resto, Diego, el resto son para mí. Soy mía.

VIII

Y aparece él

Es miércoles. ¿Ya estamos a mitad de semana? Los días en Ibiza pasan volando. Cómo se nota que estoy a gusto, feliz, en buena compañía. Esta noche es la fiesta. Estoy nerviosa. Me apetece conocer a gente nueva. Beber. Tal vez fumar un poco de hierba. Charlar. Reír. Bailar.

Acompaño a Rita al supermercado y llenamos bolsas de frutas, verduras, latas de cerveza, botellas de vino y *snacks* para cuando nos «pique el cerdo». Volvemos a casa. Diana y Emily están decorando la mesa con velas. Yo ayudo a Rita en la cocina.

—Creo que soy la peor pinche que puedas tener. —Me río.

—¡Qué dices, hermana!

Pasamos la tarde cocinando ensaladas y tacos veganos y bebiendo vino. A estas alturas, cuando llegue la gente, yo ya estaré borracha. ¿Y? ¿Acaso es un problema?

Entro en la ducha. Disfruto del frescor del agua. El sudor se cuela por el desagüe. Me pongo un vestido largo con escote en pico y la espalda al descubierto. Es negro, para no perder la costumbre. Me pinto los labios de rojo. *Eyeliner*. Algo de colorete. Tengo la piel bronceada. Ibiza...

—Pero ¡qué cañón, amiga!

Emily hace que me sonroje. Ella lleva un vestido corto

y blanco, muy ibicenco. Diana no se decide. Al final se decanta por uno muy colorido y estampado. Rita presume de su falda vaporosa y de su camiseta anudada al cuello. No encuentro mis sandalias desde esta mañana. Me estoy acostumbrando al tacto de la tierra, sin barreras. La libertad.

La gente empieza a llegar. Escucho los coches aparcando.

—¡Ya están aquí! —exclama Rita.

Alicia, no te pongas nerviosa. Respira.

—¡Rita!

Una pareja guapísima la abraza. Nosotras nos quedamos allí de pie. Emily se abre una cerveza. Yo bebo de mi copa de vino. Nos presentan. Viene más gente. Gente de la que no recuerdo el nombre. ¿María? ¿Esteban? Las edades son muy variadas. Hay una mujer muy bella que debe de rozar los sesenta y cinco y un chaval majísimo que no supera los veinte. No somos demasiados, ¿tal vez quince? ¿Veinte? La terraza es reducida, pero no importa. A nadie le molesta. Hablo con un tal Javier sobre mi profesión. Le sorprende que sea escritora fantasma. «Ahora estoy trabajando en mi propio libro», añado. Me pregunta por el título. Ni puta idea.

Se sirve la cena. Comemos de pie. Picamos de un plato y de otro. El ambiente es relajado, no hay tensión. Suena música indie de fondo. Las risas acompañan el compás de la canción. Diana se abraza con Rita. Y pensar que todavía no se han besado.

Emily mira la cuenta de Instagram de una profesora de yoga que acaba de conocer y se sorprende por la cantidad de seguidores. «Eres toda una *influencer*», exclama. Yo me echo más vino.

Pasan un par de horas. Estoy bastante pedo. Escucho el sonido de una moto.

—¡Por fin! El tardón —grita una mujer.

Estoy sentada en el sofá charlando con una pareja majísima. A mi lado están Rita y Diana. Alzo la mirada. Y ahí está. Él. Lleva unos tejanos negros, rotos y ceñidos, y una camiseta gris básica. Pañuelo negro anudado al cuello. Es alto. Se quita el casco. Con la mano izquierda aparta su pelo moreno hacia atrás y lo acomoda tras las orejas. El flequillo se rebela. No tiene una melena larga, solo lo justo como para que parezca que va peinado aunque no sea así. Sus cejas son espesas, pero es la nariz la protagonista de su cara. Una semana sin afeitarse. Creo que pasa de los cincuenta. Sonríe. Le brillan los dientes. Me quedo estupefacta. Es jodidamente atractivo.

—Rita.

—¿Sí?

—¿Quién es ese hombre?

Desvía su mirada.

—¿Pablo?

—¿Se llama Pablo?

—Sí.

—¿De qué lo conoces?

—Tuve una época en la que tonteé con el mundo del arte dramático. Hice un papel secundario en una serie española. Allí conocí a Pablo y resultó que éramos vecinos. Ahora se ha mudado, tiene una casa enorme frente al mar. Es productor de cine, uno de los más conocidos del país.

—Preséntamelo, por favor.

Rita se levanta. No sé muy bien qué hacer. Pablo ha dejado el casco encima del sofá y tiene una copa de vino en la mano. Se sirve un tinto.

—¡Rita! Cuánto tiempo. Ven aquí, pequeñaja.

Se abrazan. Los veo charlar. Pablo alza la mirada y se cruza con la mía. Joder. Joder, joder, joder. Rita me hace una señal. Quiere que vaya. Es mi momento. Me levanto. Piso mi vestido. Me tropiezo y parte del vino blanco se cae al suelo. Alguien lo limpia. Por qué coño soy tan patosa. Me acerco como si nada hubiese pasado.

—Hola.

Una voz grave y poderosa eleva el misterio al cuadrado. ¿Quién eres? ¿Quién cojones eres?

—Hola.

Creo que mis mejillas están rosadas. Será por el vino. Seguro que es el vino. ¿Tendré algo entre los dientes? No, Rita me lo hubiese dicho, ¿verdad? ¡¿Verdad?!

—Pablo, te presento a Alicia. Conocí a esta preciosa mujer y a sus amigas, Diana y Emily, hace unos días en el Lesbest Festival. Alicia, este es Pablo. A él lo conocí en un rodaje de cine.

—Un placer.

Se acerca. Me da dos besos en las mejillas. Su perfume... No puedo dejar de inspirar. Parece que esté esnifando. ¿Qué pensará de mí? Su barba pincha. Lo agradezco. Necesitaba un estímulo que me asegurara que no es un sueño. Que es real.

—Bueno, hermanos, me reclaman. Os dejo charlando. Seguro que tenéis muchas cosas que contaros.

No me jodas, Rita. No me dejes sola con este hombre, por favor. No te vayas.

—¿Quieres un poco de vino?

—¿Perdona?

—Si quieres un poco de vino.

—Eh...

Miro mi copa. Está vacía.

—Sí, es que..., bueno, se me ha caído cuando venía. Soy un poco patosa.

—¿Y eso es un problema?

Pablo esboza una sonrisa. Me mira de reojo mientras coge el vino tinto. Observa mi copa.

—¿Blanco o tinto?

—Me da igual. El que tú bebas.

Sus arrugas se marcan. Son profundas. Es tan sexy que no puedo dejar de escanear su físico en busca de una imperfección, de algo que me haga salir de este delirio. Pero no lo encuentro.

—Por habernos conocido.

Acerca su copa a la mía. Brindamos. Nos miramos. Sus párpados superiores caen haciendo su mirada misteriosa, dura, segura. Sus ojos castaños se difuminan con el negror de sus pupilas. Siento un golpe en el pecho, como un susto. Desvío la vista hacia el horizonte. Casi me atraganto. Gilipollas, gilipollas, gilipollas.

—¿Estás disfrutando de Ibiza, Alicia?

Qué bien suena mi nombre en esos labios. ¿Comerá bien el coño?

—Sí, me está encantando. ¿Tú vives aquí?

—Desde hace poco. Antes tenía un piso en Madrid y una casita en la isla, pero hace unos meses me compré una casa cerca del mar y me mudé. Lo vendí todo.

—¿Y qué tal?

—Genial. La vida en Ibiza es muy tranquila en comparación con el frenesí madrileño. Necesitaba paz y conectar con personas buenas.

Vuelve a empotrarme con sus pupilas. Me río nerviosa. Él es consciente del efecto que produce en mí. No es tonto. Le gusta jugar.

—¿Cuánto tiempo os quedaréis?

—No lo sé, fluimos. De momento hasta el lunes porque mañana nos vamos a un retiro.

—¡Anda! ¿Vais al retiro?

—Sí, eso parece.

—Pues nos veremos allí.

—¿En serio?

Joder, ¡sí!

—¿Has ido alguna vez a un retiro tántrico?

—No, es el primero.

—Creo que te va a gustar. Tienes cara de querer experimentar con el placer.

Trago saliva. Bebo un sorbo de vino. Me atraganto.

—Me lo tomaré como un sí.

Toso fuerte. Pablo apoya su mano en mi hombro. Me mojo hasta los tobillos con mis fluidos. ¿Alguien tiene un cartel amarillo que ponga «¡Cuidado! Suelo mojado»? Lo necesito. Es urgente. Por la seguridad de los demás. Gracias.

—¿Dónde vives, Alicia?

—En Madrid. Me he mudado hace unos meses.

—Conectados por las mudanzas, ¿eh?

—Eso parece.

—¿Vives sola?

—Vivía sola. Ahora comparto piso con Diana, mi amiga. Se fue de casa de sus padres y se vino conmigo. ¿Y tú? ¿Vives solo?

—Sí. A veces viene mi hija.

—Ah, ¿tienes una hija?

Menuda cortada de rollo.

—Sí, aunque ya es mayor. Tiene dieciocho años.

—¿Estás casado? No veo tu anillo.

Pablo suelta una carcajada grave.

—Estoy divorciado desde hace quince años.

—Tomo nota.

Bien jugado, Alicia. Punto para ti.

—¿Y tú? —pregunta.

—¿Yo?

—Sí.

—¿Qué?

—¿Estás casada?

—Tengo veintiséis años.

—¿Y? Hay gente de tu edad que ya tiene hijos.

—Cierto.

—¿Entonces?

Sonrío. Mantengo la tensión. Alargo la espera de la respuesta. Bebo un poco de vino.

—Estoy soltera desde hace unos tres meses.

—Vaya, poco tiempo. ¿Estás bien?

—Mejor que eso. Estoy de puta madre.

—Qué bien te sientan las rupturas.

—Sí, sobre todo cuando después vives tu vida como te da la gana.

—Chica libre y salvaje, ¿eh? Me gusta.

Un hombre se acerca y los dos se abrazan con efusividad. ¿Me alegra que haya interrumpido la conversación? Tal vez. Desconozco dónde iba a desembocar. Lo cierto es que este misterioso ser, Pablo, ha despertado un desco en mí un tanto extraño. Un flechazo que me atraviesa el corazón (y el coño).

Me presenta a su amigo. Se llama Ismael. Dos besos. Una sonrisa. Carcajadas falsas al margen de la conversación. Y adiós.

—Perdonad, no quería interrumpir. Os dejo que sigáis charlando. Pablo, ha sido un placer verte de nuevo, amigo.

Se esfuma. Las pupilas de Pablo hipnotizan mi alma. No puedo ni moverme. Nos quedamos callados.

—¿Haces muchas películas?

—Sí, hace más de treinta años que me dedico al cine. Me apasiona mi trabajo y me permite vivir sin preocupaciones. Pero en estos momentos estoy pisando el freno. Rechazo muchos proyectos. Uno ya tiene un nombre y se lo puede permitir, ¿sabes?

—Entiendo.

—A mis cincuenta y cinco tengo que tomarme la vida de otra forma.

Coño, podría ser mi padre.

—Y tú, ¿a qué te dedicas?

—Soy escritora.

—¿Puedo leer algo tuyo?

Y ahí va, la habitual conversación sobre mi profesión.

—Sí, aunque no sabrás que es mío.

—¿Por?

—Soy escritora fantasma. Escribo los libros de *celebrities*, *youtubers*, *influencers*, políticos...

—Conozco la profesión. ¿Has escrito alguno para actrices o actores? Tengo conocidos que han firmado con su nombre sin ni siquiera haber leído su propia historia.

—Eso pasa a menudo. Yo trabajo sobre todo con *influencers*.

—¿Has pensado en escribir algo propio?

—Sí, estoy escribiendo una novela. No me preguntes por el título, ¡todavía no lo sé!

—Poco a poco. Un día te presentaré a Carmen Llana, una amiga editora que trabaja en Penguin Random House. Lo está petando.

—¿En serio? No sé si le interesará mi novela.

—¿Qué género literario es?

—Novela erótica. Aunque se aleja un poco de lo habitual. No se trata de la típica chica inocente, casta y pura que se enamora de un tío mayor que ella, rico y poderoso.

—Vaya, qué pena. Parece un buen relato.

Me guiña el ojo. ¿Es una indirecta?

—Va de tres chicas que viven experiencias sexuales para conocerse a sí mismas, para entender quiénes son. Se hacen la promesa de cumplir tres fantasías cada una.

Pablo me mira y observa a Diana y a Emily. Me giro, las veo.

—Y es ficción, ¿verdad?

—Sí, sí. Ficción, ficción.

—Es invención. Nada de eso ha sucedido en realidad.

—Nada, nunca, jamás.

—Pues yo creo que puedo aportar algunas cosas a esa historia tuya.

—¿Tú crees?

—Sí, pero tendrás que quedarte unos días después del retiro, Alicia. Es por tu bien.

—Ah, por mi bien... Entiendo.

—Claro, por encontrar la inspiración.

Pablo esboza media sonrisa. Se moja los labios. Alza la copa.

—Por la no realidad.

—Por la no realidad —repito.

Brindamos. Emily aparece por detrás. Me abraza. Casi me tira la copa. ¿Está borracha?

—¡Tía! *Tenemosh* que bailar. *Eshta* es *nueshtra* canción —balbucea.

Está borracha. Me coge de la mano y me arrastra. Giro la cabeza. Pablo se ríe y me guiña el ojo. Creo que me he meado encima. ¿Será *squirt*? Me doy un golpe con la esquina del sofá. Mierda, qué dolor. Bailo con Emily. Diana y Rita se apuntan. El ambiente se anima. Suena la canción de Shakira, *Inevitable*. Nos preparamos para el estribillo. Saltamos sin control.

El cielo está cansado ya de ver
la lluvia caer.
Y cada día que pasa es uno más
parecido a ayer.

Pablo me mira desde la distancia. Lo busco y lo encuentro. Canto alto mientras mis tetas rebotan y mi pelo se despeina. Él hace como si tocara una guitarra eléctrica invisible.

No encuentro forma alguna de olvidarte
porque seguir amándote es inevitable.

Compartimos carcajadas a unos metros de separación. Emily me abraza cuando suena el final.

—Te quiero *musho*, amigaaa.

Seguimos danzando. Estoy pendiente de él y él, de mí. Son las tres de la mañana. La gente se empieza a marchar. Mañana empieza nuestro retiro tántrico. La música se vuelve más calmada, canciones románticas que bailo con Emily. Diana y Rita se abrazan. Y ahí llega. Su beso. Es largo, apasionado, húmedo y lleno de amor. Se miran. Siento que estoy invadiendo su intimidad. Desvío la mirada.

Estoy cansada. Me siento con Emily en el sofá. Se queda dormida. Hay restos de la fiesta por el suelo, por la mesa, por las sillas. Pablo se acerca.

—Alicia, me voy.

—Sí, yo también voy a descansar. Mañana nos espera un día interesante.

—Así es.

Silencio incómodo.

—Bueno.

Me levanto. Pablo apoya su mano con fuerza en mis

lumbares. Nos damos dos besos. El segundo un poco más largo.

—Has sido un gran descubrimiento. Espero seguir conociéndote más.

—Claro. Me debes esa inspiración.

—Cierto. Buenas noches, bella.

Y, de nuevo, otro beso en la mejilla. Comprimo mi pecho contra el suyo. ¿Notará mis latidos? Se despide de algunos amigos y desaparece. Escucho el rugir de su moto y minutos más tarde, el silencio. Mi sonrisa tonta no se va. Ni después de un minuto, ni en lo que resta de noche.

¿Qué coño has hecho conmigo, Pablo?

IX

El cuerpo

No puedo dormir. Tengo el pulso disparado. Me tiembla todo el cuerpo. Cada vez que cierro los párpados, Pablo. Cuando respiro, Pablo. Cuando intento soñar, ahí está, Pablo. Tengo ganas de verlo, de saber quién hay detrás, de adentrarme en él. ¿Qué está pasando? No entiendo nada.

Son las ocho de la mañana y solo he conseguido descansar dos horas. Hoy empiezo mi primer retiro tántrico. Bueno, mi primer retiro, de hecho. Escucho a Rita haciendo las maletas y preparando el desayuno. Alguien ha entrado en el baño. Me voy a masturbar rápido. Un orgasmo *fast food* y a por el día.

No tardo ni tres minutos en correrme. Lo necesitaba. He pensado en Pablo, en su sonrisa, he imaginado que me empotraba contra la pared y que me comía el coño de una manera increíble. Ha sido fácil recurrir a la hoploteca de su mirada y dejarme engullir por sus pupilas. Cinco días de retiro tántrico. ¿Tendré algo con él? Ojalá. ¿Le habré gustado? ¿Qué pensará de mí?

—¡Alicia! Buenos días —escucho tras la puerta.

Menos mal que no ha llamado un minuto antes.

—¡Buenos días! Estoy despierta. ¡Ya voy!

Me visto y salgo. El desayuno está servido. Rita y Diana han recogido la casa. Pienso en el beso que se dieron ayer. ¿Habrán follado?

—A ver, Alicia, tenemos un pequeño drama —dice Emily.

—Cuéntame.

Me siento. Cojo una tostada y me hago un buen *pa amb tomàquet*. Por fin, joder. Un vaso de té verde. Un plátano. Cereales. Necesito recuperar energía y combatir los restos de vino que pululan por mi sangre.

—¿Tú has traído ropa de deporte?

—Hostia, no.

—Ahí tienes el drama.

—¿Por?

—Para el retiro tántrico necesitáis ropa cómoda. Pantalones anchos, *leggings*, sujetadores deportivos y varias camisetas de manga corta porque sudaremos bastante —dice Rita.

¿Sudar? Pero ¿dónde me estoy metiendo?

—Mirad, podemos ir a una tienda deportiva y comprar unas mallas y unas camisetas básicas. O si queréis nos acercamos al rinconcito de mi amiga, que vende ropa hippie.

Mastico el desayuno y observo cómo se desarrolla la conversación. Soy una mera espectadora.

—A mí me da igual, chicas, siempre y cuando tengan ropa de mi talla. Yo no utilizo una 36 como vosotras. Cuesta encajar este culo en unos *leggings* —comenta Diana.

—Tienes un culo maravilloso —suelta Rita.

Se miran. Pienso en Pablo. Menuda puta obsesión tienes, Alicia.

—¿Y en la tienda de tu amiga hay ropa de todas las tallas?

—¡Sí! Podemos ir a ver qué tiene y si no os gusta nada, buscamos alternativas. ¿Os parece?

—¿De precio está bien? —pregunta Diana.

—Sí, tranquila. Es barata. Además, tengo confianza con ella, siempre me hace una rebajita.

—¿Qué opinas, Alicia?

—¿Yo?

—No, tu abuela. ¿Qué te pasa? Estás *out* —contesta Emily.

A veces tiene tan poco tacto.

—No estoy *out*.

—Sí, lo estás.

Miro a Diana.

—¿Estoy *out*?

—Un poco.

—Creo que ya sé por qué —interrumpe Rita.

—¿Por qué? Comparte información —dice Emily.

Rita me observa. Está esperando mi consentimiento. Suspiro. Le doy un bocado a esta maravillosa tostada. Asiento con la cabeza, un tanto resignada.

—Ayer conoció a alguien.

—¡Ah! ¿Aquel hombre? ¿El madurito sexy?

—Ese, ese.

—¡¿Y?! —grita Diana.

—Nada, no ha pasado nada. —Intento calmar el ambiente.

—Os vi muy muy...

—¿Muy qué? —pregunto.

—Muy... Ya sabes.

—No sé.

—Joder, tía.

—Lo que quiere decir Emily es que estabais muy conectados, ¿verdad?

Me sonrojo. ¿Se notó el tonteo? ¿Eso significa que le gusté?

—Alicia, a veces te cuesta decir las cosas una barbaridad —dice Diana.

—Tienes razón.

Dejo la tostada en el plato. Bebo un poco de infusión.

—Ayer me puse taaan cachonda con Pablo.

—¿Se llama Pablo?

—Sí, es productor de cine —añade Rita.

—¡Vaya! ¿Y qué tal?

—Pues yo creo que bien. No sé si le gusté.

—¿Y a ti te gustó?

—¿Estás de broma? ¿No le has visto la cara? —Emily me señala.

—A mí me encantó. No he podido pegar ojo en toda la noche. No sé lo que siento, pero es como un huracán.

—¿Cuándo lo volverás a ver?

—¡Hoy! —gritamos Rita y yo a la vez.

Estallamos en carcajadas. Mi corazón se revoluciona de nuevo.

—Fijo que vais a follar, tía —predice Emily.

—Ya veremos. Dejemos que fluya. Siento mucha presión ahora mismo.

—Cero preocupaciones. ¡Vámonos de compras, hermanas!

¿Eso es una motivación? Pensar en mi cuenta bancaria me provoca ansiedad.

Recogemos la mesa, lavo los platos. Me ducho rápido, hago la maleta y nos metemos en el Peugeot de Rita. En diez minutos llegamos a una pequeña tienda que hace esquina. Tiene vestidos estampados y vaporosos en la entrada. Me enamoro de uno con colores negros, rojos y blancos. «Alicia, solo ropa para el retiro», exclama Diana. Cierto, cierto. Entramos. La dependienta es majísima. Nos enseña pantalones vaporosos de varios colores, algunos con dibujos de elefantes. Me compro dos, cuatro camisetas y... el vestido. Adiós a mi dinero.

Volvemos al coche y ponemos rumbo a nuestro próximo

destino, que está en la otra punta de la isla. Por el camino, Rita nos explica un poco lo que vamos a experimentar. No cuenta demasiado porque «no nos quiere hacer *spoiler*». No sé cuánto tiempo ha pasado, pero por fin llegamos. La isla no es grande, pero en verano los atascos, el tráfico y el caos no se apiadan de las carreteras y resulta más difícil desplazarse.

—¡Aquí es!

Una casa enorme de madera en medio de la montaña. Un camino de piedras que nos conducen hacia la entrada. Palmeras a los lados, una piscina con vistas al horizonte. Se acerca una mujer mayor. Me suena su cara. Sí, ayer estuvo en la fiesta.

—¡Asha!

Se abrazan. Nos presentan de nuevo. Asha nos acompaña hasta el interior de la vivienda.

—Pasad, pasad. Estáis en vuestra casa.

—¿Esta es su casa? —susurra Emily.

—Eso parece —respondo.

—Pero ¡¿esta gente a qué se dedica?! ¿Venden droga? ¿Trafican con órganos? No me jodas. ¿Has visto qué lugar?

El espacio es tan amplio que cuesta procesarlo. La sala principal tiene el sofá más grande que he visto en mi vida. Hay una librería a rebosar de obras espirituales y una gran mesa en el centro. Farolillos por las esquinas. Al fondo, se ve una cocina de estilo americano. Las ventanas ocupan gran parte de las paredes dejando que la luz natural se filtre por los cristales. A lo lejos, un pinar espeso que se funde con el mar. El techo es más alto de lo habitual. No sé dónde dejar mis cosas.

—¿Os gusta la casa?

—Joder, es impresionante —suelto.

—Venid, os enseñaré vuestro dormitorio. Son habitaciones dobles. ¿Hay algún problema?

—Bueno, pensábamos dormir las tres juntas, ¿no? —pregunto.

Miro a Emily y ella, a Diana.

—¡A mí no me miréis, zorras!

—Hermanas, a mí no me importa dormir con una de vosotras.

—¿Con Diana, tal vez? —insinúa Emily.

Diana me coge de la mano. No entiendo nada.

—Yo prefiero dormir con Alicia si no os importa. Es que esto de vivir juntas..., la echo de menos.

Giro mi cabeza, miro sorprendida a Diana. ¿En serio? Ella me da un codazo y fuerza una sonrisa.

—Claro, sin problema. Estaremos cerquita —añade Rita.

Cruzamos el pasillo. Hay unas escaleras que suben a un segundo piso. Asha nos abre la que será nuestra habitación. Tiene vistas al pinar. Una cama enorme con sábanas blancas que no contrastan con el resto del ambiente. Todo es puro, limpio, fresco. Cierro la puerta.

—Pero ¡¿qué coño?!

—Lo siento, tía. No estoy preparada para dormir con Rita.

—Si ayer os liasteis.

—¿Y?

—¿No pasó nada más?

—Qué va. Me gusta mucho, Alicia, pero nunca me he comido un coño. Me da miedo hacerlo mal, ¿sabes? Ayer Rita me confesó que estaba sintiendo emociones muy bonitas por mí y yo me quedé petrificada.

—¿Por?

—¡Porque es la primera chica que me gusta! Hago un esfuerzo en no centrarme en su género, pero todavía tengo que romper muchos estigmas y valores que rondan en mi cabeza. Necesito tiempo.

—A tu ritmo, Diana.

Nos acomodamos en el espacio. Diana saca unas bolsas con cierre y mete unas braguitas en su interior.

—¿Qué tal el negocio?

—Muy bien, pero si nos quedamos mucho más voy a tener que ir a Correos.

—Rita nos puede llevar en coche.

—¿Y cómo le explico esto?

—Ya se nos ocurrirá algo, tranquila. Tú sigue ensuciando bragas.

Nos reímos.

—Las bragas del retiro las cobraré más caras.

—Claro, son bragas sagradas.

Me cambio y me pongo unos pantalones blancos y una camiseta amplia de tirantes. Cuelgo mi nuevo vestido en una percha. Qué bonito es. Nos reunimos con Rita y con Emily en el comedor. Paseamos por las hectáreas de terreno. Metemos nuestros pies en la piscina. Luego, entramos en la sala de meditación, un espacio enorme abovedado con paredes de cristal. Probamos el eco de nuestras voces. Decidimos volver al punto de encuentro para no perdernos la presentación. Asha ya ha empezado. Mierda. Nos sentamos en el césped.

—Los que venís por primera vez sed bienvenidos a este retiro tántrico. Veo muchas caras conocidas. Jaime. Esteban. Maica, querida. Rita. Pablo.

¿Está Pablo? ¿Dónde? Emily me da un pellizco para que deje de moverme y preste atención. Pero mi coño está desatado y mi radar, activado.

—Nos esperan cinco días de convivencia, de amor, de sanación, de paz, de espiritualidad. De experimentar con nuestro cuerpo y con nuestra sexualidad.

Diana gira su cara y abre sus ojos, sorprendida. ¿De qué va todo esto?

—Será un viaje a través del yo. Cada cuerpo os llevará a un lugar y en ese trayecto descubriréis quiénes sois. Quién hay detrás. Me gustaría que dejáramos a un lado nuestros prejuicios, valores y estigmas. Quiero que vivamos esta experiencia de corazón, con nuestra alma. Sin juzgar. Solo sintiendo y percibiendo nuestra divinidad.

Esto me suena a secta.

—Cada mañana empezaremos el día con una meditación de Osho en ayunas. Continuaremos con ejercicios tántricos y experiencias sensoriales. Las actividades de la tarde son opcionales. Iremos a pasear con el tambor chamánico por el bosque, haremos una *jam* de instrumentos, danzaremos... Por las noches hay encuentros programados para liberar la energía sexual y soltar el cuerpo. Igual que el año pasado, si alguien no quiere experimentar los Templos del Amor, es libre de retirarse a su habitación, ¿de acuerdo?

—¿Los qué? ¿Templos del amor? —le pregunto a Rita. Ella se ríe y me guiña el ojo.

—Hay tres comidas al día. El desayuno, el almuerzo y la cena. Es importante respetar los horarios.

Asentimos. Asha acaba su discurso y vamos a comer. No encuentro a Pablo. Nos sentamos a la gran mesa que hay en el porche de madera. Charlo con una pareja veterana en eso del tantra. Me aconsejan que no cuestione y que viva la experiencia. «No juzgues y siente.» Parece que es el mantra del retiro.

Acabamos de comer. Me tumbo en una hamaca. La primera actividad empieza a las cinco. «Consciencia corporal», se llama. Me quedo dormida. Al rato, Emily me despierta.

—Tía, ¡vámonos!

Me limpio las babas de la cara y salimos corriendo. Entramos en la sala. Asha nos mira de reojo. Trago saliva. Tengo la boca seca. Explica en qué consiste el taller: la importancia del cuerpo y de nuestra conexión con él.

—El cuerpo es un organismo vivo. Debemos cuidarlo y escucharlo. Es importante que integremos en nosotros la naturaleza corporal. El olor, el sabor, el tacto, la forma y su expresión.

Pone música. La gente se levanta. Imito sus movimientos. Sigo sin ver a Pablo.

—Esta dinámica de baile se utiliza para elevar la energía Kundalini.

—¿La qué? —pregunto.

Asha me mira otra vez.

—La energía Kundalini es la energía sexual. Se representa como una serpiente enroscada en nuestro coxis. Cuando esta despierta, es capaz de elevarnos hacia la divinidad. A partir de ahí, podemos trabajar los orgasmos expandidos o la multiorgasmia, pero eso lo dejamos para otro taller.

El ambiente se vuelve loco. Hay gente bailando, saltando, gritando, alguien imita a un pollo. No entiendo nada. Rita se acerca y nos anima a bailar. «Soltad vuestro cuerpo», insiste. ¿Así?, ¿en frío? ¿Ni una cerveza? ¿Nada? Pues parece que no. Muevo las caderas a un lado y al otro. Diana da pasos laterales. Me recuerda a mi abuela en las fiestas del pueblo. Emily corre por toda la sala. Parece que el retiro sí es acorde a su alma fiestera.

Pasa media hora. Hace calor. Mi cuerpo se ha soltado. Me sudan las manos, las axilas, el canalillo, la raja del culo y la frente. Me vuelvo, ¿ese es Pablo? Y ahí está, de nuevo, él. Bailando en grupo y sonriendo. Su cuerpo se mueve al compás de los tambores que suenan por el altavoz. Parece que esté realizando algún tipo de ritual de fertilidad. Sin duda, surte efecto.

—¡Hermanos! ¿Sentís la energía Kundalini?

—¡Sí! —gritan todos.

Voy a suspender, joder.

—Bien. Ahora quiero que os desnudéis.

¿Que qué? Una mujer a mi lado se quita la ropa. Cuando me quiero dar cuenta, la mitad de la sala ya está desnuda. Miro a Diana. Frunce el ceño. Pone su cara de «pero ¿qué coño?». Imito su expresión. Emily está en pelotas. ¿Y Pablo? Asha se acerca. Me acaricia la espalda.

—¿Te apetece desnudarte? —me susurra.

—Bueno, no me lo había planteado hasta ahora.

—¿Qué te frena?

Diana se une a la conversación.

—Siento vergüenza. Creo —digo.

—¿Por tu cuerpo?

—Supongo. Es raro porque no conozco a nadie.

—Ni ellos a ti.

—Cierto.

—El cuerpo es solo un canal. Aquel que te conecta con tu alma, con tu ser. Siéntelo sin miedos, sin inseguridades. Nadie te va a juzgar. Somos humanos. Tu piel es tu frontera. Muestra quién eres.

Me convence. Estoy desnuda en medio de una sala rodeada de personas que no conozco. Planazo. A Diana se le escapa una lágrima. La escucho hablar con la profesora. Esta le dice que vaya poco a poco, aceptándose y reconciliándose. Es la única que está vestida. Asha pone música.

—Quiero que bailéis desnudos y que caminéis por la sala. Observad otros cuerpos sin juzgar. Solo admirad la divinidad que hay en cada uno de estos seres.

Suena la música. Y, de nuevo, el baile. Me siento expuesta, no sé dónde meterme. Miro a mi alrededor. La gente ríe, baila, suda, grita y camina. Me muevo por el espacio imitando al resto del grupo. Veo a Rita desnuda en una esquina. Está hablando con Diana. Me sorprende la estampa y no entiendo muy bien por qué. Al fin y al cabo, ¿no es esto lo que hay bajo la ropa? Piel, carne y huesos. Lo demás es artificial.

La sala abovedada no ventila demasiado bien. El olor corporal se adueña del espacio. Huele a pies, sudor y genitales. De algún modo me resulta excitante. Asha pone el aire acondicionado. Se agradece el frescor.

—Caminad, caminad, caminad —insiste.

Me muevo con más soltura y determinación. Me cruzo con Pablo. Jo-der. Está fuerte. Su barriga sobresale un poco. Su pecho está lleno de vello negro, algunas canas. Bajo la vista hasta su entrepierna. Justo en ese maldito momento.

—Hola, Alicia.

Mierda. Desvío la mirada y le sonrío. Disimulo. Camino hacia otro lado. Ni tan siquiera le he contestado. Vuelvo a recorrer el espacio. Diana y Rita siguen juntas. Escucho sollozar a mi amiga. Me cago en los estereotipos de belleza. Expreso mi rabia a través de la firmeza de mis pasos. Vuelvo a cruzarme con Pablo y ahora sí, miro su polla.

—Quedaos con la persona que tengáis más cerca —dice la profesora.

Pablo clava sus ojos en los míos. Levanta la ceja izquierda.

—Parece que vas a ser mi pareja —me susurra.

—¿En serio? ¿Y no puedo cambiar? —bromeo.

Se cachondea. Mi corazón se acelera. Estamos desnudos uno frente al otro. La tensión sexual se puede cortar, aliñar y freír.

—Ahora quiero que miréis el cuerpo de vuestra pareja. No juzguéis. Observad cada rincón, esquina, forma, cicatriz, tatuaje, vello púbico…, cada pequeño detalle. Encontrad la divinidad en él.

Pablo sigue mirándome. Me pongo nerviosa. Vuelvo a

sus pupilas. Suena música de fondo. Un compás lento que te invita a descubrir, sin prisas. Pablo pasea sus ojos por mi frente, por mi cabello, por el surco de mi cuello, por mis orejas. Pienso en mis defectos, aquellos que está a punto de descubrir. Las estrías de mis caderas. La asimetría de mi pecho. La cicatriz de mi operación inguinal. La celulitis de mi culo. ¿Qué pensará? ¿Le seguiré gustando igual? Un sentimiento de inseguridad se adueña del presente. Quiero taparme el cuerpo, salir corriendo y no mirar atrás. Me tiembla el pulso y parece que se me vaya a salir el corazón del pecho. Trago saliva. Pablo sigue escaneándome. Me siento expuesta. Carraspeo. La profesora se acerca.

—¿Estás bien? ¿Cómo va por aquí?

—Bien, bueno, es raro. Me siento insegura —me sincero.

—¿Por qué?

—Por mis defectos.

—¿Qué son los defectos? Solo son atributos que están fuera de la normatividad social. Alguien nos ha dicho que eso es feo, que está mal o que no es atractivo. ¿En qué momento lo hemos aceptado? En la divinidad del cuerpo no hay nada que se pueda categorizar.

Me quedo reflexionando. Pablo me sonríe. Acaricia mi mano con compasión.

—Deja de pensar en si estás buena y empieza a darte cuenta de que lo más importante es que estás viva —concluye la profesora.

Seguimos con el ejercicio.

—Puedo ver a la diosa que hay en ti, Alicia —susurra Pablo.

Inspiro profundo. Dejo que el aire salga disparado y con él, mis inseguridades, mis miedos y mis complejos. Cuando le quitas al cuerpo el peso de ser, pasa de ser a estar. A estar presente.

Me pierdo por la piel de Pablo. Me apetece recorrerla con calma, sin prisas. Olerla, saborearla, tocarla. Ver a dónde me lleva. El pelo le cae delante de la cara. No lo aparta. Su nariz aguileña tiene una gran presencia. Labios marcados y carnosos. Esa barba, que se mantiene con la misma longitud de ayer. Sus iris confundiéndose con las pupilas. Las cejas caídas profundizan su mirada. Las orejas escondidas tras su media melena castaña. La nuez sobresale y se mueve cuando él traga. El vello, que gana presencia a medida que bajas la mirada. Pectorales bien definidos, brazos fuertes. Las venas se le marcan como raíces. Tiene unas manos grandes, poderosas, con algunos callos. Abdomen redondeado, ombligo prominente. Una cicatriz en la pelvis. ¿Apendicitis? Un espesor que aparece en el pubis. La polla, que le cuelga relajada, tranquila. Es gorda, no demasiado grande. Los cuádriceps marcan el contorno de sus largas piernas. Los gemelos en tensión. Los pies en reposo. Y vuelvo a subir y vuelvo a bajar por su envoltorio.

—Tu piel es tu frontera —dice la profesora.

Quiero cruzar al otro continente, Pablo. Quiero ver qué hay en ti. Qué hay detrás.

—Con el siguiente ejercicio trataremos de interiorizar los sentidos. Oled a vuestra pareja y no juzguéis si el olor es agradable o no. Aceptadlo como algo natural, algo divino, puesto que proviene del cuerpo de ese ser que tenéis delante.

Nos observamos. Quién da el primer paso. Empieza él. Se acerca. Me pongo en tensión. Noto su respiración cerca, su aliento en mi cara. Huele mi pelo, se recrea. Sigue por mi frente, mis ojos, mi nariz y mi boca. No puedo contener la tensión y me río. Una carcajada que rebota por toda la sala.

—No pasa nada, las risas son bienvenidas. Es una forma de exteriorizar nuestras emociones —me tranquiliza Asha.

Pablo me acompaña en ese extraordinario desorden. Volvemos a centrarnos después de la breve fuga emocional. Olfatea mi cuello. Me pone cachondísima. Prosigue lento por mi clavícula hasta mis axilas. Me preocupo por el hedor de mi sudor, el baile previo no ha sido de gran ayuda. No parece importarle. Se queda un buen rato recreándose en mis sobacos. Al cabo de unos segundos que parecen eternos, baja por mis costillas, mi abdomen, mi canalillo. Los pezones se me ponen duros. Se da cuenta. Alza su mirada, arruga la frente y me lanza una media sonrisa picarona. Vuelve a lo suyo. Me tiembla el cuerpo, joder. Estoy tiritando de la excitación. Se acerca a mi coño. Mi vello púbico y su barba se tocan. Escucho a alguien gemir a lo lejos. Yo estoy a punto de estallar en un orgasmo y ni tan siquiera me ha tocado. Huele mi coño sin adentrar demasiado su gran nariz. Mueve la cabeza hacia mis ingles, mis piernas y finaliza en los pies. Me rodea y sube parándose en cada rincón. Llega al culo. Qué vergüenza, no sé a qué olerá eso, pero muy agradable no debe de ser. Recorre mi espalda, mi cuello. Noto su presencia detrás de mí. Su polla roza mis nalgas. Cambiamos el rol. Sumerjo mi nariz en ese perfume fuerte que adorna su cuello, en ese olor a sudor que emana de sus axilas. Las feromonas revolotean por mis fosas nasales cuando me topo con su polla. No juzgo, no pienso. Solo siento que todo es divino por el simple hecho de estar aquí presente.

—Oled a vuestro compañero o compañera y tocad con la punta de vuestra lengua. Saboread sin valorar, ¿de acuerdo?

Incorporo mi lengua al juego. Estoy en pleno trance, el tiempo pasa lento y la música acompaña el momento. La respiración de Pablo se intensifica. Su polla está despierta. No llega a ponerse dura, pero la sangre riega sus cuerpos cavernosos confiriéndole un ligero grosor. Inspiro. Retengo. Lamo. Espiro. Y así en cada pequeño rincón. El sabor salado de su sudor se mezcla con el químico de su perfume. Es un deleite para mi boca, una delicia para mis sentidos. Termino en la comisura de sus labios. Rozo con mi lengua, entreabre el hueco. Me aparto. Todavía no te besaré, Pablo. Él sonríe. Es su turno. Vuelve a pasearse por los recodos de mi cuerpo. Ahora ya conoce el camino. Mismo recorrido, pero con un aliciente. El frescor de su saliva me eriza la piel. Esquiva mi coño, me mira de nuevo. Qué bonito es verte desde este ángulo. Siento el palpitar de mi clítoris y no entiendo cómo no lo escucha alto y claro. Es consciente de mi deseo. Yo también lo soy del suyo.

—Y, finalmente, añadid el tacto. Tocad el cuerpo del otro con suavidad y delicadeza.

Nos miramos, frente a frente. Apoyo mis manos en sus hombros. Él las deja en mi cara. Cierro los ojos. Estoy en una oscuridad infinita. Unas manos me tocan. Recorren mi cuello, despeinan mi melena, me aprietan la frente, me pinzan las orejas, me pellizcan el cuello y el pecho, caminan por mis brazos, se posan en mis caderas, amasan la carne de mis laterales. Yo me abandono en sus poros, en el laberinto de sus facciones, en el jardín de su cuerpo, en la firmeza de sus brazos, en la soltura de su abdomen. No sé dónde estoy, qué lugar es este. No quiero salir de aquí. Mi mente está en plena expansión. Escucho a mi alma golpeando en mi interior. Solo percibo y, a través del tacto, soy. Soy yo en mi total unicidad. Con lo que me identifica, con lo que odio, con lo que amo. La aceptación más profunda de mi yo usando al otro como un canal. Yo veo tu divinidad y tú ves la mía. Y es ahí cuando me doy cuenta de cuántos aditivos, añadidos, agentes tóxicos y demás mierdas agrega el sistema a nuestra mente. No te puedes querer porque si lo haces no comprarías, no consumirías, no te frustrarías, no serías manipulable. ¿Quién eres sin todo eso, Alicia?

—La divinidad que veis en el otro está en vosotros, y viceversa. Esta conexión con nuestro cuerpo nos ayuda a profundizar en él, a comunicarnos con él, a encontrarnos con él. Si lo castigamos con pensamientos negativos, sufre. Si lo maltratamos en el plano físico, se entristece. Cuidadlo como si fuese un organismo vivo pilotado por vuestra alma. Sin juzgarlo, solo sintiéndolo.

Me he reconciliado conmigo misma. Ha sido alucinante. Asha nos hace un saludo *namasté*. Podemos vestirnos. Lo hago sin prisas, disfrutando del roce de los tejidos en mi piel renovada y sanada. Veo que Rita y Diana han hecho el ejercicio juntas. Me alegro por ellas. Emily viene dando saltos. No entiendo de dónde saca tanta energía. Yo estoy lenta, meditativa, extasiada. Pablo acaricia mi espalda. Sonríe y se esfuma entre la gente.

Volvemos a la habitación. Cojo mis cosas y entro en la ducha. Me recreo con el agua caliente que limpia mi piel. Qué bien estar viva y sentir esto. Me pongo unos tejanos y una camiseta de tirantes. La cena está servida. Hay ensalada de quinoa con seitán. Alguien trae una botella de vino blanco. La gente aplaude. Me sirvo una copa. Sienta bien.

Recogemos la mesa. Nos sentamos en el césped. Estoy callada, en mi mundo. Las chicas me acompañan en la distancia. Emily habla con la gente sobre drogas y vidas pasadas. Diana se apoya en el hombro de Rita en silencio. Yo estoy con los pies en la piscina mirando al infinito. La luna mengua ante mis ojos. Alguien toca la guitarra y canta. Su voz me enreda. Cierro los ojos. Es maravilloso. Escucho la risa de Pablo a lo lejos. Está con otras dos chicas. Le acaricia el brazo a una, la otra apoya la cabeza en sus piernas fuertes. ¿Creías que ibas a ser especial, Alicia?

X

Explosión

Suena el despertador. Son las siete de la mañana. Me sorprende madrugar tanto estando de vacaciones. Diana entreabre los ojos. «¿Ya es la hora? No me jodas. No puedo con mi cuerpo.» Asiento con la cabeza. Abro las cortinas. La luz empieza a bañar el pinar. Qué bello es este lugar. Me pongo los pantalones y la camiseta como puedo. Me olvido de ponerme las bragas. Qué más da. Voy descalza al baño. Meo, me lavo los dientes. Alguien llama a la puerta. «Ocupado.» Me peino y salgo al jardín. La gente se dirige animada hacia la sala abovedada. Hay alguien haciendo yoga. ¿Cómo pueden tener tanta energía? Bostezo. Y pensar que ahora toca meditación... Quiero morirme. Pienso en Pablo y en su conexión con esas dos mujeres. En fin.

Son las ocho. Asha nos está esperando. Entro en el espacio. La luz se cuela a través del cristal. Es muy bonita.

—Buenos días. Hoy haremos una meditación activa de Osho, en concreto, la dinámica.

Yo no entiendo una palabra de lo que dice, pero el personal se ha alterado.

—Veo que tenéis muchas ganas, ¿eh? Os explico las fases. La primera consiste en inspirar y espirar por la nariz. Conectad con vuestras energías negativas, con la rabia, con los miedos, con los traumas, con el dolor. Moved el cuerpo para favorecer la respiración. En la segunda fase, intentaremos canalizar esas emociones. Os daré un cojín a cada uno. Gritad, golpeadlo, reíd... Haced lo que sintáis, ¿de acuerdo? Nadie os juzgará. En la tercera, cargaremos nuestro cuerpo con la fuerza del universo y de la tierra. Levantad los brazos. Saltad e intentad caer con los pies planos. Acompañad esta dinámica con un «ju». En la cuarta fase guardaremos silencio. Finalmente, en la quinta, bailaremos. ¿Todo claro?

La gente asiente. Yo me quedo callada.

—Poneos los antifaces. Si alguien no ha traído, aquí tenéis varios.

Me tapo los ojos. La oscuridad más absoluta. Diana y Emily están a mi lado. Vamos a ello. Escucho el sonido de una campana. La meditación empieza. Unos tambores resuenan. El compás es rápido. La respiración lo acompaña. Inhalo y exhalo al mismo ritmo. Me mareo. Muevo las manos haciendo movimientos circulares justo delante de mi pecho.

—Conectad con la rabia. Conectad con ella a través de la respiración.

Pienso en Diego, en su silencio, en sus falsas creencias, en su conformismo. Pienso en mi trabajo, en la frustración que me genera escribir mierdas para otras personas, en la falta de talento y el exceso de mediocridad que reina en este mundo. Pienso en la humedad de Montgat, en la casa claustrofóbica, en la rutina asfixiante. Pienso en Madrid, en los miedos que me acompañan, en la ansiedad al pensar en mi cuenta bancaria, en la inseguridad que me produce escribir mi propia novela. Pienso en Sophie y en su indiferencia. Pienso en mis ansias por sentirme querida y cuidada. Pienso en el amor. Pienso en la envidia que siento por Rita y Diana. Pienso en Pablo y algo me dice que no, pero yo sigo pensando que sí. Pienso en los proyectos fallidos, en aquellos que no se cumplieron, en la presión del mundo editorial, en mis complejos, en mi vacío.

Suena otra campana. Un grito sordo resuena delante de mí. Otro lo acompaña en la distancia. De pronto, las casi treinta personas que están en el retiro aúnan su voz en un chillido. Algunos expresan tanto dolor que cuesta procesarlo. Otros son tan agudos que podrían romper los cristales. Y yo me freno, no puedo.

—Es vuestro momento. Gritad, sacadlo todo fuera. Es ahora.

Grito y me sorprendo del volumen. Inflo mis pulmones y vuelvo de nuevo a la carga. Siento mucho dolor y necesito sacarlo de algún modo. Mi voz se quebranta. Aprieto los puños con fuerza. El ambiente aumenta la intensidad de mi lamento. Tengo ganas de reventar el mundo. Alguien me da un cojín. Lo cojo. Noto el suelo vibrar. Me arrodillo. Agarro el cojín y empiezo a pegarle puñetazos. No puedo parar. No quiero contenerme.

—Eso es, dejad que salga. Más fuerte. Conectad con vuestra rabia.

El animal que llevo dentro está desbocado. Mis puños, descontrolados. Mi garganta expulsa el aire a través del grito. Me vuelvo loca, me permito este momento y este sentimiento. No dejo de golpear el cojín. Un error instantáneo hace fallar mis cálculos y me doy contra el suelo. El dolor se apodera de mis nudillos. Lo canalizo a través del castigo.

—Últimos minutos. Seguid, seguid. No dejéis nada en vuestro interior.

Estoy cansada. Apenas puedo respirar. Me duele la laringe. Tengo la boca seca. Parece que vaya a desvanecerme. Cada poro de mi piel está sudando. Mi cerebro no funciona. El piloto automático está activado. Solo puedo sentir el dolor, la rabia, el enfado, la ira. Suéltalo, Alicia. Suéltalo todo.

Otra campana. ¿Qué venía ahora? Escucho un «ju» a mi lado. Cierto. Elevo los brazos. Están exhaustos. Me cuesta mantenerlos en alto. Salto manteniendo los pies planos. El suelo sigue vibrando. Me uno al compás del ambiente. «Ju, ju, ju.» El mantra me ayuda a profundizar en mí. Esta fase se me hace eterna. No puedo más. Mi cabeza va a estallar, joder.

Ding. El sonido de la cuarta campana. El silencio. Alguien rompe a llorar. Está cerca de mí. ¿Es Emily? Percibo cómo la profesora le susurra algo. «Sácalo, sácalo. Eso es.» Es tan profundo su sollozo que se me caen las lágrimas. Puedo empatizar con su dolor. Qué hay en sus pensamientos. Qué hay en su interior.

Última fase. El baile. Una música jovial renueva mi ser. Me elevo. Muevo mis brazos, mis caderas. Sonrío. Bailo a la vida, a mi cuerpo, a mi conexión. El sollozo aún se escucha de fondo. Es triste. Intento que no me influya. Respiro. Salto, río, agito mis músculos. Me siento una diosa.

La música para. La gente exhala. Menudo viaje.

—Agradeceros esta apertura, este caos, estas emociones.

Me quito la venda poco a poco. Algunas personas empiezan a abandonar la sala. Yo no puedo ni moverme. Miro a mi derecha. Diana acaricia la espalda de Emily, que no para de llorar.

—¿Qué ha pasado?

Diana levanta sus hombros. Tampoco sabe nada. Asha se acerca.

—Suelta ese dolor, no te lo lleves contigo.

Tras varios minutos, Emily se empieza a recomponer. Tiene los ojos hinchados y la cara mojada y enrojecida. Qué hay en ti, amiga. Qué escondes tan en tus adentros.

XI

La historia de Emily

Las últimas personas en salir observan a Emily sentada en el suelo. Se marchan. Solo quedamos nosotras y Asha. La luz revolotea por las esquinas. Ella sigue llorando, Diana y yo apoyamos nuestras manos en su hombro y en su espalda.

—Tienes que sanar —añade la profesora.

Pero ¿el qué? A menudo, Emily se pierde en sus pensamientos, desaparece de la vida terrenal. Siempre me he preguntado a dónde se va cuando no está presente. Después vuelve renovada, exagerando las emociones positivas, como si no pasara nada. ¿Será por James?

—Sabes que puedes contarnos lo que sea, amiga —dice Diana.

—Estamos aquí, contigo —insisto.

Pasan varios minutos. Sus sollozos se agudizan de nuevo. Parece que no va a parar nunca. Un río desbocado que arrasa con todo a su paso. La profesora le da un pañuelo. Emily se suena la nariz. Las babas se quedan pegadas al papel. La imagen del sufrimiento. ¿Qué puedo hacer? Nada.

—Siento tanto dolor que no puedo procesarlo —balbucea Emily.

—Sácalo. No lo guardes. No te pertenece. Ya pasó —comenta Asha.

Estamos sentadas en círculo a su alrededor. No sé cuánto tiempo llevamos así, pero estaremos el que haga falta. Necesitamos entender, comprender, saber el porqué de sus ausencias, el motivo de su sufrimiento.

—Nunca me permito sentir esto.

—Es el momento de avanzar y crecer. Suéltalo.

—No puedo más con esta carga. Pesa demasiado.

—Déjalo ir.

—No sé cómo hacerlo. No sé por dónde empezar.

—Emily, si necesitas desahogarte, aquí estamos —vuelvo a insistir.

—Lo sé. Pero expresarlo me hace revivirlo. Me hace pensar en ello y no quiero. Quiero enterrarlo. Me fui lejos para crear mi propia historia.

—Debes aceptar que por más lejos que te vayas, los recuerdos van contigo —añade Diana.

Hay un silencio. Estamos atentas. Emily se seca la cara. Aparta su pelo rosa. Se coloca el septum. Suspira. Los ecos del sollozo todavía están presentes en el tono de su voz.

—¿Por dónde empiezo?

—Por el principio.

Se hace un moño. Algunos mechones, húmedos por las lágrimas, se le pegan en la frente. Tiene manchas rojas en el cuello y en el pecho.

—Soy Emily y nací en San Francisco, California.

Se queda callada. Una gota recorre de nuevo su mejilla derecha.

—Fui la alumna más aplicada de mi instituto. La gente decía que era superdotada y que podría conseguir lo que me propusiera. A mí me apasionaban las matemáticas, la física y todo aquello que implicase cálculos complejos.

Miro con cara de sorpresa a Diana. Ella me devuelve el gesto.

—Entonces conocí a James. Jugaba en el equipo de fútbol del instituto. Esto parece una puta película de Hollywood.

—Sigue, no te preocupes.

—James era el chico perfecto. Todas iban detrás de él. Guapo, fibrado, sacaba buenas notas. El mejor jugador de su equipo. Un chaval que lo tenía todo porque sus padres tenían mucho mucho dinero.

Respira. Traga saliva.

—Nos conocimos en una fiesta. Yo no solía ir a muchas, estaba centrada en mis estudios y en mi familia, pero aquella noche quería despejarme. Nos liamos. Empezamos a salir. Al principio era maravilloso, pero James no encajaba demasiado bien que yo fuese más inteligente que él. Surgieron las broncas, los desprecios, las faltas de respeto. Me controlaba el móvil, el dinero, las amistades. Fue muy sutil, y cuando me quise dar cuenta estaba con el agua al cuello.

Rompe a llorar. Acaricio su espalda. Asha coge su mano. Nos quedamos calladas.

—No podía salir de esa relación. Me alejé de mi familia. Dejé que James me manipulara y me moldeara a su antojo. La chica fuerte e inteligente, la joven promesa que veían en mí... desapareció. Pensé que las cosas no podían ir peor hasta que...

Nos clava sus ojos azules. El contorno del iris está enrojecido. Frunce el ceño.

—Mi madre enfermó de cáncer. Estábamos muy unidas. Era mi mejor amiga. Me apoyaba, me escuchaba, me consolaba. Es la persona más increíble que ha existido en el universo. Los médicos dijeron que le quedaban seis meses de vida. No pasó del tercero.

Llora desconsolada. Mira al suelo. A mí se me cae una lágrima. Joder.

—Mi madre murió. Dios..., mi madre está muerta.

Asha aprieta su mano. Con la otra recorre en círculos el pecho de Emily.

—El día que falleció mi madre yo estaba de fiesta. Me acostumbré a llevar el móvil en silencio porque cada vez que sonaba James me preguntaba quién era. Mi padre me estuvo llamando, pero no me enteré. Cuando vi las llamadas, inmediatamente marqué su número. «Tu madre ha muerto hace una hora. Te he estado llamando para que vinieras a despedirte de ella. ¿Dónde cojones estabas, Emily?» Exploté. Empecé a llorar y me fui corriendo al hospital. Cuando llegué, me encontré a mi padre destrozado. Fue muy duro.

Los mocos de Emily se juntan con sus labios. Le doy otro pañuelo.

—No asumí lo sucedido. Me pasé unos meses bebiendo sin control. Salía todos los días. Suspendí varias asignaturas. No volví al instituto. En más de una ocasión, pillé a James con otras tías. Discutíamos, pero después volvía con él, como una gilipollas. No podía salir de esa noria. No encontraba una vía de escape. Me estaba autodestruyendo. Mi padre me suplicó que intentase recuperar las asignaturas pendientes. «Entiendo que no quieras ir a la universidad, pero termina el instituto.» Le hice caso. Con poco esfuerzo, conseguí varios suficientes y me gradué. Esa misma noche sufrí un coma etílico. Me llevaron al hospital unas chicas que me encontraron en la calle. James estaba ocupado con una animadora...

Su historia parece de película. Cuesta creer que tanto dolor sea real.

—Mi padre estaba fatal. Llevaba el duelo como podía y, además, tenía que soportar a su hija, que estaba descontrolada. Después del coma etílico, empecé a salir menos y a cuidarme un poco más. Intenté alejarme de James. No fui capaz. Una tarde de verano mi padre sacó una caja. Eran fotos de mi madre cuando era joven y vivía en Madrid. Se la veía tan feliz... No me lo pensé. Entendí que tenía que alejarme de todo. A las pocas semanas, cogí mis cosas y me vine a España.

—¿Y el papeleo? —pregunto.

—Tengo doble nacionalidad. Eso facilitó las cosas. Me puse a trabajar en una cafetería que, curiosamente, era el rincón favorito de mi madre. Estuve trabajando allí hasta que me despidieron, hace unos días. Odiaba ese empleo, pero, de algún modo, me sentía conectada a ella.

Sonríe. Se lleva las manos al corazón.

—He visto Madrid a través de los ojos de mi madre. Ella me acompaña en cada decisión, en cada locura, en cada momento. Está en mí.

De repente, las piezas encajan. Su obsesión por James. Su silencio cuando le preguntamos por qué vino a Madrid. Nunca nos había mostrado el dolor de su pérdida y de su castigo.

—Crear nuestro club fue una auténtica liberación. De repente, tenía amigas con las que poder experimentar y crear mis propios recuerdos en la capital. Fuisteis mi salvación. Y os habéis convertido en mi familia. Ojalá mi madre estuviera viva para contarle nuestras locuras, nuestras aventuras y nuestros vínculos. Seguro que se reiría mucho.

Diana y yo la abrazamos. Emily sigue llorando.

—Este es un proceso largo. No vas a encontrar el equilibrio de la noche a la mañana, pero este retiro te ayudará. Y, sobre todo, tus amigas. Ellas están a tu lado, no te van a dejar sola. Puedo ver el vínculo que tenéis, el poder que nace de vuestra unión. Esa es la relación que importa. Aquella que te hace ser mejor.

—Te queremos, Emily. Estamos aquí —digo.

Emily espira. Dibuja una ligera sonrisa.

—Gracias por estar a mi lado.

—Gracias a ti por abrirte y contarnos lo sucedido. Estamos juntas en este viaje —responde Diana.

Asha se despide. Sale y se aleja. Nos quedamos calladas. Emily se tumba en medio de la sala. Diana y yo nos ponemos cada una a un lado. Miramos el techo abovedado, las curiosas formas de la madera. Empieza a hacer calor. No sé qué hora es.

—¿Os habéis dado cuenta de que nos hemos encontrado en un momento clave en la vida de cada una? —digo.

Giran su cabeza. Me observan.

—Emily, viniste de Estados Unidos después de que tu madre falleciese y de que tu vida estuviera a punto de irse a la mierda. Diana, tú estabas cansada de tus padres y de su control; no habías experimentado con el sexo y desconocías lo que era un orgasmo. Y yo, joder, lo había dejado con Diego, con quien llevaba cinco años. No conocía a nadie en Madrid y estaba frustrada con mi trabajo.

—Y, de repente, nos conocemos —prosigue Diana.

—Y nos hacemos crecer —concluye Emily.

—Sí, juntas.

Nos cogemos de las manos. Sonreímos.

XII

Ecstatic Dance

Volvemos al comedor. ¿Qué hora es? Las doce. ¿Las doce ya? No hemos desayunado. Me acerco a la cocina. Cojo un plátano. ¿Dónde está todo el mundo? «Se han ido al siguiente taller, en plena naturaleza.» Mierda, nos lo hemos perdido. Un tanto resignadas, nos tumbamos en el césped. Disfrutamos de la piscina, del sol, del calor, de la humedad de esta isla. A lo lejos diviso el mar en calma que se funde con el cielo azul. Alguien toca el *hang* y me transporta a un estado de paz absoluta. Se está bien. Diana toma el sol. No sé dónde está Emily. Supongo que ahora necesitará espacio. Es comprensible.

Al cabo de una hora y media vuelve el grupo. «¡A comer!» Nos sentamos. Veo a Pablo en la otra punta. Me sonríe y me saluda. No nos habíamos visto desde ayer. Fuerzo una mueca y sigo comiendo. Un grupo de personas está planeando una escapada por la isla para esa tarde. Alguien habla de la actividad de la noche. «¿Has estado alguna vez en una *Ecstatic Dance*?», me pregunta. No, nunca. ¿Qué es eso? «Pues vas a flipar», responde.

Rechazo la propuesta de perderme por los pueblos ibicencos. Prefiero sumergirme en un buen libro y avanzar con la novela, con nuestra historia. El lugar es perfecto para dejarme llevar por las palabras y zambullirme en los recuerdos. Las chicas se marchan.

—Nos vemos esta noche.

Paso la tarde en una hamaca, con el ordenador portátil apoyado en mis piernas y una infusión bien fresca. Hay más gente que ha decidido quedarse. No molestan. Se pasan la jornada tocando la guitarra, el cajón flamenco y cantando. Veo el espectáculo que es el atardecer en este lugar. Lo presencio estando presente, aquí y ahora. No importa nada más. Pienso en Emily durante un segundo. Me siento mal. Un hombre se acerca.

—¿Quieres una copa de vino?

—¡Claro!

Retiro espiritual no significa libre de espirituosos. Me trae una copa bien llena. Brindamos y sonreímos.

—¿Te apetece unirte al grupo? —me sugiere.

Me levanto. Me siento en el césped con ellos.

—Estamos hablando sobre la menstruación —me explica una chica.

—Qué interesante —digo.

—¿Cómo te llamas?

—Soy Alicia, ¿y vosotros?

—Jorge, José, María y Carlota —responde la chica.

—Un placer. No quiero interrumpir la conversación, perdonad.

—¡Para nada! Bueno, lo que os contaba. ¿Sabéis cuántos kilos de mierda generamos entre compresas y tampones? —pregunta Carlota.

—Pues no, la verdad —habla José.

—Dicen que a lo largo de su vida una mujer usará una media de entre ocho mil y diecisiete mil compresas. ¿Y sabéis cuánto tardan en degradarse?

—No, ¿cuánto?

—¡Trescientos años! —grita Carlota.

Me sorprendo. Ella continúa.

—Además, se ha calculado que una mujer generará un total de doscientos mil kilos de basura. Y somos la mitad de la población. Cada año, originamos millones de toneladas de mierda por culpa de nuestra regla. ¡Eso es insostenible!

—Bueno, no solo las mujeres. Hay hombres que también menstrúan —corrige María.

—Sí, nosotros a veces tenemos la pitopausia —se mofa Jorge.

—Jorge, de verdad, en ocasiones eres tan..., en fin. Hay hombres que tienen coño y mujeres que tienen polla —sentencia María.

Jorge se calla. José y yo seguimos atentos a las explicaciones de Carlota.

—Hablemos de «personas menstruantes», ¿os parece?

—Genial —confirma María.

Carlota me tiene hipnotizada y no puedo parar de escucharla. ¿Cómo es posible que nadie me haya contado esto antes?

—Y tampoco hay que olvidarse de los químicos que les ponen a los productos y que perjudican nuestra salud. ¿Has utilizado alguna vez un tampón, Alicia?

—Sí, claro —respondo.

—¡Pues haz esta prueba un día! Coge uno y mételo dentro de un vaso con agua. Espera unos minutos y verás un montón de filamentos flotando. Esos filamentos se quedan en el interior de tu vagina y pueden provocar infecciones.

—No jodas.

—Eso hace que tu regla huela. Por eso les ponen tantos perfumes a las compresas, ¡para que dependas de ellos! Es el pez que se muerde la cola —exclama Carlota.

—La regla no debería oler a nada, como mucho a hierro —interviene María.

La mía huele, sin duda.

—Y vosotras, ¿qué utilizáis? —pregunto.

—Pues yo uso la copa menstrual. A mí me funciona muy bien —responde Carlota.

—Yo, depende. Normalmente la copa menstrual, pero sangro mucho, así que la combino con bragas absorbentes o con compresas de tela o de algodón ecológico —dice María.

Había leído sobre la copa menstrual en internet. Tendré que probarla.

—¿Y habéis visto alguna vez un anuncio de compresas o tampones? Pantalones blancos, tangas, sangre azul, mujeres haciendo el pino..., ¡joder! No tienen nada que ver con la realidad —prosigue Carlota.

—Todo eso no es más que una estrategia para seguir controlando nuestra menstruación —sentencia María.

—¿Quién? —pregunta José.

—¡El sistema! ¿Cuántas veces hemos escuchado eso de «no le hagas caso, es que le va a bajar la regla»?

—Millones —respondo.

—¿Sabéis por qué? ¡Porque es cuando nos va a bajar la regla cuando estamos más conectadas con nosotras mismas, cuando decimos la verdad! Es la fase de la Chamana, la más potente —explica Carlota.

—¿La qué? —pregunto.

—Las personas menstruantes somos cíclicas.

—¿Y qué significa eso? —vuelvo a preguntar.

—Mira, el ciclo menstrual consta de cuatro fases. La primera empieza cuando te baja la regla; es la fase de la Bruja, un período ideal para la introspección. En esta primera fase, apenas hay barreras entre el subconsciente y el consciente, por lo que es más fácil acceder a tu interior. Estás más sensible y empática y el cuerpo te pide descanso. En cuanto al sexo... Con quién te apetezca follar durante esta fase dice mucho de tus sentimientos. Después, cuando se te va la regla, empieza la etapa de la Virgen, que coincide con la preovulación, un momento de luz justo después de la oscuridad. El cuerpo vuelve a tener energía, se estiliza y te sientes joven y sexy. Atrás queda la persona antisocial, ¡quieres follar y conocer a gente nueva! Tu mente va a mil por hora, no paras de pensar en nuevos proyectos. Estás más creativa y analítica. Sientes que puedes con todo.

Carlota bebe un trago de su copa de vino.

—Luego pasamos a la fase de la Madre: la ovulación. Aquí te quieres follar al universo entero porque tu cuerpo te pide que lo fecundes, nena. Sigues con una energía muy potente y quieres colmar de amor y cuidar hasta al perro de tu vecina. Aquellas personas que antes no soportabas, de repente, ¡te caen bien! En el terreno sexual, estás más activa y abierta a la exploración... ¿He oído *plug* anal?

Estallamos en carcajadas.

—Y, finalmente... ¡chan, chan, chaaan! La fase de la Hechicera o de la Chamana. Este período es mágico, pero tiene su truco. La luz y la energía caen en picado y te sientes cansada, hinchada y con las tetas a punto de reventar. Eso te lleva a sentirte frustrada, incluso enfadada o irascible. Ya no quieres socializar tanto, ni salir de fiesta, ni ser amable con el mundo, pero tu mente tiene un gran potencial, ¡debes canalizar esa energía! En el sexo no te sirve cualquiera. Te sientes una *femme fatale*. Sabes lo que te gusta y lo que no. Te vuelves intuitiva e incluso puedes tener sueños premonitorios.

—¿En serio? ¡Vaya!

—Es una etapa tan potente que la han ocultado bajo el nombre de síndrome premenstrual y hasta nos han medicado para que no la sintamos.

—Además, también estamos conectadas con el ritmo del universo —añade María.

—¡Cierto! Las fases de la luna nos afectan.

—¿Cómo? —pregunto.

—Mira, se dice que hay dos tipos de personas menstruantes: las de luna roja y las de luna blanca.

—¿Y cómo sé cuál soy?

—Hoy hay luna menguante. ¿Cuándo te baja la regla, Alicia?

—Dentro de un par de semanas, más o menos.

—¡Vaya! Estás en pleno cambio —dice Carlota.

—Todas pasaremos por ambas lunas en algún momento de nuestra vida —aclara María—, pero tu cuerpo se adapta a cada una dependiendo de las energías que necesites. Por ejemplo, lo «ideal» sería que te bajara la regla con la luna nueva, cuando ese período de oscuridad también se ve reflejado en ella. Así, tus ciclos de luz coinciden con la luna creciente y llena. Si es así, percibes más intensamente las cuatro fases cíclicas.

—¿Y qué pasa si ocurre al revés? —cuestiono.

—Si te viene la regla con la luna llena, es una locura. Ese momento de oscuridad e introspección se ve potenciado por la energía fulminante y caótica de la luna llena. Y cuando hay luna nueva, tienes la luz en tu interior. Siempre vas a tender a la introspección.

—Cuéntale la historia, Carlota —dice María.

—Dicen que, antiguamente, a las mujeres que menstruaban en luna llena las encerraban. Y a aquellas que estaban ovulando les hacían fiestas para celebrar la fertilidad.

—¿Por qué las encerraban? No entiendo.

—Porque eran la prueba de que existía una cara oscura de la luna. Se las consideraba «malas mujeres».

—Tú te estás convirtiendo en una, Alicia. Tu cuerpo está cambiando para coordinarse con la luna roja. Vas a descubrir tu yo más chamánico y espiritual. Vas a ser mala, querida —dice María.

—¿Y si fuese al revés?

—Sería un yo más físico —responde.

Estoy maravillada con todo lo que estoy aprendiendo esta tarde.

—¿Cómo puede ser que no nos enseñen estas cosas? —me indigno.

—Porque no interesa, Alicia. Esto es un conocimiento ancestral —responde María.

—Y el conocimiento es poder —continúa Carlota.

—El poder de saber quiénes somos y qué queremos —prosigue María.

—La conciencia es la mayor enemiga de la manipulación.

—¡Viva la revolución! —grita José.

Jorge estalla en carcajadas.

—Chicas, os estáis poniendo demasiado intensas y conspiranoicas —bromea Jorge.

—¿Por decir la verdad? —se defiende Carlota.

—Por estar divagando sobre ella —contesta Jorge.

—¿No crees que haya un sistema con un interés detrás?

—Yo sí —respondo.

Jorge nos mira y suelta una risa irónica. Bebe un sorbo de vino y sigue comiendo.

—Decid lo que queráis. Yo creo que exageráis.

—¿En serio? ¿Por eso nos separan desde que nacemos? Estamos clasificados y nos dicen a qué debemos aspirar en cada etapa de nuestra vida. Así es mucho más fácil vendernos el coche familiar, el piso adosado o el predictor.

—Totalmente de acuerdo. Por no hablar de los estereotipos de género que nos dicen qué debemos hacer según seamos mujeres u hombres. ¡Si no hay tanta diferencia entre nosotros! —exclama María.

—¿Y no creéis que la sociedad debería rebelarse? —pregunto.

Me miran atentos. Carraspeo.

—Estamos obsesionados con llegar a la cima de la pirámide y conseguir el éxito, la riqueza y alcanzar así una categoría superior, pero no nos damos cuenta de que muy muy pocos lo conseguiremos y de que, aunque lo hagamos, seguiremos bajo el mismo dogma. Yo apuesto por hacer que los cimientos tiemblen; al fin y al cabo, somos la base del sistema y sin nosotros ¡nada podría sostenerse! ¿Para qué obsesionarnos en competir los unos con los otros si podemos unir fuerzas y romper con la jerarquía establecida?

Silencio. Nadie habla. De repente, Carlota y María aplauden con efusividad. Seguimos charlando sobre la vida, los sueños, el pasado y los gatos que se cuelan en el jardín. Uno de ellos se sienta a mi lado. «Le has gustado», susurra Carlota. Debe de ser el único. Cuando cae la noche, llega el grupo. Diana, Rita y Emily me abrazan.

—¿Ya vas pedo? —grita Emily.

—¡No! Creo.

Cenamos y volvemos a la sala abovedada donde nos presentan a un DJ. Él se va a encargar de la *Ecstatic Dance* de esta noche. Una persona se acerca. Es José.

—¿Quieres participar en una ceremonia del cacao?

—¿En una qué?

—Ven, acompáñanos.

Me vuelvo. Pablo me está mirando. Hago un gesto indiferente. Vamos a la cocina. María saca un paquete en cuyo interior hay unos trozos marrones. «Es cacao de importación.» Los demás lo admiran. Observan su color, olfatean su aroma. Pero esto qué mierda es.

—En Berlín, la gente se vuelve loca con el cacao. Incluso hay locales donde lo esnifan —añade José.

—¿Qué dices? Pero esto es cacao soluble, ¿no?

—No exactamente.

Me dan una taza y sacan una pequeña báscula. «Por tu constitución, te daré unos treinta y cinco gramos», calcula María. Trato de dejarme llevar. Echan en mi taza la cantidad acordada y luego agua hirviendo.

—Muévelo bien para que se disuelva y no queden grumos. El cacao es muy poderoso. Al inicio de la *Ecstatic Dance* debes ponerle una intencionalidad. Pídele que te enseñe algo y deja que el viaje te guíe.

—¡Vamos! Llegaremos tarde —añade Carlota.

Salimos corriendo. Intento que no caiga ni una gota de ese líquido oscuro. Cojo a José del brazo.

—Un momento, ¿qué efectos produce el cacao?

—Mucha energía. Al principio, notarás un poco de bajón, pero enseguida se te pasará. ¿Has probado el MDMA?

—Sí.

—Bien. Los efectos no son tan potentes, por supuesto, pero sí que sientes una expansión de los sentidos y una mayor percepción. Es posible que te duela la cabeza o que se te acelere el corazón. No te preocupes. Todo está bien.

Entramos de nuevo en la sala. La música es lenta, muy espiritual. Hay personas tumbadas en el suelo. Otras flotan por el espacio. Yo abrazo la taza con mis manos y cierro los ojos. Me parece absurdo lo que voy a hacer, pero... allá vamos.

A ti, cacao. Quiero que me enseñes quién soy y por qué no consigo confiar en mí. Quiero sanar esta necesidad de enamorarme y de sentirme querida. Quiero conectar con mi fortaleza, con mi poder, con mi valentía. Quiero que me guíes.

Repito el mismo mantra varias veces. Bebo el cacao a sorbos. Es amargo, tanto que cuesta tragarlo. Al final, queda el poso. Parece que esté ingiriendo tierra. La música se anima. Dejo la taza a un lado y me tumbo. Me muevo por el suelo. Noto el calor de la tierra. La madera que roza mi piel. Cierro los ojos. Bostezo. Tengo sueño. Intento no desviar mi atención. Mantengo mi vínculo con el cacao y con mi propósito.

No percibo el cambio de una canción a otra. Es un viaje, un oleaje que te adentra cada vez más en ti. Me siento sensual. Me arrodillo. Me toco el cuerpo. Siento que estoy sola. No hay nadie en mí. No hay nadie aquí. Solo el compás y mi vibración. No abro los ojos. El negror del infinito se presenta ante mí. Fluyo con cada nota. Quiero adentrarme más. Quiero saber quién hay. El viaje se intensifica. Una melodía árabe con base electrónica me eleva. La escucho a la perfección. Siento un gran placer en mi entrecejo. No sé si me duele la cabeza o ¿es un orgasmo? Entreabro los párpados. Luces rojas y azules iluminan la sala. El suelo vibra, una persona a mi lado no para de saltar. Otra está retorciéndose en el suelo. Otro imagina que tiene una gran bola de fuego entre sus manos. No sé en qué se diferencia la espiritualidad de la locura. Sudo muchísimo. Los pantalones se me pegan a las nalgas. Las gotas resbalan por mi frente. El pelo se me adhiere a las mejillas. Salto y muevo mis brazos sin control. Ahora, un compás muy selvático hace que conecte con mi lado más salvaje; como si mis raíces fuesen de otro mundo, como si mi alma no fuese mía del todo.

Unas manos me rozan por detrás. El perfume me resulta familiar. Giro la cabeza hacia un lado para identificarlo. Y ahí está, Pablo. No me cuestiono demasiado los sentimientos. Neutralidad. Sus manos aprietan mi hueso pélvico. Su polla roza de nuevo mis nalgas. Yo muevo mi culo por su entrepierna. Quieres jugar. Jugaremos con mis reglas.

Sube por mi espalda, acaricia el lateral de mi pecho. Apoya su palma en mi nuca y mueve mi cuello a un lado y a otro. El sudor, el tambor, el ritmo en la sangre, el pulso disparado, el roce de su piel áspera, su barriga golpeando mis lumbares, su pecho comprimiendo mis escápulas. La noche que abraza la isla. La luz roja que lucha contra la luz azul. La música que me lleva al éxtasis. Me quedo quieta. No sé dónde estoy. Él se da cuenta. Demasiada intensidad. Me abraza con sus brazos fuertes. El calor de su cuerpo aumenta el mío. Parece mentira que esto sea verdad. La oscuridad se vuelve tridimensional. Escucho una voz dentro de mí.

¿Quién eres? «Estoy en ti.» ¿Qué? «Viniste en busca de respuestas y aquí las tienes.» ¿Dónde estás? «Crees que el equilibrio es aburrido porque solo ves una línea recta. ¿Y si cambias de perspectiva?» ¿Qué pasa? «¿No ves la profundidad? Es infinita.» Lo es. «Debes aprender a vivir de forma intensa dentro del equilibrio.» ¿Cómo lo hago? «Cuando comas, come intensamente. Cuando camines, hazlo intensamente. Profundiza en ti y verás que eres eterna.» ¿Cómo he llegado hasta aquí? «Tú me has buscado. ¿De qué tienes miedo, Alicia?» Creo que del fracaso. «Pues que el fracaso no se te suba a la cabeza. A veces es peor que el éxito.» No sé qué hago aquí. «Acostúmbrate a este cuerpo. Compartirás con él un viaje tan importante como la muerte —y la vida—, Alicia. Dime, cuántas horas has dejado de estar en ti.» Demasiadas. «Pues es hora de regresar.»

Un soplo de aire. Abro los ojos. Pablo me observa con cierta preocupación.

—¿Dónde estabas?

—En mí.

XIII

Sexo sagrado

Son las siete. Suena el despertador. Lo paro. Diana se queja. Cojo mis pantalones y mi camiseta. Entro en la ducha. Me lavo los dientes. Alguien llama a la puerta. «Ocupado.» Salgo al jardín. Llego tarde a la meditación. Misma rutina, mismo impacto espiritual. Desayunamos. Hacemos un taller de danza consciente. Nos pasamos la mañana bailando, tocándonos y conectando con la sensorialidad. De vuelta a la casa, escucho una conversación ajena.

—Hoy es el gran día. Qué ganas tengo del Templo del Amor. ¿Tú no?

La otra persona asiente con efusividad. Emily me coge de la mano.

—¿Estás bien? —pregunta.

—Sí, ¿y tú?

—Bueno, está siendo intenso.

—Lo sé.

La rodeo con mi brazo.

—Te huele el sobaco —se queja.

—¿En serio?

Testeo mis axilas. Tiene razón. Me quito la ropa, me pongo el bañador y me meto en la piscina. La comida está servida. No me da tiempo a cambiarme.

—Por la tarde nos quedaremos en la casa preparando la

actividad de esta noche: el Templo del Amor —dice Asha.

Aplausos, miradas cómplices entre los asistentes.

—¿Qué es eso, Rita? —susurro.

Diana y Emily ponen la oreja.

—No os voy a contar nada, pero vais a flipar.

Recogemos y nos tumbamos en el césped. Me quedo dormida con la cabeza apoyada en el abdomen de Diana. Me despierto un par de horas más tarde. Menuda siesta.

—Llevo meándome un buen rato, pero me sabía mal molestarte —dice Diana.

Nos reímos. Me meto de nuevo en la piscina. Pablo se acerca.

—¿Qué tal estás? No hemos podido hablar desde ayer.

Claro, estás demasiado ocupado ligando con otras tías.

—Estoy bien. ¿Y tú?

—Bien. ¿Lista para el templo?

—Pues no lo sé porque nadie me explica de qué va.

—No seré yo quien desvele la sorpresa.

Inclino la cabeza hacia atrás. Me mojo el pelo.

—¿Has pensado en lo que harás tras el retiro?

—Todavía no.

—¿Te acuerdas de mi propuesta?

¿Te acuerdas tú?

—Algo recuerdo.

—¿Y bien?

—No sé lo que haremos. Tiempo al tiempo. Ahora estoy aquí.

—Tienes razón. Vivamos el presente.

Sonríe. Quiero hacerme la dura, pero no hay forma. Se me escapa una mueca y desvío la mirada. Siento que me pongo colorada.

—Tengo ganas de verte esta noche.

Se acerca. Me da un beso en el hombro y sale de la piscina. Observo el horizonte. ¿Por qué esta noche es tan especial?

—Nos vamos a duchar y a poner un poco zorras. ¿Te vienes? —me dice Diana.

—Voy.

Buceo. Aguanto la respiración. Escucho el bullicio en un segundo plano. El agua trae el silencio. Salgo y me seco. Paso unos minutos sentada en una hamaca, charlando con un par de chicas. Me despido. Llamo a la puerta del baño. Está Emily. «¡Pasa!» Entro y me ducho. Me seco el pelo, me maquillo. Mi piel está bronceada y la base de maquillaje es demasiado clara. Un chico que pasa por allí escucha mi drama estético y me deja sus polvos. Tienen un ligero toque de color. Son perfectos.

—¿Queda *glitter*?

—¡Sí! Aquí lo tienes —contesta Emily.

Nos ponemos purpurina en los pómulos. Pintalabios rojo. *Eyeliner*. Cojo del armario mi vestido nuevo. Hoy es una ocasión especial. O eso parece.

Escuchamos que la cena está servida. Salimos. La gente nos mira. Mi atuendo es muy sexy. Una raja lateral casi deja ver mi coño. El escote me llega hasta el ombligo. La espalda al descubierto. Pablo no me quita ojo. Me siento poderosa. Diana lleva una camiseta con mucho escote. Casi se le salen sus monumentales tetas. Una minifalda abraza sus caderas. Está impresionante. Emily viste un mono atado al cuello, muy estrecho. El zorrómetro va a mil, señoras.

Bebemos vino y comemos ligero. Rita no deja de mirar a Diana. Su conexión es tan pura y tan bella que todavía no entiendo por qué Diana sigue teniendo miedos, inseguridades o fantasmas en su cabeza. No se han vuelto a besar desde aquella noche.

Asha se levanta de la silla. Prestamos atención.

—Hoy es una noche muy especial. Celebramos nuestro Templo del Amor.

Aplausos. Alguien golpea con fuerza la mesa, el resto le sigue. Desconozco el motivo de tanta excitación.

—Los Templos del Amor tienen una serie de normas que debemos respetar. Todos los actos y encuentros se harán con consenso y pleno consentimiento. Si una persona no quiere conectar, os apretará con su mano dos veces. Es de vital importancia aceptar el rechazo, ¿de acuerdo?

Los asistentes asienten.

—Los encuentros son sagrados. Si alguien no quiere participar, por favor, que salga del espacio. Debemos mantener la vibración y la energía grupal.

No entiendo nada. Me he perdido.

—El Templo del Amor es un viaje hacia la sensorialidad y la divinidad, pero la protección y la salud son igual de importantes. Encontraréis algunas barreras en las cestas que hay repartidas por la sala.

¿Perdón?

—Disfrutad del contacto, de las sensaciones, del trance y de la meditación a través del placer. Esta noche vais a follar con los dioses.

Volteo mi cabeza. Hablo con la persona que tengo a mi derecha.

—Pero ¿qué es esto del Templo del Amor? No me entero.

—Es una orgía sagrada, querida —me sonríe.

No. Me. Jodas.

—¿En serio?

No hay respuesta. Asha toca una campana y hace de nuevo el saludo *namasté*. El grupo le corresponde. Diana me mira con cara de susto. Emily se lleva las manos a la boca con cierta efusividad.

—¡No me lo creo! Es mi fantasía, tías —grita.

Me siento en la hamaca para intentar procesar lo que está a punto de suceder. Rita se acomoda a mi lado. Pablo la sigue.

—¿Qué tal? —me preguntan.

—Flipando, la verdad.

Emily y Diana se quedan de pie a nuestro lado. Rita coge la mano de Diana. Está temblando.

—¿Sabíais que mi fantasía sexual es una orgía? —cuenta Emily.

—Pues estás a punto de hacerla realidad —dice Rita.

—Pero no entiendo nada. ¿Esto es así? ¿Tan frío? —insisto.

—¿Frío? ¿Por? —pregunta Pablo.

—Han organizado una orgía sin caldear el ambiente. Así, sin más. Me resulta muy artificial.

—Esto no es una orgía cualquiera, Alicia.

—Son orgías sagradas —interrumpe Rita.

—Y con mucha consciencia corporal, emocional y espiritual —prosigue Pablo.

—Hoy en día, las personas no tienen relaciones sexuales, solo se masturban con cuerpos. Puro consumismo corporal derivado de la llamada cultura *hook-up*, que traducido sería algo así como «aquí te pillo, aquí te empotro».

—Leí un artículo sobre ese fenómeno —contesto.

—Eso ha surgido a raíz de las aplicaciones para ligar. Joder, ¡podemos coquetear mientras cagamos! —Rita se ríe.

Se cruza por mi mente Ricardo. Qué pensaría de esto.

—La sociedad no se implica en las relaciones amorosas o sexuales. Han aumentado las ITS, las infecciones de transmisión sexual. Se apuesta por el individualismo, el consumismo, la inmediatez; incluso por el capitalismo —sentencia Rita.

—¿Y una orgía no? —pregunto.

Recuerdo el club *swinger* y la cantidad de encuentros sexuales que se daban sin mediar palabra. Parecía que follar fuese como hacer ejercicio.

—Depende de las orgías. Nosotros apostamos por las sagradas.

—¿En qué se diferencian? —pregunta Diana.

—En que nos miramos, nos olemos, nos tocamos el cuerpo divino. Estamos presentes. No quiero consumir tu cuerpo; quiero fusionarme con él, adentrarme en ti, conocerte a través del sexo. Apostamos por meditar a través del gozo, de los orgasmos, del contacto —añade Rita.

Me mira. Sonríe. Estoy tratando de gestionar lo que está a punto de suceder.

—Rita, perdona que te moleste, ¿tienes algo de marihuana? —pregunta Pablo.

—Sí, claro. ¿Nos hacemos un porrito antes?

—Por supuesto.

No sé si eso será bueno o malo, pero de perdidos al río. Pablo acaricia mi pierna. Trago saliva.

—Joder, no podía ser mejor. ¡Estoy a punto de participar en una orgía! Qué emoción —suelta Emily.

—¿Te animas, Diana? —pregunta Rita.

—¿A qué?

Rita lame el papel de liar con su lengua. Observa a mi amiga. Esta se pone nerviosa.

—A lo que tú quieras.

Carraspeo.

—Creo que me apunto a todo —responde.

¿Cómo? Diana me guiña el ojo.

—Hemos venido a fluir, ¿no? Fluyamos, pues —insiste.

—¿Y tú, Alicia?

Pablo me apunta con sus pupilas. Están a punto de disparar. Siento su deseo cargado.

—Solo vivimos una vez.

Rita baila. Se enciende el canuto. Le da un par de caladas y se lo pasa a Pablo. Él la imita. Diana fuma un poco, tose de nuevo. «No me acostumbraré nunca a esta mierda o qué.» Emily disfruta del momento y se deleita expulsando el humo. A mí me dejan lo peor. Sabe a petróleo, pero me coloca igual. Escuchamos de nuevo la campana.

—Es la hora. ¿Preparadas?

XIV

Templo del Amor

Nos levantamos. Aliso un par de arrugas que se han formado en mi vestido. ¿Para qué? La ropa me va a durar poco por lo visto. Cojo una copa de vino que hay en la mesa. Le doy un trago. Vamos allá. Nos acercamos a la sala abovedada. De camino, Pablo me coge de la mano y me retiene. Nos alejamos unos pasos.

—¿Estás bien?

—Sí, ¿por?

—¿Asustada?

—Expectante.

—Me apetece conectar contigo esta noche.

Sonrío. Sigo caminando. Entramos. Una luz roja protagoniza el ambiente. Ni rastro de azul. Huele a incienso. Asha toca el tambor chamánico. Cada impacto retumba en mi interior. Algunas personas respiran fuerte. Hace calor. Me doy cuenta de que el suelo está cubierto con un plástico muy fino. No me puedo creer lo que está a punto de suceder. Diana me aprieta la mano. La abrazo. Emily se une a nosotras.

—Por el club, zorras. Disfrutemos de nuestra existencia. Y que se joda el mundo —suelta Emily.

El último golpe del instrumento resuena con cierto eco. Nos quedamos callados.

—Bienvenidos al Templo del Amor. Empezaremos elevando la energía Kundalini y después daremos paso a una sesión de *Liquid Love*. A partir de ahí, hasta donde cada uno quiera llegar.

¿Una sesión de *Liquid* qué? ¿Qué coño es eso?

Suena una música. Es erótica, muy sensual. Me inspira tribalismo, humanidad, raíces. Muevo mi cuerpo con soltura. No tengo vergüenza. Siento que ya nos conocemos todos. Mis caderas danzan solas, no pienso. Respiro. Vuelo.

Mis pies descalzos se quedan pegados al plástico del suelo. Resulta incómodo. Algunos grupos empiezan a tocarse y a besarse. Yo sigo a lo mío, sin conectar con nadie. Estoy cerca del altavoz. Escucho la textura de las notas. Me siento bien. Energizada. Gotas de sudor empiezan a colarse por mi escote. Observo mi alrededor. La gente está desnuda. Es el momento. Me quito el vestido. Lo dejo en una esquina. Hago lo mismo con mis bragas. A la mierda. Soy libre.

Dejo que mi cuerpo se exprese como quiera. La música se vuelve ecléctica. El pelo se me pega a la nuca. Diana y Rita bailan juntas, muy pegadas. Se besan con pasión. No veo a Emily. Salto. Luces estroboscópicas. La sensorialidad es intensa. No sé si esto será muy espiritual, pero es una puta locura. Un gemido. El primero de la noche. No hay penetración, solo roce entre los cuerpos.

Suena la campana. El movimiento se para, como si se congelase el tiempo. Imito al grupo. Aparecen dos personas con dos cubos enormes llenos de un líquido extraño. Los asistentes se lo restriegan por el cuerpo. Sus pieles brillan. Veo a Emily a lo lejos. Diana y Rita siguen a lo suyo. Me acerco y toco ese material viscoso con mis manos. Lo unto por mi dermis. Sin darme cuenta, estoy rodeada por varias personas. La música vuelve a sonar, esta vez es más lenta. Un hombre me roza con su brazo. Delante de mí una mujer se desliza por mi cuerpo. Otro ser se apunta a nuestro extraño e improvisado trío. Yo estoy quieta. No entiendo muy bien de qué va esto.

Alzo la mirada. Veo un puzle formado por personas que encajan sus extremidades. Es imposible adivinar dónde empieza una y acaba la otra. ¿De eso se trata? ¿De frotarse?

Emily se está besando con Carlota y con María. Son muy diferentes entre ellas. La diversidad me resulta bella. Emily las masturba a la vez. Un hombre se les acerca. Ella lo observa y se deja tocar. Él la embadurna con el líquido y le toca el coño con los dedos. Emily aumenta el ritmo con las dos chicas que no paran de liarse. Se acercan más personas. Me cuesta ver a mi amiga. Alguien le come el coño. ¿Es Jorge? La escucho gritar. Se deja llevar por las sensaciones. De algún modo, ella es la reina, la protagonista, la consentida. No sé ni cuántas manos la están acariciando, pero su cara es de puro éxtasis. Alguien se pone un preservativo. Le susurra al oído. Ella asiente. La penetra mientras Carlota y María hunden sus lenguas en su entrepierna. Emily, cachonda, coge el pene de una persona que pasa por su lado y lo masturba. Se miran a los ojos. La escucho correrse varias veces. Me cuesta ver qué sucede. Me están rodeando.

El círculo se hace cada vez más pequeño. Acaricio sin querer el pene de un desconocido. Pido perdón. Se ríe. Siento unas tetas enormes moviéndose por mi espalda. Son tantos estímulos que me cuesta identificarlos. Pierdo la percepción de la materia. Ya no soy una, soy un conjunto. Me dejo llevar por el flujo del movimiento. Inspiro. Arqueo la espalda. Qué maravilla. Pienso en Emily. Debe de estar pasándoselo muy bien cumpliendo su fantasía. Me alegra estar presente y acompañarla desde la distancia.

Cuando me quiero dar cuenta, hay más personas. Ya somos unas diez. ¿Once? No sé quién me acaricia ni a quién tocan mis manos. Solo pienso en su divinidad. Una cara se apoya contra la mía y empieza a bajar por cada rincón de mi tez. Unos dedos juegan con mis pies. Mis nalgas friccionan con las de otra persona. ¿O es su espalda? No lo sé. Somos un pulmón que inspira y espira al mismo ritmo. Un corazón que bombea el deseo y la pasión. Me da igual el físico de cada persona, la edad o la condición. Es el todo lo que hace que no me importe nada. Unas uñas arañan mis caderas. Unos dedos aprietan mi pezón. Unos besos sellan mi abdomen. Puro éxtasis.

Suena otra campana. Alzo mi cabeza entre los cuerpos. Un grupo está en el suelo, lamiéndose y tocándose. Los gemidos se intensifican. Asha sube el volumen de la música. Estoy cachondísima. Una mano me roza el coño. Es justo lo que deseo. Quiero saber de quién es. Una mujer me sonríe. Se arrodilla. Voy al suelo con ella. Los demás se ponen a nuestro nivel. Jugamos con los kilos, con los centímetros. Exploramos nuestros cuerpos para crear nuevas formas, versiones, texturas, motivaciones. Estoy tumbada boca arriba. Acarician mi entrepierna. Jadeo. No pienso.

Me resbalo con el plástico del suelo. Mi pelo está mojado. El sudor se mezcla con el líquido. Escucho una voz. Me resulta familiar.

—¿Quieres encontrarte con los dioses, Alicia? —susurra.

Abro los ojos. Es Asha. Ella sonríe. ¿Quién se encarga de la música entonces? ¿Acaso importa? Una persona me coge la cabeza y la pone sobre sus muslos. Me acaricia la cara. Alzo la mirada. Es Pablo. Me guiña un ojo. Asha me toca los pies. Masajea suave mis tobillos, mis gemelos y mis muslos.

—Yo soy el canal que te conectará con la divinidad a través del placer.

Recorre mi abdomen y mis pechos. Baja tocándome con la punta de sus dedos como si me hiciese cosquillas. Es placentero. Inhalo. Exhalo. Repite el mismo patrón varias veces. Me relajo. Evita tocarme el coño. Escucho un orgasmo muy cerca. Pablo y Asha siguen ahí, conmigo. Uno investigando mi cara, mi pelo, mis tetas, mis costillas. La otra descubriendo mis pies, mis rodillas, mis muslos, mi pelvis. Cuatro manos deleitándose con el saco de huesos que soy y yo flotando en el universo.

Un ligero roce en mi coño. Me pilla por sorpresa. Continúa por mi barriga hasta el centro de mi ser. Mi alma vibra. La mano desciende como si fuese una medusa ajena al efecto de su picadura. Vuelve. La palma se detiene unos segundos encima de mi clítoris. La presión aumenta. Mi excitación también. Se abre mi garganta. Gimo. Observo a Pablo. Él me aprisiona con sus ojos. Estoy en sus aposentos. Me dejo hipnotizar por su magia. Asha se centra en el pulso de mi deseo. Movimientos circulares. Una respiración alterada. Un espasmo muscular agita mi pierna izquierda. No controlo mi cuerpo.

—Deja que el universo te abrace, Alicia.

Con sus pulgares recorre mis labios mayores. El flujo inunda mis paredes vaginales, noto cómo la secreción sale con delicadeza provocándome un ligero cosquilleo. Asha recorre cada centímetro de mi coño. Desconozco la técnica que está utilizando, pero hace que me eleve. Arqueo la espalda y acto seguido golpeo mi columna contra el suelo. Emerjo de nuevo. La polla de Pablo está dura. Percibo su grosor en la nuca. Él jadea. Asha ni se inmuta. Pinza mi clítoris y lo lleva hacia un lado y hacia el otro. Los dedos de mis pies se comban.

—Tráemelo. Sí, ese. —Asha habla con alguien.

Oigo un zumbido.

—Voy a mover la bala vibradora por tu *yoni*. Cuando pase por un punto en el que sientas placer, aprieta mi muñeca.

Desde la zona perineal, Asha sube por los labios hasta el clítoris. Desplaza la bala con cuidado y muy despacio. Pasa por una zona que me hace gemir. Aprieto su muñeca.

—Ahora entrégate al placer.

Mis piernas se alborotan. Mi respiración pierde el compás. Mi cabeza se zarandea. Pablo me sigue acariciando. Abro la boca. Estoy a punto de correrme.

—Entrégate, Alicia. Hazlo.

Empujo mi pelvis. Expongo más mi coño. Abro las piernas todo lo que puedo. Busco la mano de Pablo. Él me aprieta fuerte. Entrelazamos los dedos. Izo mi pecho. Un impulso hace que mi abdomen se hunda. Y ahí está, el primer orgasmo. Jadeo. Gimo. Intento alejarme de la vibración. Ya es suficiente. Basta.

—La catarsis puede ser intensa, pero estamos contigo, ¿de acuerdo?

¿Catarsis? Aparto mis caderas. Es imposible. Asha comprime la bala contra mi clítoris. Sigo con los espasmos del orgasmo. Resuenan como un eco. Me resulta incómodo. Una sensación de soledad se apodera de mí. Una lágrima me cae por la mejilla y moja la mano de Pablo. Quiero salir de aquí. No quiero seguir. ¿Dónde nace este vacío? Dejo de estar en el plano físico. Me peleo con las emociones, lucho contra ellas. Tristeza viste de rojo. Miedo presume de su traje negro. Enfado se pone su corona azul. Las tres presiden mi cuerpo. Unas frente a las otras. Un ángel caído del cielo con sus alas rotas. Un demonio perdido en el infierno con su tridente deshecho. La vibración anclada en mi entrepierna. Grito porque quiero salir de mí. De aquí. Del caos.

A lo lejos atisbo una luz, un destello. ¿Qué es? Una visión cae del cielo, como un choque contra mi pecho. ¿Qué es esto? De pronto, la paz reina en mi cuerpo. Las emociones se alejan. El equilibrio esquiva los restos de esta guerra que acabo de librar. «Estoy aquí.» Un blanco puro cubre el negror de mis ojos. Es la sensación más bella que jamás he sentido. Me postro ante la blancura de este cielo. Y veo a Dios. O a Diosa. O en plural, o en singular. Da igual. El bautismo de mi pena y de mi gloria. Las deidades se adueñan de mi ser. Se me escapan más lágrimas, esta vez de admiración, de asimilación, de sosiego. Estoy nadando en el cosmos. «Estoy en ti.» Un temblor nace en mi útero. Mi clítoris se hincha. Las contracciones rigen mi coño. El pálpito de un gozo ya conocido. Un puto milagro. Me corro en esta albura, en medio de la inmensidad. La explosión se produce en mis adentros y sube por mi columna vertebral. No puedo parar de gemir. El orgasmo se eleva al cuadrado. Mi piel se eriza. Un grito ahogado se escapa de mi garganta. La electricidad serpentea por mi espalda y se instala en mi entrecejo. Mi tercer ojo se abre. Los siguientes clímax cambian de localización. No están en mis genitales. Brotan de mi cabeza hacia el resto de las cavidades. Un oleaje de placer arrasa con cada átomo de mi ser. Estoy a merced del éxtasis. No dejo de gemir. No es por la vibración en mi coño; es por la caricia de mi alma. ¿Existe el tiempo en esta dimensión?

—Respira, Alicia. No te olvides de tu respiración.

Tomo una bocanada de aire que alivia la intensidad. Y poco a poco, como una pluma mecida por la brisa, me dejo atrapar por las fuerzas de la gravedad. Vuelvo a mí. La vibración se detiene. Noto las manos de Pablo en mi cabe-

za. El suelo está pegajoso. El plástico se fusiona con mi sudor. El calor de la sala. Los fuertes gemidos que ensorde-
cen. Entreabro los ojos. La luz roja. El parpadeo inminente.
El lloro que no cesa.

—He..., he visto a Dios —balbuceo.

Asha se acerca a mí. Acaricia mi cara. Aparta el pelo
pegado a mi frente.

—Sí, y está en ti.

XV

Supongamos que sí

Llevo una hora mirando la taza de té. A todos nos afecta la resaca de la orgía. Nadie habla. Nadie escucha. Estamos ausentes. Es domingo y hace calor. Junio no se apiada del ambiente. Los grillos se encargan del hilo musical de la mañana. La humedad hace que no deje de sudar. Ahora entiendo por qué la odiaba tanto.

Emily se acaba de levantar. Alcanza una manzana y se sienta a mi lado.

—¡Buenos y orgásmicos días! —grita.

La miro de reojo. Hago un sonido inconexo.

—¿Dónde están Diana y Rita?

—Ni idea.

—¿Tú crees que...?

Cierto. Anoche las vi liándose, pero después..., qué coño, no soy capaz de asimilar lo que sucedió después. No estuve allí. Ni tan siquiera estuve en mí.

—¿Qué tal el Templo del Amor? —me pregunta.

¿Qué palabra utilizo para describir la vivencia?

—Inefable.

Emily se queda callada unos instantes.

—Joder, yo no sabía ni con cuánta gente estaba follando. Era un tetris de personas y genitales. Al final, había una montaña de condones a mi lado. Qué locura.

El silencio de nuevo. Dura poco.

—Tía, he cumplido mi fantasía sexual. ¡Anoche participé en una orgía! Tengo ganas de gritarlo.

Me suena esa sensación. Acto seguido:

—¡Anoche hice una orgía! —grita fuerte.

Interrumpe la paz de los asistentes, que se giran y observan a Emily. Se ríen, aplauden. Un par de personas la abrazan. «Estuvo genial, eh. Qué bien haber conectado con tu ser.» Emily pone una cara extraña.

—No sé quiénes son —me susurra.

—¿En serio? Pues parece que ayer te acostaste con ellos.

—Ni idea. Yo solo veía divinidad. Pollas y coños sagrados.

Su comentario me hace reír y el sorbo de infusión me sale por la nariz. Me atraganto. Toso.

—¿Estuviste con Pablo?

—Sí.

—¿Y con quién más?

—No te lo vas a creer.

—Dime.

—Con Asha.

—No jodas. ¿Follaste con la profesora?

—No fue follar exactamente.

—Bueno, ¿tuviste «sexo sagrado» con ella?

—No te cachondees de eso.

—No lo hago.

—Emily.

—¿Qué?

—Sí, estuve con ambos. Pero solo me masturbaron.

—¿Y?

—Flipé. Entré en trance. Creo que experimenté el puto nirvana.

—Joder, ¿tan bien lo hacían? Tendré que follar con Asha también.

—¡Emily!

Le doy un codazo. Tiro sin querer su manzana mordida al césped. Me mira con mala cara.

—Serás zorra —dice. Nos reímos.

—Eso ya no es un insulto, amiga. Más bien es un halago —le aclaro.

Veo que Diana y Rita salen cogidas de la mano. Ay, Dios.

—Buenos días, parejita —suelta Emily.

Diana desvía sus ojos negros y los funde con los de Rita. Ambas juntan sus cabezas. Pero qué...

—Un momento.

Se ríen.

—¿En serio? —me sorprendo.

—Te dejo con tus amigas, bella. Ahora vengo —se despide Rita.

Diana se sienta a nuestro lado. Dejo la taza en el suelo. No me lo puedo creer.

—Cuenta. Ya —insiste Emily.

—Bueno, ayer... Ayer me acosté con Rita.

Emily chilla. Yo me llevo las manos a la cara. ¿Dónde está la Diana que conocí en el baño de un garito cutre? No queda ni rastro de ella.

—Tía, ¿yyy? —dice Emily.

—Muy bien. Fue superbonito.

—Detalles, queremos detalles —digo.

—Joder, me da vergüenza.

—Anda ya, ¿a estas alturas? Si te hemos escuchado orgasmar —suelta Emily.

—¿En serio? ¿Cuándo?

Abro los ojos de forma exagerada mirando a Emily

para que se calle. Ella frunce el ceño. Diana no entiende nada.

—La tarde del Satisfyer en casa de Alicia.

—¡¿Me escuchasteis?!

—Un poco. —Le resto importancia.

—Bastante —reitera Emily.

—Bah, no tanto.

—Nos pusimos cachondas —confiesa.

—Pero, ¡Emily! —grito.

Diana se ríe.

—Ayer me pasó algo parecido   cuenta Diana.

—Hostia.

—Estuve con Rita en la orgía sagrada. No hicimos nada. Queríamos estar solas. Nos pusimos muy cachondas viendo al personal. Y tú, Alicia, estabas en otro mundo. Parecía que estabas convulsionando.

Me sonrojo.

—Rita me preguntó si quería ir con ella a su habitación y accedí. Nos estuvimos liando en la cama. Yo no podía más. Nos quitamos la ropa. Me empezó a comer el coño y *oh, my God!*

—¿Qué?

—Sentí que me meaba encima. Le dije lo de mis orgasmos con *squirt*. Le encantó. Saqué el culo para no mojar las sábanas y siguió lamiéndome. Os juro que es el mejor polvo que he experimentado.

—Tampoco es que tengas mucho con qué comparar... —interrumpe Emily.

—Es verdad. Bueno, me corrí. Parecía una fuente. Le mojé la cara a Rita. Después, la tumbé encima de mi corrida. Nos empapamos. Le toqué el coño y...

—¿Se lo comiste?

—Sí, amigas. Ayer me comí mi primer coño.

Aplaudimos.

—Fue alucinante. Tal y como tú decías, Alicia. Muy intuitivo.

—¿Lo ves? Es fácil si tienes uno.

—Fui con cuidado al principio. Me impactó el sabor, ¿a vosotras también os pasó?

—Sí, la acidez. Pero ¿nunca te has lamido los dedos después de masturbarte? Es lo mismo.

—Pues... no, nunca los he saboreado.

Rita se acerca. Acaricia la espalda de Diana. Se cogen de la mano.

—Esperad —dice Emily.

Se queda pensativa.

—Hoy he dormido con Rita.

—Sí, ¿y?

—En la cama llena de corrida.

—No me corrí en la cama —dice Diana.

—Un poco sí —añade Rita.

—¡Tías! Con razón me olía raro. Pensaba que era yo.

—Cogimos la fregona para secar el *squirt* —se defiende Diana.

—Pero el ambiente seguía cargado —la contradice Rita.

Nos reímos.

—Os queríamos pedir una cosa.

—Claro.

—¿Os importa si hacemos cambio de habitación? Mañana ya se acaba el retiro, pero...

—Nos apetece dormir juntas —sentencia Rita.

—Me toca aguantar los ronquidos de Emily, ¿no?

—Oye, cabrona.

Suelto una carcajada.

—Sin problema —digo.

Veo a Pablo observándome desde la distancia. Está sentado en el borde de la piscina. Sale, se seca y se acerca.

—Buenos días, chicas.

—Buenos días —respondemos.

—¿Qué tal la noche?

—¡Fue brutal! —comenta Emily.

—Me alegro.

Pablo clava su mirada en mí. Yo hago como si nada.

—¿Y la tuya? —insinúa Diana.

Lanza una mueca. Se peina el pelo hacia atrás.

—Fue mágica.

Lo observo. Me sonríe.

—Y hablando de hechizos y magas... Alicia, ¿qué haces esta tarde?

Me pilla desprevenida.

—¿Yo?

—Sí.

—No sé.

—Nada —interviene Emily.

—¿Te apetece que te enseñe un poco la isla?

—¡Claro que le apetece! —responde mi amiga.

Asiento con la cabeza. Sonrío. Me devuelve el gesto. Suspiro. El corazón me va a estallar. Pablo se marcha satisfecho.

—Bueno, bueno. Hoy tienes una cita, Alicia —dice Diana.

—¿Y gracias a quién? —pregunta Emily.

Rita coge a Emily y se tiran a la piscina juntas. No podemos parar de cachondearnos.

—Tía, ¡la digestión! —vocifera Emily.

—Pero si solo le has dado un bocado a una manzana —le digo.

El aroma del cuscús no tarda en invadir nuestro olfato. Comemos rápido. Pablo se acerca.

—¿Te va bien que salgamos a las cuatro?

—Sí.

Son las tres. Corre, maldita sea. Me levanto. Me ducho rápido. *Eyeliner*. Mierda. Me sale torcido. Joder, ahora no. Vamos, Alicia. Cojo un bastoncillo de los oídos e intento arreglarlo. Ya está. Pintalabios rojo. Ese que resiste hasta las mamadas. No vaya a ser que me pille desprevenida. Nunca se sabe. Me pongo un vestido precioso y unas sandalias planas. Salgo al jardín. «Pablo está fuera», me informan. Abro la puerta. Está apoyado en su moto. No me jodas.

—¿Vamos en moto?

—Sí.

—Espera.

Vuelvo a la habitación. Me pongo unos tejanos negros un tanto mugrientos y una camiseta escotada de tirantes. Chaqueta negra. Salgo de nuevo.

—¿Mejor?

—Antes estabas guapísima, pero tu vestido corría cierto peligro.

—¿Nos vamos?

Me pongo un casco semiabierto. Me aprieta bastante. No todo iba a ser perfecto. Arranca la moto. Subo. Pablo no tiene bien apoyado el pie. Casi nos caemos.

—Empezamos bien —bromeo.

Nos reímos. Mete primera. Siento el rugir de la moto en mis piernas. Qué sensación. Me pone cachonda. Cualquier cosa que venga de él me pone cachonda, la verdad. Soy fácil.

Recorremos una carretera que atraviesa un pinar y llegamos a un acantilado. Seguimos bordeando la montaña. Paramos en un pueblo.

—¿Has probado el *flaó*?

—¿El qué?

—Es un dulce típico de Ibiza. Una tarta de queso deliciosa.

Entramos en una pequeña tienda. Pablo saluda al dependiente. Compra un trozo de *flaó*. Nos despedimos. Salimos a la calle. El sol golpea nuestras cabezas. Hace muchísimo calor. Me suda el canalillo.

—Pruébala.

Me aparto el pelo y le pego un bocado a la tarta. Está deliciosa. Se me cae una migaja de la boca. Definitivamente, no sirvo para la seducción.

—Perdón.

Pablo se ríe.

—¿Te gusta?

Asiento con la cabeza. Saboreo el dulzor de ese manjar. Qué maravilla. Acabamos el pequeño *tour* gastronómico y subimos de nuevo a la moto.

—¿A dónde vamos ahora? —pregunto.

—Te voy a enseñar mi lugar favorito, aunque no sé si es demasiado intenso para una primera cita.

—¿Esto es una cita?

—Ah, ¿no lo es?

Me hago la loca. Sonrío y me pongo el casco. Arranca de nuevo el motor. Volvemos a zigzaguear por las montañas. Al cabo de veinte minutos, el camino se acaba y Pablo aparca la moto a un lado.

—Tenemos que seguir a pie.

—Perfecto.

Nos adentramos en el espesor de los pinos y caminamos diez minutos más. Y de repente, ahí está. Una playa de aguas cristalinas. El color turquesa protagoniza el paisaje. El sol empieza a caer, pero todavía se puede sentir el impacto de los rayos en la piel. La arena se cuela en mis sandalias. Me quedo petrificada admirando tanta belleza. Pablo me observa.

—Es precioso.

—Lo es —asiente mirándome.

Ese piropo tiene mi nombre. Igual que en las películas románticas. Yo ni me inmuto. Perfilo el horizonte con mis ojos. Me quito las sandalias. La arena exfolia las plantas de mis pies. El calor que emana de la tierra hace que camine de puntillas. Me quema, salgo corriendo hasta la orilla.

—¿A dónde vas?

—¡Quema, quema! —grito.

El frescor del agua alivia la quemazón. Pablo se quita las botas.

—Claro, tú has hecho trampas —comento.

Se ríe. Coge los zapatos con la mano izquierda.

—¿Te apetece pasear?

Un hombre desnudo pasa por mi lado.

—Ah, se me olvidó comentarte un pequeño detalle: esto es una playa nudista.

Lo miro con cierta resignación. Me quito la ropa sin pensarlo. Hago una mueca.

—Listo.

Pablo repasa cada rincón de mi cuerpo. Se quita los pantalones, la camiseta y los calzoncillos.

—¿Y sueles traer aquí a tus primeras citas?

—Supongamos que sí —responde.

¿Será verdad?

—Me parece muy inteligente por tu parte. Así puedes escanear el trozo de carne que más tarde vas a saborear. Me apunto la táctica para mis próximas citas —vacilo.

—¿Conoces un sitio como este en Madrid?

—¿Y quién ha dicho que mis próximas citas vayan a ser en la capital? Mi viaje por Ibiza aún no ha terminado.

Él me mira de reojo. Se ríe bajito. Una pareja nudista

nos saluda. Mi vida no podía ser normal por un instante. ¿Acaso no te gusta así?

—¿Qué tal llevas tu novela?

—Bien. Estuve escribiendo un poco en el retiro. Me he traído el portátil para avanzar. Quiero empezar a moverme por las editoriales después de las vacaciones, en septiembre.

—Le hablé a Carmen de ti.

—¿En serio? ¿Y qué le dijiste?

—Que conocía a una chica con mucho talento que quería publicar su novela erótica «totalmente inventada».

—Pero si no has leído nada mío.

—¿Y qué?

—Que no sabes si tengo talento.

—No me hace falta leer algo tuyo para intuir que lo tienes. A lo largo de mi carrera me he dejado guiar por una pequeña voz interior que me dice cuándo alguien merece una oportunidad.

—¿Te ha funcionado?

—Jamás me ha fallado.

Me quedo callada.

—¿Y qué te dijo Carmen?

—Que tenía mucho trabajo.

—Lo suponía.

—Pero que le interesaba tu historia.

—¡¿De verdad?!

—Sí, de verdad. Pero si esto sale adelante, yo necesito algo a cambio.

¿Está coqueteando o me está chantajeando?

—¿Qué quieres?

—¿Qué me ofreces?

¿Es tonteo? Creo que sí.

—¿Mi compañía en una playa nudista?

—Me encanta este momento, pero me temo que no se puede comparar.

—Cierto. ¿Tal vez dejarme inspirar por ti?

—Vaya, ¿te vas a quedar más días en Ibiza?

—Supongamos que sí.

—Cuidado, la isla atrapa.

Un pequeño silencio se interpone entre nosotros. Escucho el vaivén de las olas.

—Porque solo te atrapa la isla, ¿verdad? —pregunta.

—Solo me atrapa la isla. Nada más —respondo.

Nos miramos. Sonreímos. Pongo cara de gilipollas.

—¿Te está gustando el retiro?

—Está siendo muy intenso. Creo que algo está cambiando en mi interior.

—Suele pasar. Asha es una maestra. ¿Disfrutaste ayer?

Carraspeo. Me invade la vergüenza, no entiendo por qué.

—Sí, para qué te voy a mentir. Fue increíble. Jamás había sentido algo parecido.

—¿Qué notaste?

—Un orgasmo por todo mi cuerpo y mucho placer en el entrecejo.

—¿En el tercer ojo?

—Sí, supongo. Duró minutos. Fue muy potente.

—Vaya, Alicia. Ayer experimentaste un orgasmo expandido.

—¿Eso existe?

—Créeme que sí.

—¿Y qué es?

—En definitiva, es un clímax que puede alargarse durante minutos o incluso horas. Reich escribió sobre el tema en 1942, pero el término lo acuñó la doctora Taylor en 1995. Se han hecho varios estudios sobre ese tipo de estados alterados de consciencia.

—Joder, qué interesante. ¿Tú has experimentado alguno?

—Sí, tres veces. Una con Asha, por ejemplo.

—¿Te masturbó?

—Exacto, pero no fue en una orgía.

—Ah.

—Estuvimos juntos una temporada.

—Entiendo.

—Nada serio, eh.

—¡A mí me da igual!

Me hago la indiferente. Él se ríe.

—¿Y tus relaciones? —me pregunta.

—¿Qué?

—Que qué tal.

—¿Quieres que hablemos de mis relaciones en nuestra primera cita?

—Supongamos que sí.

Esa frase se ha convertido en nuestro mantra y en nuestro tablero de juego.

—Tuve una relación larga con un chico. Diego. Estuvimos juntos cinco años. Lo dejé hace unos meses. Pero esto ya te lo conté, ¿no?

—Sí, pero no me diste detalles.

—Tampoco tenía confianza contigo.

—¿Y ahora?

—No.

—¿Suficiente como para darme alguna pista?

Me muerdo el labio. Saludamos a otros nudistas.

—Odio el conformismo, y cuando me quise dar cuenta me había dejado seducir por él. Vivía en la rutina, todo me daba igual. Planeamos dar la vuelta al mundo, pero nunca se materializó. Demasiados pájaros en la cabeza.

—Menuda locura. ¿Y qué pasó?

—Nada, una noche lo vi claro y al día siguiente puse rumbo a Madrid.

—¿Te arrepientes?

—¿De qué?

—De haberlo dejado.

—A veces. La soledad pesa un poco, ¿sabes?

—Te entiendo. Hace poco empecé a salir en serio con una chica y no funcionó.

—¿Por?

—Soy un hombre libre, Alicia.

—Libre como el viento —vacilo.

Se ríe.

—Yo apuesto por relaciones abiertas —me aclara.

—¡Ah! Rita me dio una pequeña clase sobre la no monogamia. ¿Tú eres liberal?

—Creo que confundes la terminología.

—Es posible. Fue una clase introductoria. Si quieres, puedes contarme la segunda parte.

—«Liberal» es un concepto asociado a una vida sexual muy activa en cuanto a experiencias, personas, locales... Algo similar a ser *swinger*. ¿Te suena?

—Sí, he ido a algún club.

—¿De verdad? No pareces ese tipo de chica.

¿Qué tipo de chica parezco? Parece que un hombre libre sea algo atractivo, bohemio, seductor; pero la cosa cambia si lo es una mujer. Entonces suena a promiscuidad. Estoy cansada de esta mierda.

—En las relaciones abiertas, las personas tienen relaciones sexuales fuera de la pareja, algo conocido como la «no exclusividad sexual». Después está el poliamor. Las personas no tienen exclusividad sexual ni afectiva, es decir, pueden tener más de un vínculo a la vez.

—¿Y tú qué eres?

—Yo soy anárquico relacional.

Conozco la palabreja. Rita es de la misma especie.

—¿Sabes lo que es?

—Claro. Significa que no quieres exclusividad y que no etiquetas tus relaciones. Todos los vínculos son importantes porque son únicos.

—Muy bien. ¡Aprobada!

Celebro mi victoria. El sol cae. El cielo se vuelve naranja. El mar se calma. Parece una balsa. La gente se empieza a poner la ropa. Quedamos pocos en la playa.

—Alicia.

—Dime.

—Supongamos que me gustas. —Me da un vuelco el corazón—. ¿Yo te gusto a ti? —me pregunta.

—Supongamos que también —contesto.

Nos quedamos callados.

—¿No te da miedo mi libertad?

—¿No te da miedo a ti la mía? —respondo.

—No, más bien me siento atraído por ella.

Alicia, no la cagues por lo que más quieras. No seas gilipollas. Actúa con normalidad. No te caigas, no le des un codazo, que no se te escape el pedo que llevas aguantando todo el paseo. No hagas nada raro, joder.

—¿Y qué podemos hacer? —digo.

Pablo me para. Me coge de la mano. Creo que voy a vomitar.

—Nuestro vínculo puede ser muy especial —añade.

—¿Has pensado en ello?

—Supongamos que no paro de hacerlo.

Trago saliva. Me atraganto un poco. Toso un par de veces. Aguanto la tentación de expectorar. Mis ojos lloran.

—¿Estás llorando?

—No.

—Te lloran los ojos, Alicia.

—Es que...

No puedo contenerme más. Carraspeo fuerte. Me pongo roja. Un cosquilleo en mi garganta que no cesa. Pasan unos segundos que parecen eternos. Vuelvo a coger su mano.

—Perdona, ¿por dónde íbamos?

Pablo suelta una carcajada grave.

—¿Sabes lo que más me gusta de ti, Alicia? Que no te pareces a las demás.

¿Eso es bueno o malo? Utilizar a las demás como algo despectivo suena poco feminista, por más que se haya usado como declaración de amor (un tanto tóxica, por cierto) en miles de novelas y películas.

—¿En qué sentido? —pregunto.

—Te da igual no estar perfecta. Si tu *eyeliner* se ha corrido.

¿Se ha corrido?

—Si tienes algo entre los dientes.

¿Lo tengo?

—O si tus tetas son más grandes o más pequeñas.

¿Cómo son?

—Eres tú, tal cual.

—¿Y eso se supone que es bueno?

—Sí, sin suposiciones.

Dibujo una sonrisa. No muestro mi dentadura no vaya a ser que tenga un trozo de comida entre los incisivos.

—Nos imagino siendo muy libres, Alicia. Disfrutando de nuestra compañía. Organizando fiestas sexuales. Haciéndonos el amor hasta el amanecer. Recorriendo la isla en la moto. Follándonos a otros cuerpos, juntos. Conociéndonos y dejándonos llevar por los sentimientos. Sin barreras.

Me siento atraída por su físico, su grandeza, su poder, su valentía, su libertad, su toque bohemio, su inconformismo. No puedo resistirme.

—No sé muy bien qué decir —respondo.

—Supongamos que no tienes que decir nada.

—Supongamos que me encantas, Pablo.

—Supongamos que te beso aquí y ahora.

Supongamos que sí.

XVI

¿Son mariposas o es un retortijón?

La noche se apodera del paisaje. Voy agarrada a su cintura. La luz del faro muestra la carretera. Una curva a la izquierda, otra a la derecha. No puedo parar de pensar en la química, en la conexión, en el destino, en mi corazón. El sabor de sus labios todavía permanece en los míos. Pienso en cómo me ha cogido por la nuca, en cómo nos hemos fusionado con el atardecer. Desnudos. Libres. Nuestros. Propios.

Llegamos de vuelta al retiro. Dejo el casco encima del asiento.

—Y esto ¿qué significa? —pregunto.

—¿Qué quieres que signifique?

—Me apetece conocerte.

—A mí me encantaría tener una relación contigo, Alicia.

¿No es demasiado pronto? ¿Y si no piensas tanto? Lo que sientes por Pablo es muy potente. Fluye.

—A mí también —le sonrío.

Me acerco. Vuelvo a besarle. Pablo me coge por la cintura. Aprieta su cuerpo contra el mío. Siento el calor de su entrepierna. En menos de un segundo me pongo cachonda. ¿Cómo es posible? ¿Qué tendrá?

Entro en la casa. Las chicas están en el jardín tocando la guitarra y cantando. Emily toca la pandereta.

—¡Alicia! —gritan.

Vienen corriendo. Me rodean. Pablo se sienta con otro grupo. Me observa. Le sonrío.

—Ay, esa cara... —dice Diana.

Me sonrojo. Me tumbo en el césped. Se unen.

—¿Qué tal ha ido?

—Nos hemos besado.

—No esperaba menos —suelta Emily.

—¿Y qué? Cuéntanos —insiste Diana.

—Ha sido mágico. Paseo por la playa, tonteo máximo, mucha conexión. No sé. Me encanta ese hombre.

—Alicia, ¿te estás enamorando?

—Es muy intenso. Siento cosas muy fuertes por él.

Rita está callada. Mira a Diana. La expresión de su cara es un tanto extraña. No le doy importancia.

—¿Y se lo has dicho? —pregunta Emily.

—Más bien él me lo ha dicho a mí. Se ha declarado. Me ha dicho que quiere que empecemos algo juntos.

—¿En serio? Joder.

—No sé si vamos muy rápido o qué. Solo hemos tenido una cita, pero queremos seguir conociéndonos —concluyo.

Charlamos en el jardín. Cantamos canciones de los noventa, bebemos vino y nos abrazamos con todo el mundo. Una melodía romántica renueva el hilo musical. La gente se toca, se besa, se ama. Rita y Diana no paran de acariciarse. Emily charla con una pareja sobre su pasado. Pablo se acerca.

—¿Bailas?

Sonrío. Me levanto. Apoya una mano en mi cadera y entrelaza la otra con la mía. Nos miramos. Inspiro su perfume. Se mezcla con el olor a gasolina, a mar, a sudor. Acaricio su pecho velludo. Él besa mi frente. Mis ojos brillan.

—Me gustas mucho, Alicia —me susurra.

—Tú a mí también, Pablo.

Acerca sus labios a los míos. No los toca. Percibo el calor de su aliento. Condensa mis comisuras. Me apoyo en su gran nariz. Las cejas aumentan la sensualidad de sus ojos. Se aparta. Besa mi mano con delicadeza. Me observa de reojo. Sus pupilas se dilatan. Descanso mi cabeza en su pecho. La medida perfecta. Me rodea con sus brazos. Me siento protegida. Él apoya su cara en mi cabeza. Esnifa mi pelo. Pienso en el casco. ¿Olerá bien? Da igual, Alicia. Disfruta del momento.

Un hormigueo sube por mis extremidades. Estoy flotando en medio del cielo. En mi pecho se instala una presión agradable. La materialización del amor.

—Me apetece dormir contigo, Alicia.

Reflexiono sobre esta declaración de intenciones durante unos minutos. Pienso en esas frases que me han repetido desde que soy adolescente. «Hazte de rogar.» «No se lo pongas tan fácil.» Pero qué coño importa todo eso si el deseo está latente. Si a mí me apetece. Que se jodan las normas.

—¿Dormir? —vacilo.

—Sí, me apetece dormir a tu lado, abrazados. Pero también recorrer tu cuerpo desnudo, entender tus pliegues, adentrarme en ti, poner en duda el paso del tiempo.

—Estás hablando de follar, ¿no?

Pablo se ríe. Su nuez sube y baja.

—Sí, Alicia. Estoy hablando de empotrarte contra la pared y follarte hasta que no me queden fuerzas.

Abro los ojos. Dejamos de bailar. Lo miro. Joder. Pongo mi mirada de calientapollas y mi cara de asesina en serie. No tengo muchos más recursos. Pablo se sorprende. Aprieta sus dedos contra mis bíceps. El deseo nos volverá locos. Bendita locura, pues.

Lo agarro de la muñeca. «Vámonos», le susurro. Una sonrisa pícara. Un guiño. Una mordidita en el labio. Cruzamos el comedor, subimos las escaleras. Abre la puerta. Una habitación enorme con baño. Tiene las mejores vistas de la casa. No encendemos la luz. La iluminación del jardín es suficiente. Me quita la camiseta. Besa mi cuello, mis escápulas, mi columna vertebral. Se arrodilla. Amasa mi culo prieto dentro de los pantalones roñosos. Desabrocha el botón. Me sorprende su habilidad. Desliza los tejanos por mis muslos, mis rodillas. Me quito las sandalias, que huelen a pies. Las escondo debajo de la cama. Disimulo. Gira mi cuerpo. Me sienta en la cama. Acaba de pelearse con mi vestimenta. Nos reímos. Solo llevo puesto un tanga. Él me observa. Escanea cada centímetro de mi dermis.

—No te das cuenta del poder que tienes.

Me empuja. Empezamos a besarnos. Me sobra su ropa. Es una barrera. Le quito la camiseta. Seguimos peleándonos con nuestros labios. Su polla está dura. La noto, la siento. Está lista para el abordaje. Nos frotamos, nos acariciamos. La intensidad aumenta. No puedo contener mis ganas de morderle. Lo hago. Suelta un pequeño grito. Me sonríe. Me coge del pelo, gira mi cabeza. Me lame el cuello desde la clavícula hasta la oreja. Me mojo entera. Es mi punto débil. De repente, para. No entiendo nada. Mis ojos verdes se encuentran con los suyos en busca de respuestas. ¿Qué ha pasado? Se separa. Elevo un poco la espalda. Me apoyo sobre los antebrazos y los codos. Se desabrocha el pantalón. Me clava su mirada. El pecho me va a reventar, el coño también. No aguanto ni un segundo más. Él lo sabe. Quiere alargar la tentación, el momento, el deseo. Le gusta jugar conmigo. Yo me dejo. Estoy en tus manos, Pablo.

El sonido de la cremallera. Sus calzoncillos negros asomando. Se quita los pantalones. Cae arena por el suelo. Nos da igual. Me incorporo. Agarro su mano. Lo invito a volver conmigo. Su peso comprime mi cuerpo. Adoro conocer cada elemento de su ser. Puedo sentir el pálpito de su polla. Pum, pum. En mi coño. Pam, pam. Araño su espalda. Él me coge con las dos manos y desplaza mi cuerpo hasta el otro extremo de la cama. Me separa las piernas con delicadeza. Me lanza esa puta mirada. Lame mis tobillos. Sigue por el interior de mis muslos. Siento su aliento que transita por encima de mi mojado coño. Recorre la otra extremidad. Los espasmos hacen que me mueva sin querer. Él apoya su mano en mi abdomen. Baja poco a poco. Se lleva consigo mi tanga. Lo aparta. Sus pupilas en las mías. Frunzo el ceño. Entreabro la boca. Suspiro. Me haces sufrir. ¿Lo sabes? Joder, claro que lo sabes.

Desvía sus ojos a mi coño. No te asombras, eh. No hay sorpresas. Ya lo viste ayer, pero no era tuyo. Ahora sí. En estos momentos, cada partícula de mi ser tiene tu nombre. Pablo. Pablo. Pablo. Suspiro.

Con la punta de su lengua toca suave mi clítoris. Espera mi reacción. Voy a reventar, por favor. Cómetelo ya. Por favor.

Escucha mis silenciosas plegarias. Acerca su gran nariz a mi entrepierna. Lo huele. Jadea. Saca su lengua. Un pequeño hilo de saliva cae encima de mis labios. Se acerca y lame. No tiene prisa. Su lengua es ancha y gorda como su polla. Cada esquina, cada rincón. No deja nada por descubrir. Lo quiere todo. Mi deseo no me hace aguantar mucho más. Empujo su cabeza contra mi coño.

—Me voy a correr —jadeo.

—Córrete en mi boca —consigo descifrar.

Echo atrás la cabeza y apoyo la parte superior en el colchón. Mis ojos ven el techo. Hay una mancha. No presto atención. Mis párpados caen. La oscuridad. Y ahí, el tornado que se acerca. Está a punto de arrasar. Muevo mi pelvis. Pablo coge mis caderas con fuerza. Aumenta el ritmo. ¿Cómo lo puede comer tan bien? ¿Será por la edad? ¿La experiencia? A la mierda, qué importa. Restriego mis fluidos por esa barba que parece no crecer nunca. Un espasmo. Una contracción. Y otra. Y otra. Y otra más. Gimo alto. No paro de gritar. Un placer intenso inunda mi cuerpo. Estoy buceando en el clímax. Aparto mis caderas de su lengua. Cojo su cabeza. Le freno. No puedo moverme.

—¿Te ha gustado?

Sonrío. Me he olvidado hasta de mi nombre. Él se tumba a mi lado. Acaricia mi cuerpo. Voy a incorporarme para seguir con el encuentro. Me detiene.

—Disfruta del momento. Es tuyo.

Respiro. Mi piel se eriza. No hay gravedad. Mi alma está nadando por el espacio. Al cabo de unos minutos, Pablo se pronuncia.

—Me encantaría sentirte en mí.

Volteo mi cabeza. Lo miro. Desvío la vista hacia sus arrugas y sus canas. Me fascina el paso del tiempo en él.

—A mí también. ¿Tienes un condón? —pregunto.

—Sí, espera.

Se levanta. Coge uno de su mesita de noche. Hay otro envoltorio abierto. ¿Ha follado con alguien más durante estos días? Es un hombre libre, ¿recuerdas? Se pone de rodillas en el colchón. Las sábanas se arrugan. Abre el preservativo con la boca. Me mira. Saca su polla. Se masturba. Sus pectorales se tensan. Su barriga redonda se relaja. Las venas me muestran el camino. Se pone el condón. Empuña su polla. Es gordísima. Me abro de piernas. Él apunta hacia mi abertura vaginal. Mi coño lo absorbe sin esfuerzo. La introduce poco a poco. Juega con la mirada. Observa lo que está pasando entre nuestros genitales y entre nuestras almas. Sonrío. Asiento. Empuja su pelvis. Mis piernas se abren más. Apoya sus codos en la cama, uno a cada lado de mi cabeza creando un espacio que es solo nuestro.

La penetración es profunda. Lanzo un gemido. Él me sigue. No hablamos. Nos tocamos, nos abrazamos. Nos miramos. Nos adentramos en nosotros más allá del sexo. Follamos con nuestra esencia, con nuestras miserias, con nuestras grandezas, con todo nuestro ser. Lo abrazo con las piernas. Rodeo sus caderas. Su pecho suda y moja mis tetas. Nuestros alientos aumentan la temperatura. La humedad se condensa. Deslizo las manos por su espalda. Sus embestidas adquieren ritmo. Sus huevos rebotan en mi culo. La cama se mueve. Parece que el techo se vaya a caer.

Me pongo encima. Subo y bajo. Muevo las caderas. Él me guía con sus manos. Estoy chorreando. Veo que mi flujo ha empapado los pelos de su pubis. Mis tetas rebotan. Pablo apoya los pies y frena mis movimientos. Me empotra. Tengo que apoyarme en la pared. Se impulsa con su cuerpo. Gime fuerte. Me mira. Me observa. Me recorre con sus ojos. Las arrugas se le marcan. Las gotas le caen por la frente. Tiene el pelo empapado. Aprieta la carne de mis nalgas. Alza el cuello. Suelta un gemido. El movimiento se descontrola. Vamos sin frenos hacia el placer. Mis ingles rebotan en su pelvis haciendo ruido. Mis pezones están duros. Y en ese momento, un grito grave se ahoga en su garganta. Ahí está, el orgasmo. Su polla palpita. Frenamos el meneo. Apoyo mis manos en la cama. Arqueo la espalda. Intento recuperar el ritmo de mi respiración. Pablo parece que se haya desmayado. La tensión de hace unos segundos se disipa. Predomina la calma. Me saco su polla. Me tumbo a su lado. Entrelaza sus dedos con los míos. Abre los ojos. Voltea su cabeza. El sudor sigue serpenteando por su cara.

—¿Qué has hecho conmigo? —me pregunta.

—¿Yo? Nada.

—Alicia, joder.

Se acerca. Me besa. Con su mano derecha esconde un mechón de pelo detrás de mi oreja. Me acaricia la sien, comprime su pulgar grueso y áspero contra mis cejas. Las peina. No pierde detalle de mi tez. Yo me abandono en brazos de esa sanación, en las garras del ¿amor?

—Soy adicto a ti. Es oficial.

Espiro. Sonrío con dulzura. Se incorpora. Se quita el condón poco a poco. No sale ni una gota de su semen. Su glande brilla. Su polla pierde grosor. Todo vuelve a la normalidad. O, al menos, a esta nueva normalidad regida por los sentimientos. Anuda el látex. Lo tira al suelo. Nos metemos dentro de las sábanas. Le doy la espalda. Me abraza con su cuerpo. Cucharita. Su polla juega por mis nalgas. Él huele mi pelo. En pocos minutos, escucho su respiración fuerte. ¿Se ha dormido? Eso parece. Sus brazos bloquean mi torso. No puedo moverme. Desvío mi atención a la ventana. Creo que será imposible dormir después de esto. Joder, ¿qué estoy sintiendo? ¿Qué coño me pasa? Estoy tan bien. Quiero seguir hundiéndome en él. La fusión de nuestra piel. Me brillan los ojos. Tengo la boca un poco seca. Da igual. Estoy flotando. Noto un hormigueo en la barriga. Son las mariposas del amor. Alicia, estás enamorada. Acéptalo. Asúmelo. Vívelo. Ese revoloteo se hace más intenso. Me comprime las costillas por dentro. Siento un pinchazo en el lado derecho. Au, duele. El estómago ruge. Un nudo se instala en mis intestinos. Tengo ganas de tirarme un pedo. Lo contengo. Ni se te ocurra, Alicia. Tienes la pelvis de Pablo bien pegada a tu culo. No puedes hacerlo. Aguanto. No puedo. Me duele. Se hace más grande. Se me hincha el vientre. Vale. Qué hago. Tengo que echarlo porque me está matando.

Aparto sus brazos. Está inconsciente. Se despierta.

—¿Alicia?

—Me hago pis.

El silencio. Pablo sonríe. Se acomoda en la almohada. Vuelve a respirar fuerte. Todo controlado. Voy de puntillas. Me muevo muy despacio. Cualquier oscilación puede hacer que se descontrolen mis putas mariposas estomacales. Abro la puerta del baño. Hace ruido. Enciendo la luz. Dentro reina el más puro silencio. No se escucha bullicio en el jardín. Cierro. ¿Y ahora? Me siento en el váter. Meo con cuidado. Cojo un trozo de papel. Lo empujo contra mi ojete. Uno, dos y tres. Me balanceo hacia un lado y hacia otro. Tienes que salir, hijo de puta. Ahí está. Un suspiro. Una suave brisa. Una flatulencia bajo control gracias a la barrera de papel. Me confío. Y de repente.

Prrrrrrrrrrrrrrrrrrrrrrrrrrrrrrrrrrrrrrrrrrrrrr.

Sordo. Grave. Alto y claro. Aprieto el ano. Toso de forma falsa.

Joder.

Joder, joder, joder. Por favor, que Pablo esté dormido. Por favor. Dios, por favor. Soy un desastre. Tiro de la cadena. Tardo unos segundos en salir. Abro poco a poco la puerta. Vuelvo de puntillas. Me meto con sumo cuidado en la cama. Soy un ninja. Soy invisible. Suspiro. Está dormido. Menos mal. No sé qué hubiese pensado si de rep...

—¿Estás bien? —escucho.

Mierda.

XVII

Ven conmigo

Es extraño sentirme así. ¿Así, cómo? Llamémoslo conexión. ¿Es eso? Hay algo más. Finges no darte cuenta, pero sabes que palpita en ti con fuerza y rabia. Acepta tus emociones, no son opcionales. El estado de ánimo, en cambio, sí lo es. Es amor. Dilo otra vez. Es amor. ¿Y qué más? ¿Por qué me cuesta tanto expresarlo? No lo sé. ¿Miedo al sufrimiento? Tal vez. No podemos esconder la realidad. Está vigente. Interiorízalo y dilo. Alto y claro. ¿Estás...? Qué. Estoy enamorada.

Repítelo, Alicia.

Estoy enamorada. Sí, joder. Estoy enamorada de Pablo. Lo siento, lo percibo. La sensación aletea por mi interior. ¿Y qué más da si es tarde o temprano? La lucha entre la prisa y la calma. ¿Acaso el amor entiende de tiempo o espacio? Pienso demasiado las cosas y las vivo poco.

Una brisa acaricia mi cara. Abro los ojos. El mar perfila una línea borrosa más allá del ventanal. Unas risas se cuelan en la habitación. Vienen del jardín. Algunas personas se marchan. El retiro acaba hoy. ¿Nuestro viaje termina mañana? Pablo me roza la cintura. Besa mi espalda.

—Buenos días, mi diosa.

Un pálpito. Un galope en mi pecho. Una emoción desbocada. Inspiro.

—Buenos días.

Me giro. Quedamos frente a frente. Me acaricia la cara. Una legaña en mi ojo. El primer aliento de la mañana. La vulnerabilidad de un despertar.

—¿Te quedas en Ibiza?

Sonrío. Me levanto. Meo. Me lavo la cara. Me peino con las manos. Vuelvo a la habitación. Estoy desnuda.

—Qué bonita eres con esta luz.

Me tumbo a su lado. Nos quedamos callados. Si algo sobra en este momento son las palabras. Una hora en la profundidad del presente. Acariciándonos. Besándonos. Perdiéndonos. Me vienen a la mente las palabras de Galeano en su *Diagnóstico de la civilización*: «En algún lugar de alguna selva, alguien comentó: "Qué raros son los civilizados. Todos tienen reloj y ninguno tiene tiempo"».

Tiempo. Un tictac que perturba el silencio. Nuestra necesidad de estar fuera de él. Escuchamos una campana, a lo lejos.

—Tenemos que bajar —comenta Pablo.

—¿Y si pasamos?

—Quédate conmigo en Ibiza.

De nuevo me hago la sorda. Me visto y bajamos. No me he duchado. Todavía huelo a sexo. Mi coño está pegajoso. Las chicas están con las maletas preparadas. Yo ni tan siquiera sé dónde están mis bragas.

—Ha sido un placer organizar e impartir este retiro un año más. Me llevo un recuerdo maravilloso que se queda en mi corazón para siempre. Espero que sea recíproco —dice Asha.

Pablo me coge de la mano. Alguien se apoya en mi hombro. Es Emily. Me asomo y veo a Diana y a Rita.

—Quién folló anoche, eh, zorra —me susurra.

Me río. Expreso la intensidad del polvo con un suspiro

y mis ojos en blanco. Emily me da un codazo. «Creo que te escuchó toda la casa», añade. Finge un orgasmo. Nos mandan callar. Pablo aprieta dos veces mi mano. Lo observo. Sonríe.

—*Namasté*. Hasta el año que viene.

Hacemos el saludo y nos abrazamos. Después de una hora de despedida, amor y apapachos, vuelvo a mi habitación. Hago la maleta. Emily y Diana entran.

—¿Qué hacemos? —pregunta Emily.

—No quiero volver a Madrid —dice Diana.

—Yo tampoco —añado.

—¿Nos quedamos unos días?

—Sí, pero ¿dónde? —pregunta Emily.

—En casa de Rita, no hay problema. De hecho, me lo ha comentado esta mañana —aclara Diana.

—Cuántas cosas mágicas nos está regalando Ibiza, ¿verdad? —digo.

—¡Y este retiro! Ha sido brutal. ¡Quiero volver cada año! —exclama Emily.

—¿Qué tal estás tú? ¿Más aliviada?

—Sí, tía, necesitaba sacar esa mierda de mi interior. Gracias por estar, en serio. —Emily se emociona.

—Somos tus amigas —añado.

—No, sois mis zorras, que es una categoría superior.

Nos reímos.

—¿Y tú, Alicia? ¿Qué vas a hacer? —pregunta Diana.

—¿Cómo?

—¿Te vienes a casa de Rita?

—No lo sé. No he hablado con Pablo sobre el tema.

—¿Qué te apetece?

—Fluyo.

Qué bonito es este verbo y cuánto cuesta ponerlo en práctica.

—Os quiero —susurra Emily.

Diana y yo la abrazamos. Nos quedamos unos minutos tiradas en la cama mirando al techo.

—¡Mierda! —grita Diana.

—¿Qué pasa?

—¡Mis bragas! Tengo que sacarme fotos. ¿Me ayudáis?

Qué remedio. Diana se quita los pantalones. Se pone al lado de la ventana. «Que se vea el mar, es importante.» Le hago varias instantáneas.

—¿Se lo has dicho a Rita?

—No. Me da miedo.

—¿Por?

—¿Qué pensará de mí?

—¿Acaso estás haciendo algo malo?

—No, pero es raro. Vendo mis bragas usadas por internet y gano dinero. Lo cierto es que estoy más conectada con mi cuerpo y más empoderada. Verme en fotografías semidesnuda hace que me acepte, el hecho de que otras personas sientan deseo por mi físico aumenta mi seguridad.

—Ya, pero no puedes depender de cómo te vean los demás. Lo importante es cómo te ves tú.

—Sí, claro, Alicia. Cuando tienes un culo que cabe en una talla 36 es fácil dar ese consejo. Cuando necesitas tallas especiales y encima tu piel es negra... la cosa se complica. Nunca he sentido que tuviese las mismas oportunidades que el resto de las personas. Y por primera vez creo que es posible.

—Hiciste bien en irte de casa de tus padres —dice Emily.

—Ha sido muy duro, pero es la mejor decisión que he tomado en mi vida.

—Cuando cogemos las riendas de nuestra existencia,

nos libramos de las cadenas que nos atan a la monotonía —reflexiono.

—Creo que el hecho de pensar que solo voy a vivir una sola vez hace que quiera ser mía. No quiero que nadie decida por mí —sentencia Diana.

Emily y yo nos miramos. Sabía que Diana tenía unas alas escondidas, pero jamás pensé que serían tan grandes.

—Tengo derecho a enamorarme de quien yo sienta, a decidir por mí misma, a equivocarme, a llorar, a reír, a experimentar, a hacer con mi cuerpo lo que yo quiera porque es mío.

—¡Que se joda la sociedad! —grita Emily.

—No, ¡que se joda el sistema! La sociedad es un reflejo de una estructura que nos limita y nos adoctrina, pero también es la base de una pirámide en la que se sustentan el éxito y la meritocracia. Si esa base tiembla, los cimientos se caen. Aunque para que eso suceda debemos romper con el aleccionamiento social y para ello tenemos que conocernos.

Diana y Emily me miran.

—Qué profunda y qué revolucionaria estás, Alicia.

—Soy acuario, qué quieres.

Alguien llama a la puerta.

—¡Chicas! Nos vamos.

Diana guarda sus bragas en una bolsa transparente. Cojo mi maleta y salimos. Rita y Pablo nos esperan.

—¿Y bien? ¿Os quedáis? —pregunta Rita.

Mi amiga la abraza. Se besan. Una mirada de amor. Qué mágico es su vínculo.

—Nos quedan muchas noches —le susurra Diana.

Pablo me mira. Me acerco. Siento el palpitar de su pecho. No sé por qué intento alargar la incertidumbre si me pueden las ganas.

—¿Te quedas? —pregunta.

Tenemos una historia que contar, ¿recuerdas? La nuestra.

—Como dijiste, Ibiza atrapa.

Me mira. Suspira. Me abraza.

—Rita nos ofrece su casa. Nos quedaremos una temporada. Se está bien aquí —digo.

Pablo me separa. Me coge por los brazos con firmeza.

—Ven conmigo.

Me río.

—¿A dónde?

—A mi casa. Quiero ponerte ese vinilo de Thelonious Monk por las noches mientras bebemos un vino blanco que tengo reservado para ocasiones especiales. Quiero ver tus huellas por el suelo cuando te levantes y camines descalza. Quiero hacerte un batido por las mañanas y que te pongas mi camisa blanca. Quiero hacerte el amor y que manchemos las sábanas. Quiero bañarme contigo en la piscina y leer algo de Kapuscinski en voz alta.

Las palabras se quedan atrapadas en mi garganta. Me palpita una vena del cuello. Todo suena tan ficticio que me cuesta aceptarlo como realidad. ¿Estoy presa en mi propia novela? ¿Esto es verídico? ¿Soy la protagonista de una *chick lit*? ¿Qué coño está sucediendo en mi vida? Qué pasa.

—Dime que vienes conmigo. O tendré que raptarte.

Miro a las chicas. Es nuestro viaje, no sé si...

—¡Pablo! ¿Nos vemos este sábado en tu casa? —interrumpe un chico.

—¿Perdón? —responde Pablo.

—¡Sí! ¡La fiesta! ¿Recuerdas?

—¡Ah, sí! Claro, este sábado nos vemos. Trae tu máscara.

—Esta vez no me olvido. Nos vemos, tío.

Palmadita en el hombro y se esfuma. ¿De qué fiesta habla?

—¿Me he perdido algo?

—¿Recuerdas que me ofrecí para inspirar tu novela «inventada»?

—Sí.

—Pues me acaban de fastidiar la sorpresa. La fiesta era el recurso que tenía preparado para iluminarte. Por cierto, las chicas están invitadas también. Vendrá gente del retiro que ya conocéis. Puedes quedarte conmigo hasta entonces y después decidir si quieres marcharte. ¿Qué me dices?

Respiro con falsa resignación.

—Trato hecho.

Me besa sin pensarlo. Hunde sus labios en los míos. Coge mi cara con su mano derecha y mi nuca con la izquierda. Comprime su pecho. La electricidad me sube por los pies hasta las sienes. Fuegos artificiales. Pájaros cantando. Violines sonando. Rosas floreciendo. Cupido lanzando su flecha. Yo lamiéndome la herida.

—¿Nos vamos? —pregunta Emily.

—Voy a raptar a vuestra amiga, con permiso. Espero que no os sepa mal.

—¡Qué dices! La tenemos muy vista —bromea Emily.

—Por cierto, celebro una fiesta el sábado por la noche. Es de máscaras. Debéis traer la vuestra. ¿Os animáis?

—¿Qué tipo de fiesta?

—¡Las fiestas de Pablo son una locura! —grita una mujer al pasar cerca de nosotros.

—Nos apuntamos —confirma Diana.

—¿Y tú Rita?

—Sí, sí.

—Nos vemos el sábado. Me llevo a esta diosa.

Abrazo a las chicas.

—Si necesitas cualquier cosa, llámanos. Lo que sea —susurra Diana.

—Lo sé. No os preocupéis. Pablo es un amor. Me tratará bien.

Se despiden, suben al coche de Rita y se esfuman tras una nube de polvo.

—Su casco, señorita.

Me pongo ese casco que me aprieta la cabeza. Subo a la moto. Cojo la maleta como puedo y me agarro a su cintura.

—Tranquila, estamos cerca.

Enciende el motor. Mete primera. Casi me caigo para atrás. Me sujeto tan fuerte como puedo. Espero no perder el equipaje por el camino. Nos incorporamos a la carretera y serpenteamos de nuevo la montaña. En diez minutos, llegamos a una urbanización. Atisbo una cala turquesa entre el pinar. Intermitente a la derecha. Curva a la izquierda. Se para enfrente de una casa. No puede ser.

—Bienvenida, Alicia.

—¡¿Esta es tu casa?!

Pablo se ríe.

—Sí, es esta.

Abre la puerta del garaje. Hay un deportivo aparcado. Me bajo. Me quito el casco. Estoy perpleja. Pablo apaga la moto. El más puro silencio. Escucho el mar. La brisa que mece la copa de los árboles. Los grillos. El sol alto que quema mi pelo negro.

—¿Sigues aquí?

—Eso creo —digo.

Pablo se adelanta. Me ofrece su mano. La cojo. Camino por encima de unos tablones de madera que conducen a la entrada, presidida por un buda gigantesco. Unas piedras sustituyen el césped de bienvenida. La casa es blanca y rectangular. Líneas rectas. Está escondida bajo el verdor de los pinos y el azul del cielo. Abre la puerta. Un pasillo enorme desemboca en un espacio amplio y diáfano. Miro al techo. Es de cristal. Unas ramas decoran el tejado y protegen la casa del calor al tiempo que ofrecen un efecto visual equilibrado y caótico a la vez. Atisbo paz en la rectitud de las sombras y desorden en el libre albedrío de su distribución. La luz se filtra cortada y desestructurada y crea una cenefa en el suelo.

—¿Me puedo descalzar?

—¿Qué pregunta es esa? ¡Pues claro! Estás en tu casa —dice Pablo.

Me quito las sandalias. Las dejo en la entrada junto a la maleta. Me adentro con los pies descalzos. Siento el suelo fresco. El candor de las paredes lo percibo como sagrado. Tengo la sensación de estar entrando en un templo. Recorro el pasillo. Llego al comedor. El techo es alto y está sostenido por vigas de madera. A mi izquierda, una mesa con seis sillas colocadas a la perfección. Cuatro escalones conducen a otra zona con dos *chaise longues* y una mesita sobre la que reposan algunas revistas de cine. Una televisión enorme. Una librería llena de clásicos. Un tocadiscos escondido en la esquina con su propia estantería de grandes contemporáneos. Alzo la mirada y un gran ventanal me ofrece las mejores vistas de la isla hasta el momento. Salgo.

—No me jodas —digo.

Pablo se gira. Eleva sus brazos y me muestra con orgullo su gran paraíso. Tres de los pilares que sostienen la casa forman un pequeño porche donde refugiarse del verano. Una hamaca cruza de una columna a otra. Algunas plantas tropicales disfrutan de la fotosíntesis. Unos cuantos escalones separan la vivienda de la piscina. Tumbonas blancas, mesitas de mimbre. Más sofás en las esquinas. Al final de la propiedad hay un pequeño huerto. Una zona de barbacoa. Una mesa enorme cuyas líneas se fusionan con el infinito del horizonte.

—¿Te gusta?

—¿Es una broma? ¿Esta es tu casa? ¿Seguro?

—Sí, Alicia. Toda mía.

Pero ¿cuánto dinero tiene este tío? ¿Tanta pasta da el cine? Joder.

—Todavía no has visto el resto. Ven.

Entramos de nuevo. Subimos unas escaleras sin barandilla. Otro pasillo infinito. Abre una puerta. La habitación es tan grande como mi piso. Una cama con sábanas blancas y miles de cojines. Dan ganas de ponerse a saltar encima. Hay un balcón desde el que seguir viendo la playa. Casi la puedo tocar. En el techo no hay manchas, solo madera. Paso al baño. La bañera está frente a la ventana. Un amplio espejo y un mueble con algunas cremas antiedad.

—Esta es mi habitación. Bueno, nuestra habitación hasta el sábado.

—Es preciosa.

Salimos. Otra puerta. Una cama doble y alguna estantería vacía.

—Esta es la habitación de mi hija cuando viene, es decir, un par de veces al año. El resto del tiempo sirve para cobijar a amigos.

Bajamos. Camino despacio. Estoy sorprendida. La casa es tan grande que me hace sentir pequeña.

—¿Te apetece una ensalada de tomate y *mozzarella* para comer?

—Sí, algo ligero. No tengo mucha hambre.

—¿Vino blanco? Tengo un verdejo bien fresquito en la nevera.

La cocina se une con el comedor a través de un hueco

abierto en la pared. No hay puertas. En el centro, una isla de mármol. Parece sacada de una de esas revistas de diseño que te hacen soñar durante unos instantes mientras las hojeas en la sala de espera del dentista.

—Ponte cómoda.

Me sirvo una copa de vino. Salgo. Me tumbo en la hamaca. Bebo un sorbo. Me fascino con el paisaje. Al cabo de unos minutos, Pablo pone un mantel en una mesita del porche.

—Comemos aquí, ¿te parece?

—Genial.

Nos sentamos en el sofá. Comemos y nos vamos desinhibiendo con cada trago de vino. Reímos tanto que me duele la mandíbula. Me apoyo en su hombro para ver el atardecer. Contamos historias y nos convertimos en héroes y heroínas. Dejamos a los dragones que tuvimos que aniquilar para otro capítulo. Solo queremos deleitarnos con la ligereza de la comedia. Abrimos otra botella de vino, que se evapora con el calor de nuestro fuego. La luna nueva nos permite ver las estrellas. Pablo enciende una luz cálida que nos abraza en su halo tenue. Escucho sus anécdotas como productor de cine y sus grandes éxitos que repite con asiduidad. Disfruta de ser quien es. Y yo, de su compañía. A veces se queda callado y me mira sin decir nada.

—¿Qué pasa? —pregunto como una boba.

—Nada.

Y el silencio se apiada de nuestras almas enamoradas. Pongo cara de tonta. Él mira la sombra de mis pestañas. Intenta descifrar el patrón de mis ojos verdes. «A veces son grises y otras, amarillos», comenta. Clavo mi pupila en su mirada profunda, que se enreda en mis esquinas cuando me escanea. Acaricio con la punta de mis dedos la piel arrugada de sus manos. Cuento las canas que se peina cada vez que va a decir algo importante. Acompaño su risa grave en un acto de liberación de mi alegría. Pierdo la noción del tiempo y del móvil. Me besa tan suave que tengo que dejar la copa apoyada en la mesa. Subimos a la cama. Me desnuda. Nos matamos a mimos entre algodón blanco y cojines de plumas. Su piel me sigue resultando desconocida. Se pone el condón en cuestión de segundos. Me penetra mientras sigue intentando adivinar el color de mi iris. Nuestra cercanía es tan acogedora que confirma el dicho de que el dinero no puede comprarlo todo. Para qué queremos la casa más lujosa del mundo si el verdadero hogar es el que construimos cuando estamos cerca. Y ese no está a la venta. Se corre y siento su peso encima de mi cuerpo. Nos quedamos dormidos. Despreocupados. Sudados. Unidos.

XVIII

Y llegaron las noches y despertaron los días

Me preguntas quién soy. Y yo me quedo ahí, de pie, sin saber qué decir. Quizá por miedo a que descubras lo perdida que estoy a mis veintiséis. O a asustarte a tus cincuenta y cinco.

Tú me explicas la importancia de conocerse y yo me pierdo en los ángulos de tu sonrisa. Tú afirmas que voy por buen camino y yo siento que ya no tengo solución. Tú me haces una tostada con aguacate y semillas de chía y yo recuerdo los besos ahogados que nos dimos en la encimera de la cocina. Tú sigues en tu mundo; yo, en el mío; conectados no sé muy bien cómo, ni quiero saberlo, ya ves.

Aquella noche te sentí como nunca pensé sentirte. Y solo puedo agradecer. Agradecer que me dejaras tocarte, besarte y susurrarte lo mucho que me gustas. Que me aportaras equilibrio en tiempos de guerra o que me declararas la guerra en tiempos de paz. Deshicimos la cama de la mejor forma posible, ahogándonos en orgasmos y en desnudez. Nuestra desnudez. En plural.

Aquella noche te descubrí como nunca pensé descubrirte. Y solo podía obedecer. Lo que dictaba tu corazón, tu tiempo o tus ojos entreabiertos que gritaban tal excitación. Y solo te di lo que me dabas y solo me diste lo que te di. Quizá las cosas sean demasiado sencillas como para pensar en ellas. Quizá todo se reduzca a estar y a ser, sin importar el dónde o el qué.

Tú te declaras esclavo de mi coño y yo, de tu ser. Tú me abrazas fuerte por la noche mientras acaricias mis manos, yo no quiero amanecer.

En mi interior te pregunto por qué has aparecido en mi vida. Y tú te quedas ahí, de pie, preparando un batido de naranja y fresas. Sin ser consciente del mundo que estás creando en mi interior ni del efecto que causas en mí.

Siento tu mirada clavada en mi cuerpo desnudo mientras me peleo con el agua fría que sale de la ducha, veo cómo me sonríes cuando llevo el pelo recogido. Y aquí estoy, amando tu risa tardía, esa que nace segundos más tarde de lo previsto por las comedias cinematográficas.

He tenido que perderme para encontrarte y que quieras saber quién soy. No te das cuenta de que estás formulando la pregunta errónea.

Quién eres tú y qué estás haciendo conmigo.

XIX

Sentimientos enfundados

Es viernes. Escuchamos a lo lejos la desgarradora trompeta de Chet Baker. El calor empapa el pelo de Pablo que poco a poco se me escurre como la arena entre los dedos. Desde cuándo me siento así. Desde cuándo me hace sentir así. Quizá fue una correlación de causalidades lo que nos ha traído hasta aquí. A los dos, en esta vida existencial que nos ha tocado vivir.

Cuando me mira, para el espacio-tiempo de esta dimensión. Cada átomo que hay en mí, cada célula que forma mi cuerpo se extasía. Me sumerjo en la profundidad de su mirada, oscura y seductora. Me sumerjo en él, sin pensar en nada. Para qué hacerlo. Acaricia mi piel con delicadeza. Estoy desnuda y mi cuerpo tiembla entre el equilibrio y la agonía. Su intensidad se transmite a través de sus dedos. Se eriza cada poro de mi piel y sonrío, sonrojada y enamorada. Enamorada. Pensé que nunca volvería a sentir esto que él me aporta y me ofrece. El equilibrio milimétrico en una balanza de sentimientos y emociones. La tranquilidad de poder quererlo sin prisas ni pausas, de que se deje querer. Que sea fácil y sencillo, que no suponga un peso ni una carga, sino un alivio, una liberación. Ni tan siquiera sé cuándo empezó todo esto. Cuándo lo buscaba, cuándo lo encontré. Me siento conectada y no consigo encontrar el motivo. O la motivación. Arraigada a sus raíces sin saber ni cómo ni por qué. Veo sus ojos ilusionados y temblamos más, al unísono. Ayer me dijo que lo quisiera entre jadeos y olor a sexo. Llegó tarde.

Me ofrece un vaso de limonada. Bebo mientras me alivio de este bochorno con el frescor de la piscina. Coge carrerilla. Grito en señal de alerta. Se tira de cabeza. Las gotas salen disparadas. No paro de reírme. Me coge por las piernas. Apoyo como puedo el vaso en el borde. Me hundo. Nos besamos bajo el agua. Y otra vez este miedo. Un miedo atroz aferrado a mí, oscureciendo mi interior. No me perteneces, Pablo, pero no quiero perderte. Sentir que te marchas, que te vas. Que todo esto escapa y que ya no hay más. Ni menos. No quiero que este amor acabe. Quiero seguir compartiendo nuestro presente. El aquí y ahora cogidos de la mano por las calles de Ibiza o perdiéndonos entre las sábanas de la cama. Quiero seguir sintiéndote tan adentro que me plantee quién soy y cómo has llegado hasta aquí.

Volvemos a la superficie. Respiro. Sus pestañas están mojadas y las cejas, despeinadas. El pelo se le pega a la cara. Las arrugas me muestran el camino a la perdición. Mis ganas de tenerlo aun sabiendo que es libre, que lo somos. Adoro quererlo despacio, de forma equilibrada, sin dañar ni herir, sin modificar el ecosistema, pero detonando el mundo que hay en mi interior. Ayer me dijo que lo quisiera. Y ya lo hago. En todo momento.

—¿Qué te apetece hacer hoy? —pregunta.

—¿Follarte?

—¿Otra vez?

—Otra vez.

He conocido la casa a través de los polvos que hemos echado. En cada esquina. En cada habitación. Sobre cada mueble. Sobre cada baldosa. No puedo dejarlo. Es una droga y soy adicta. Me hace sentir bien, libre, pura, salvaje. Deseo volver una y otra vez a ese submundo que creamos cuando nos tenemos frente a frente, cuando los centímetros se vuelven milimétricos, cuando el aliento condensa la piel. No lo puedo frenar. Ni quiero hacerlo.

No sé ni dónde está el móvil. Apenas he leído algún mensaje de las chicas. Doy pocas señales de vida. Estoy ocupada viviéndola.

—Me voy a ausentar unas horas, Alicia. Tengo que preparar la fiesta de mañana. Quédate en casa si quieres.

Asiento. Paso la tarde en el porche. Cojo el portátil. Intento escribir. Solo puedo pensar en él. Me he olvidado de mi propia historia. Avanzo con una frase. A la mierda. Cierro el ordenador. Me tumbo. Suspiro. Qué felicidad tan perfecta. ¿Acabará en algún momento? Conozco la respuesta. Y, de nuevo, ese miedo.

XX

La fiesta de máscaras

Amanece nublado. Es una bendición. Unas vacaciones del calor insoportable de los últimos días. Me despierto. Pablo no está en la cama. Bajo las escaleras. Escucho que habla por teléfono. Me siento en el taburete de la cocina. Pasan veinte minutos. Cuelga.

—Perdona, Alicia. ¿Qué tal te has despertado?

—Bien, se me ha hecho raro no tenerte a mi lado.

—Hoy tengo mucho lío.

—¿La fiesta?

—Sí.

Abre la nevera.

—Tienes embutido y un poco de batido. Desayuna lo que quieras. Yo me tengo que ir. Volveré por la tarde. ¿Tienes máscara?

—No.

—Te traigo una. La más bonita que encuentre para la chica más especial.

Me besa. Coge las llaves del coche y se esfuma. Son las diez de la mañana. Estoy intrigada por la fiesta de esta noche. Me hago una tostada con aguacate y bebo ese batido fresquito. Salgo al porche. Cojo el móvil. Las chicas preguntan por mí. Es hora de decirles que todo está bien. «Nos vemos esta noche. Tengo ganas», escribo. Me contestan con *emojis*. Abro el portátil. El cursor parpadea a la espera de una frase, de una historia. Nada. Joder.

El día pasa lento. Me baño en la piscina. Me pongo una copa de vino. Me como los restos de la comida de ayer. Veo una película. Me quedo dormida en el sofá. Escucho un ruido. Es Pablo. Viene con alguien más.

—¡Alicia! ¿Qué tal estás?

Es Asha. Van cargados con bolsas del supermercado y del bazar.

¿Estabas dormida? —pregunta Pablo.

—Sí, me he quedado frita.

—Vamos a prepararlo todo para esta noche.

—¿Necesitáis ayuda?

—¡No! Tranquila. Date un baño —insiste Pablo.

Subo las escaleras. Abro el grifo. Me sumerjo en agua caliente con mucha espuma. Desde la bañera puedo ver cómo decoran la casa. Cada vez hay más gente. Pablo y Asha se divierten. Y ahí están, los celos. ¿Por qué? ¿Qué hago con ellos? Me repito como un mantra que lo más importante es la libertad. Es un hombre libre. Acéptalo.

Al cabo de una hora, sube Pablo. Me trae una máscara preciosa de encaje y plumas negras.

—Para mi diosa —me susurra.

Fuerzo una sonrisa. Demasiadas emociones como para resumirlas en una sola.

—¿Estás bien? —pregunta.

—Sí, bueno, me siento un poco rara.

—¿Por?

—Veo que la fiesta es muy importante para ti y me hubiese gustado, no sé, participar de alguna forma.

—Alicia, llevo organizando esto con Asha desde hace años. Lo tenemos controlado. No necesitamos ayuda. Hubiese sido peor.

—¿Peor por qué? ¿Te estorbo?

—¿Qué dices? No, para nada.

—Te compenetras muy bien con Asha —ironizo.

—¿A qué viene eso? ¿Estás celosa?

Me quedo callada. Sí, coño, estoy muy celosa.

—Joder, sabes cómo entiendo yo las relaciones, Alicia. Te lo dije y tú accediste.

—Lo sé, pero es mi primera relación abierta y no tengo ni puta idea de cómo gestionar lo que siento.

—No te puedo ayudar. Solo puedo decirte que confíes en mí y que respetes mi libertad.

Silencio.

—Quiero estar contigo, Alicia. Creo que hacemos un buen tándem. Hace tiempo que no me sentía así. Me has devuelto la vida con tu varita mágica, ¡chas! —Con su dedo índice me toca la nariz. Se me escapa una sonrisa—. Pero comprende que tengo otros vínculos muy especiales y debo cuidarlos también.

—¿Te refieres a Asha?

—Sí, entre otras personas.

—¿Qué tienes con ella?

—Alicia...

—Si tenemos una relación, creo que debería saberlo, ¿no?

—No, Alicia. Eso forma parte de mi vida.

—¿No me lo vas a contar?

—Hostia, ¿qué más necesitas? ¿No has estado bien estos días? Te he cuidado, mimado, follado, amado. Me he dedicado las veinticuatro horas del día a ti. Suelta un poco la correa, Alicia, porque si no, esto no saldrá bien. Yo no llevo collar.

Sale de la habitación. No intento retenerlo porque tampoco sabría qué decirle. Soy una novata en las relaciones abiertas y parece que tendré que aprender rápido si quiero que esto salga adelante.

Me seco con el albornoz. Escucho que empieza a llegar gente. Me maquillo como siempre. Mi *eyeliner* negro y mis labios rojos. Añado un poco de *glitter* en mis pómulos. Me pongo un vestido de tirantes negro que Pablo me regaló hace unos días. «Para que seas la más guapa de la fiesta», me dijo. El satén brilla. Me coloco la máscara. Alegra esa cara. Sonrío al espejo. Inspiro y espiro.

Bajo las escaleras. La casa está distinta. La luz es muy tenue y erótica. Hay música suave de fondo. La melodía se escucha incluso en el jardín. Unas mujeres preciosas ríen y beben Moët. Parecen modelos. Me siento insegura. Todo el mundo viste de gala. Un hombre trajeado me mira de arriba abajo cuando paso por su lado. Qué asco. Ni rastro de Pablo. Necesito hablar con él. Salgo. Noche estrellada. Hay antorchas encendidas por el césped.

—¡Tía! —gritan.

Me giro. Son las chicas. Nos abrazamos.

—¿Qué tal? ¡Estás guapísima!

—Gracias. ¿Habéis visto a Pablo?

—¿Cómo?

—Si habéis visto a Pablo —insisto.

—Eh, ¿hola? Acabamos de llegar —vacila Emily.

—¿Ha pasado algo? —pregunta Rita.

—No, bueno, nada importante. Estáis increíbles, perdonad. ¿Qué tal ha ido la semana?

—Genial. Hemos ido a una playa paradisíaca. Podríamos ir juntas un día de estos —comenta Diana.

—¡Claro! Me encantaría. Os he echado de menos —digo.

—Y nosotras a ti. Mucho mucho.

Otro apapacho.

—¿No estás bebiendo nada? ¿Quieres una copa de champán?

Un camarero se acerca. Me ofrece una. La cojo.

—Estoy flipando con esta fiesta —dice Emily.

—Menudo curro os habéis pegado —afirma Diana.

—¡A mí no me metas! Yo he estado todo el día tocándome el coño. Ha sido todo cosa de Pablo... y de Asha.

Se quedan calladas. Carraspeo.

—¿Y el perreo para cuándo? —grita Emily.

—Espero que pronto, porque como siga bebiendo y no pueda bailar, tendremos un problema —amenaza Diana.

Nos reímos. Giro la cabeza. Observo a mi alrededor y ahí está Pablo, rodeado de gente, como siempre. Intento localizar a Asha. Me freno. Basta, Alicia. Confía. Suelta la correa.

—Un momento, chicas. Ahora vengo —me disculpo.

Bajo las escaleras y cruzo el césped. Me acerco a Pablo y lo cojo de la mano. Me mira y me sonríe. Apoyo mi cabeza en su hombro.

—Emilio, esta es Alicia.

—Un placer.

—Emilio es productor musical. A muchos de los grandes artistas del momento los ha descubierto él y están bajo su sello discográfico.

—Ah, ¿sí?

Charlan sobre negocios. Me quedo un rato. La conversación es aburrida. Hablan de personas que no conozco, de momentos en los que no he estado y de inversiones de dinero que no me interesan. Parece que estén compitiendo para ver quién la tiene más grande. Emilio se va.

—¿Podemos hablar?

—¿Ahora? —contesta Pablo.

—Sí, por favor.

—Alicia, esta fiesta es muy importante para mí. ¿Ves a toda esta gente? Son muy conocidos en sus profesiones, los mejores. Modelos, futbolistas, productores, actrices y actores, ejecutivos, artistas... Tengo que estar por ellos para que salga bien. No puedo dedicarte el tiempo que necesitas. ¿Lo entiendes?

—Sí, pero escúchame un segundo.

—Dime.

—Lo siento, Pablo. No quería que te sintieras mal. Tienes razón.

—Ven aquí, anda.

Me besa y me abraza. Nos fusionamos en el calor de nuestros cuerpos.

—Por cierto, estás radiante. La diosa de la fiesta —me susurra.

—A juego contigo —le respondo.

Nos sonreímos. Aprieta mi mano en señal de afecto. Vuelvo con las chicas.

—¿Todo bien? —pregunta Diana.

—Sí, perfecto. Perdonad, hemos tenido un pequeño roce y quería pedirle perdón.

—¿Estás mejor?

—Sí, gracias, chicas. Hoy toca zorrear.

Escucho que ponen reguetón.

—¡Aaahhh! ¡Por fin! Abran paso, abran paso —chilla Emily.

La seguimos. Paro a un camarero. Apuro la copa y cojo otra. Vamos a quemar la noche. Suena Ozuna. Perreamos hasta el suelo. Nos dejamos llevar. Rita se queda a un lado, mirándonos. Sabemos el poder que tenemos cuando estamos las tres juntas, el aquelarre que formamos. El huracán que arrasa con todas las miradas. Nos convertimos en el centro de atención. Subo un poco mi vestido de satén.

Diana y Emily hacen lo mismo con los suyos. Alzamos los brazos al cielo. Volamos como brujas sin escoba. Pablo está hablando con dos hombres. Estos lo interrumpen y nos señalan. Él me mira y sonríe. Mueve la cabeza con resignación. Bebe de su copa con lentitud. Nos observan.

—¡Eh, eh, eh, eh! —grita Diana.

Es la señal. Bajamos hasta el suelo. Enseñamos las bragas. Bah, qué más da. Una mujer me cambia la copa. «Gracias», respondo. Sigo bebiendo y perreando. Me quito los tacones. A la mierda el *glamour*. Rita se enciende un porro. Nos ofrece. Le damos unas caladas. Un humo espeso sale de mi boca. Le pego un trago a mi copa. Que las penas se vayan así. Unas chicas se unen y bailan con nosotras. Una morena empieza a perrear conmigo. Es muy sexy. Nos rozamos con las tetas. Muevo las caderas a un lado y a otro. Ella me acaricia el brazo. Emily se está liando con una de ellas. Para qué perder el tiempo. Yo desvío la mirada. Veo que Pablo gira la cara y sigue charlando. ¿Qué hago? ¿Tener una relación abierta implica poder liarme con alguien delante de él? No sé cómo actuar. Otra copa. Otra calada. Intento disfrutar del cuerpo de esta mujer.

—Espero verte luego —me susurra.

¿Luego?, ¿cuándo?

—¡Esto es el paraíso! —grita Emily.

Está rodeada por una pareja. Ellos se ríen. Rita y Diana bailan bien pegadas. Me siento un poco excluida. Voy a coger un canapé. Me balanceo hacia un lado. ¿Voy pedo? Sonrío a varias personas. Me pegan un repaso con la mirada. Es violento. ¿Qué está pasando? Entro en el salón. Pablo está sentado con dos chicas y otro tío. Se agacha para esnifar una raya de cocaína. Se tapa la nariz con la mano derecha. Inspira. Le pasa el turulo a la mujer que está a su lado y sigue charlando como si nada. Me quedo parada. No me lo esperaba.

—¡Ey, Alicia! Ven, ven —me dice.

—Dime.

Me coge de la mano.

—¿Quieres un tiro? —me ofrece.

—No, gracias. —Sonrío.

—¿No tomas *farla*?

—No me mola —respondo.

—¿La has probado alguna vez? —insiste.

—No, nunca.

—Entonces, ¿cómo sabes que no te gusta? —dice la chica.

Se ríen. Estoy muy fuera de todo esto.

—¿Me das un beso? —pregunta Pablo.

Se lo doy.

—¿No os parece que es la chica más increíble del mundo?

Asienten.

—Joder, qué suerte tengo, Alicia.

Cojo un canapé de salmón. Sigo bebiendo. Me canso de estar sentada. Bailo en medio del jardín, sola. No sé cuántas horas han pasado. De repente, la música se para y la gente aplaude. Pablo se acerca y entrelaza sus dedos con los míos. Me siento expuesta.

—Ha llegado el momento que estabais esperando.

Bullicio. Un grito salvaje.

—Vale, vale. Calmad la energía. Espero que hayáis hecho mucho *networking* porque ahora vais a tener que cerrar los tratos, ¿eh?

Carraspea. Lo miro. No entiendo nada.

—Como ya sabéis, las fiestas de máscaras son conocidas por sus encuentros sexuales. Sois los más talentosos del país y estáis aquí, en mi casa. Me siento agradecido.

Hace el saludo *namasté*.

—Para las personas que sois nuevas, estas son las reglas. El consentimiento es muy importante; preguntad antes de entrar en un encuentro. No os podéis quitar la máscara bajo ningún concepto. Es posible que folléis con uno de los futbolistas más conocidos del mundo y no lo sepáis. Os jodéis.

La gente se ríe. Yo esbozo una ligera sonrisa. El corazón me va a mil.

—Los móviles están prohibidos. No se pueden hacer ni fotos ni vídeos. Y, por último, la salud sexual es importantísima. Poneos condón, hijos de puta.

Más carcajadas.

—Ahora sí, que comience la fiesta de máscaras. Disfrutad.

Pablo me mira.

—¡Ah! Un momento. Esta chica tan maravillosa que está a mi lado es Alicia. Es escritora y necesita una buena dosis de inspiración porque está escribiendo su primera novela; es erótica, cuenta las locuras que vive junto con sus amigas (aunque ella dice que es inventada, ¡shhh!). Por favor, ¡dadle una buena historia!

Me quedo quieta. No me lo puedo creer.

—¿Por qué has dicho eso?

—¿El qué?

—Lo de mi novela.

—¿Qué pasa?

—Te dije que era ficción. No era necesario compartirlo con todo el mundo.

—Mira, Alicia, lo he hecho por tu bien. Aquí hay varios contactos que te pueden echar un cable en el mundo editorial.

Ahogo mis palabras en un silencio forzado. Pablo me

besa en la frente y se esfuma. Noto que alguien me agarra del brazo. Me giro.

—Alicia, ¿le has contado algo de nuestro club? —pregunta Emily.

—No, no, para nada.

—¿Y cómo sabe lo de la novela? —insiste Diana.

—Porque se lo dije, claro.

—Joder, Alicia. Era algo nuestro.

—¿Perdón? La idea es publicar la novela. Mucha gente se iba a enterar de nuestro club —respondo.

—Sí, pero nadie nos podría identificar porque utilizas pseudónimos, ¿no? —añade Emily.

—Sí, claro.

—¿Y qué necesidad tenías de contárselo a él? —pregunta Diana.

—¿Hola? ¿Porque estamos saliendo juntos? Yo sí les cuento mis proyectos a mis relaciones, Diana.

—¡¿Qué has dicho?! —se enfrenta.

—Mirad, no quiero discutir. Pablo lo ha hecho por mi bien. Hay gente del sector que me puede ayudar a publicar mi libro.

—Me he sentido incómoda. ¿Eso no lo entiendes? —concluye Diana.

—¿Y vendiendo bragas por internet no? Venga, va.

—Alicia, te has pasado —interrumpe Emily.

—Chicas, no entiendo nada. Es una fiesta de máscaras. Estas personas no saben ni quiénes sois. Nuestro club sigue siendo secreto.

—La próxima vez, si no quieres discutir, piensa un poco más tus palabras —dice Diana.

Emily se queda callada. Diana se marcha. Habla con Rita. Me miran. Observo que asienten con la cabeza.

—Creo que deberías disculparte, Alicia —dice Emily.

—Pero ¿por qué?

No me contesta. Da media vuelta y se va con ellas. Se marchan. La rabia se apodera de mí. No saben lo difícil que es sacar un libro adelante y lo importante que es tener contactos. Otra copa de champán. Debería parar. A la mierda, solo se vive una vez. Alzo la mirada. Un grupo de personas follan en una esquina. ¿Y Pablo? Paso al lado de dos tías que se están comiendo el coño. Otra pareja se empotra en las escaleras. Los esquivo. Siento que nada me sorprende ya en el sexo. He llegado a ese nivel. Entro en el comedor. Pablo está sentado con unas chicas.

—¡Alicia! Estábamos hablando de ti.

—Espero que sea algo muy muy malo —digo.

Se ríen.

—Esta es Natasha. Es diseñadora de moda. Lleva doce años viviendo en Ibiza, pero es rusa. Y ella es Olenka, una de sus musas. Está aprendiendo español.

—¿Os han dicho alguna vez que sois bellísimas? —balbuceo.

—¡Qué maja! Siéntate con nosotras. ¿Cómo era tu nombre? —dice Natasha.

—Alicia.

—Un placer. Menuda mujer más bella tienes a tu lado, Pablo.

—Sí, soy un hombre afortunado —responde mientras me peina.

—No sabía que tenías novia. ¿Hace mucho que estáis juntos? —pregunta Natasha.

Bueno, ¿una semana?

—Llevamos muy poco tiempo, pero Alicia ha venido para quedarse, o eso espero. Me tiene enamorado. Soy muy feliz.

—Hacéis una pareja estupenda. Qué envidia.

Charlamos un buen rato. A mitad de la conversación se hacen tres rayas de cocaína. Vuelven a ofrecerme. Vuelvo a negarme. Bebo más champán o al menos algo que sabe parecido. Estoy borracha. Pablo acaricia la mano de Natasha. Con la otra aprieta mi brazo en señal de «estoy aquí, no te preocupes». Confío. Hablan ruso entre ellas. Pablo se gira. Me guiña el ojo. Sonrío. La máscara empieza a ser un estorbo, pero está prohibido quitársela.

—Alicia, parece que a Olenka le has gustado —suelta Natasha.

—¿En serio?

—¿Y ella a ti? —pregunta Pablo.

—No la he visto bien —alego.

Natasha se lo dice a Olenka. Esta se levanta y se sitúa frente a mí. Trago saliva. Está buenísima. Piernas kilométricas bien esculpidas, cintura de avispa, pecho enorme. Deduzco que está operado, como sus labios. Se quita el vestido. Pero qué coño. Lleva una lencería de encaje alucinante. Parece que se la haya cosido encima del cuerpo. Olenka se gira. Un culo sin celulitis, respingón y simétrico. No tiene ni una puta estría. ¿Esta mujer es real? Pablo la mira con deseo. Lógico. ¿Y por qué yo no?

—¿Qué te parece? —insiste Natasha.

Parece un mercado de carne. Hace una semana estaba en pleno retiro espiritual y ahora esto. Tanto sexo consciente para acabar consumiendo cuerpos. Pienso en las chicas. Otra vez esa rabia. Necesito desconectar.

—Me follaría a Olenka hasta el amanecer —digo.

Natasha y Pablo se ríen. Le traduce mi frase al ruso. Olenka me mira. Se arrodilla ante mí. Suena música erótica de fondo interrumpida por gemidos ensordecedores. A mi alrededor todo el mundo está follando. Olenka me abre las piernas y se abalanza sobre mí. Nos besamos. Sus labios están muy duros. Su boca es pequeña. No conecto. Me quita el tanga.

—Vaya, la cosa se pone interesante —comenta Pablo.

Él y Natasha son espectadores de este encuentro fortuito entre Olenka y yo. Me subo el vestido. Dejo mi coño expuesto. Apoyo un pie en la mesita. En la mano, la copa de Moët. Mi amante rusa me come el coño muy despacio. Me pongo cómoda. Intento dejarme llevar. Alguien se acerca. No puede ser.

—¿Te acuerdas de mí?

Es la morena con la que estuve bailando unas horas antes. Sonrío. Se une a nuestro casual encuentro. Le doy mi copa a Pablo. Este la deja encima de la mesa. «Me estoy poniendo muy cachonda», escucho. Segundos después, Pablo y Natasha se están liando. Siento un pinchazo en el pecho. Un meteorito en el corazón. La persona a la que quiero se está follando a otra tía justo a mi lado. Exagero mi excitación. No entiendo muy bien por qué lo hago. ¿Acaso quiero demostrar algo? ¿Mi libertad tal vez? ¿De esto van las relaciones abiertas? ¿De competir?

Introduzco mis dedos por debajo de la falda de la morena. Ni tan siquiera sé cómo se llama. Olenka sigue entretenida con mi clítoris. Me excita. Pienso en el porno lésbico que he consumido. Sabes hacerlo, Alicia. Giro mi cuerpo. La morena apoya su rodilla en el reposabrazos del sofá. Empiezo a comerle el coño. Ella gime. Hunde sus dedos en mi pelo y me empuja hacia su vulva. Me acuerdo de las veces que me he masturbado viendo un trío de mujeres. Y ahora estoy aquí, haciéndolo. Debería estar contenta, feliz, excitada..., pero no. No es lo mismo.

El placer aumenta y nos volvemos locas comiéndonos las unas a las otras. Seguimos en la misma posición. Escucho las embestidas de Pablo y el culo de Natasha rebotando en sus muslos. Los celos me gobiernan. No lo pienso demasiado. Gimo más fuerte. Mi lengua se vuelve loca. La morena se corre en mi boca. Es extraño. Por un lado, me siento en la mierda; por otro, me pone muchísimo. Una droga que sigues consumiendo a pesar de que sabes que acabará contigo. ¿Por qué? Abro más las piernas. Olenka incrementa el ritmo y la presión. No paro de gritar. Frunzo el ceño. Me aparto del coño de la morena. Quiero ver qué pasa. Muevo la pelvis. Joder. Me voy. El orgasmo me baña. Una descarga eléctrica sin demasiada importancia. Enseguida retomo la respiración. Cojo a Olenka. La siento en el reposabrazos y entre la morena y yo le comemos el coño. No tarda demasiado en llegar al clímax. Normal. Las tres nos reímos. Nos recolocamos los vestidos. Pablo se acaba de correr. Están sudados, mirándose. Se unen a nuestras carcajadas. Natasha reposa en su pecho. Él desvía la mirada buscando mis ojos. Los encuentra. Suspira. Mueve los labios. «Te quiero», leo. «Yo también», respondo. Es la primera vez que nos lo decimos. No era como yo lo había imaginado.

XXI

Perder para ganar

Estoy desnuda. La luz entra directa por la ventana. Me ciega. ¿Qué hora es? ¿Cómo he llegado hasta aquí? Intento acordarme de lo sucedido anoche. Tengo algunos recuerdos borrosos. Tequila en vientres planos y sal en cuellos que huelen a Chanel. Aprender a pintar rayas de cocaína en culos perfectos para que Pablo las esnife. Follar con gente desconocida. Beber hasta vomitar. ¿Vomité? Sí, vomité. Me giro. Él no está. Escucho ruido. Miro por la ventana. El jardín está destrozado. Hay botellas de Moët y de ron flotando en la piscina y condones a cada paso. Alguien entra. Me tapo.

—Buenos días, mi diosa.

Pablo me trae un batido verdoso y una pastilla.

—¿Qué tal la resaca? —dice.

Suspiro. Pongo los ojos en blanco y me llevo las manos a la cabeza. No puedo ni pensar.

—Tómate esto.

—¿Qué es?

—Es un batido detox que limpiará toda la mierda de tu cuerpo. Y esta pastilla es vitamina B_{12}, mano de santo para las resacas.

—¿Cómo puedes estar tan guapo de buena mañana? —balbuceo.

—¡Ja, ja, ja! Qué tonta eres. Estoy acostumbrado a este ritmo frenético. ¿Tú no?

No, yo no.

—Ayer fue una locura —me excuso.

—La primera de muchas, Alicia.

¿Me apetece?

—Hicimos un buen equipo. Éramos la pareja de la noche. Joder, me encanta —continúa.

—No me acuerdo de mucho, la verdad. Me puse muy pedo.

—¿Recuerdas que te subiste a la mesa e hiciste un *striptease*?

¿Que qué?

—Provocaste una orgía monumental a tu lado. Follaste con todo aquel que se te puso delante. Me fascinas, Alicia. Eres igual que yo.

Fuerzo una sonrisa. Me quedo callada. No me siento orgullosa de lo que hice. ¿Hasta qué punto las ansias de libertad pueden acabar conmigo? ¿Dónde está el límite? No lo veo.

—No quiero que te vayas. Quédate conmigo, por favor —me suplica Pablo.

Me pilla desprevenida.

—¿A dónde me voy a ir? —pregunto.

—No te vayas a Madrid.

Cierto, Madrid. Ellas. Ayer discutimos.

—Tengo que hablar con las chicas, Pablo. No sé cuál es el plan.

—Pero, aunque ellas quieran volver, ¿no te puedes quedar tú? Pasa el verano aquí. Quiero vivir mil historias a tu lado. Despertar todas las noches, soñar todos los días.

Nos besamos.

—Tengo que confesarte algo —continúa.

—¿Qué?

—Me puso muy cachondo verte con otras personas —susurra.

Noto la polla de Pablo dura debajo del pantalón.

—¿Todavía quieres más? —pregunto.

—Contigo, siempre. Además, la resaca de coca me pone muy cachondo. ¿Te apetece?

—Me acabo de levantar y la cabeza me da vueltas. ¿Me das unos minutos?

—Los que necesites, preciosa. Me voy a limpiar la nariz.

Coge un vaso de agua con sal y se va al baño. Entro en la ducha. Necesito limpiar esta energía de mierda. Me siento sucia. Soy libre y puedo hacer lo que quiera con mi cuerpo, pero no necesito llegar a estos límites. No me acuerdo de la gente con la que compartí algo tan íntimo como el sexo. ¿Qué me pasa? Tengo un fuerte sentimiento de culpabilidad que desemboca en ansiedad.

Salgo y me seco con el albornoz. Pablo sigue con su ritual de limpieza nasal.

—¿Estás bien, Alicia?

Tengo ganas de llorar, pero no quiero que piense que soy débil. Me encanta la imagen que tiene de mí. Fuerte, poderosa, libre. Quiero seguir siendo esa Alicia. Esa diosa. Esa mujer. ¿Es real?

—Sí, todo bien. Ayer discutí con las chicas y me siento un poco mal.

—¿Por qué? ¿Qué pasó?

—Por la novela.

—¿En serio?

—Sí, era nuestro secreto.

—Pero si quieres publicarla, ¿no?

—Esa es la intención, sí.

—¿Entonces? Tarde o temprano la gente lo iba a saber.

—Ya.

—¿Tan poco confían en tus capacidades? ¿O querían que la escribieras y la guardaras en el cajón?

—No lo sé. Debería hablar con ellas.

—Si necesitas cualquier cosa, dime.

De nuevo, ese beso con lengua tan pasional. Follamos encima del lavabo. Echaba de menos el ecosistema que nace de nuestras miradas, de nuestras caricias, alientos y palabras. Me hace volar sin desempolvar mis alas. Solo con su presencia, su magnetismo y su electricidad. Quería esto. Quería sentirme así. Enamorada. Por fin. Enamorada de una persona luchadora, inconformista, libre, inteligente, espiritual, madura. Cierro los ojos. Los aprieto. Gracias, gracias, gracias. Y lo deseo: que sea eterno.

No me corro. Él tampoco. Queremos estar unidos a través de los cuerpos.

—Vamos a parar. Estaría follándote todo el día.

Me cobijo en sus brazos. Se está bien. Me siento segura, protegida. Adoro la sensación.

—Voy a escribirles a las chicas.

Pablo me coge de la muñeca. Me frena.

—Alicia.

—Dime.

—Que te quiero.

Ahora sí. Espiro y expiro al mismo tiempo. Floto. Un cosquilleo en mi estómago. Esta vez no es un retortijón. ¿O sí? No, creo que no. Es el amor llamando a la puerta. La abro de par en par. Soy tuya. Toda tuya.

—Lo que me haces sentir... Es una locura —sigue.

Vuelvo a la habitación. Cojo el móvil. No tengo noticias de ellas. Abro el WhatsApp. «Chicas, lo siento. Me encantaría hablar con vosotras y solucionar las cosas. ¿Quedamos esta tarde?», escribo. Al cabo de unos segundos, Diana. «Sin problema. ¿Te pasamos a buscar y vamos a la playa?» Sonrío. Cierta sensación de alivio. Quedamos a las cuatro. Es la una.

Me pongo unos pantalones cortos y una camiseta. Llevo gafas de sol incluso dentro de casa. El batido y la pastilla hacen su efecto. ¿O será la reconciliación con las chicas? Da igual. Me siento mejor. Me como los restos de canapés guardados en la nevera. Pablo sigue dirigiendo al personal. Le cuento que he quedado con ellas. Asiente con la cabeza. Escucho un claxon. Están aquí. Cojo mi bolso. ¿Y el bañador? Entro corriendo en la habitación y me lo pongo.

—¡Voy, voy! —grito. Como si me fueran a escuchar...

Salgo por la puerta corriendo. Las veo y las abrazo.

—Lo siento, chicas.

—No te preocupes —dice Diana un poco seca.

Rita conduce. Está callada. Diana se sienta a su lado. Entrelazan las manos y las apoyan encima del cambio de marchas. Parece que han formalizado su relación. Sigo sintiendo envidia y no sé por qué. Llegamos a una playa paradisíaca. «La más bonita de Ibiza», comentan. El coche se para.

—Me avisáis cuando estéis, ¿vale? —dice Rita.

—¿No vienes? —pregunto.

—No.

Nos despedimos y se marcha.

—¿Por qué no viene Rita? —vuelvo a preguntar.

—Queremos hablar contigo a solas, Alicia —responde Emily.

Mis músculos se tensan. Odio esta situación. Nos adentramos por un camino de piedras y a pocos metros una pequeña cala se presenta frente a nosotras. Es preciosa. Sin duda, la más bella que he visto. Tengo que venir con Pablo. Nos sentamos y disfrutamos del sol. En silencio. Nadie dice nada. El ambiente está raro. Pasa una hora. No aguanto más.

—¿De qué queríais hablar?

—De lo que pasó ayer —contesta Diana con rectitud.

—Ya os he pedido perdón. Hicimos un mundo de una tontería.

—No es una tontería, Alicia. Es nuestro club —dice Diana.

—¡Sale en mi novela! No sé qué problema hay. La quiero publicar, lo tenéis presente, ¿verdad?

—¡Claro! Y te apoyamos, Alicia, pero no queremos que la gente sepa que es real lo que sucede en ella. ¿Eso lo comprendes? —dice Emily.

—Sí, por supuesto.

—Lo que vivimos juntas forma parte de nuestra amistad. Nos encanta que escribas sobre ello y que te sirva de inspiración para tu primer libro, pero lo que pasó ayer estuvo fuera de lugar. Que Pablo lo comentara delante de todo el mundo en la fiesta no moló nada —continúa Emily.

—Pablo lo hizo por mí. Había mucha gente que me podía ayudar. El mundo editorial se mueve por contactos, chicas.

—¿Y a cuánta gente te presentó? —interrumpe Diana.

—¿Perdona?

—¿Crees que era el lugar para hacer negocios, Alicia? ¿En mitad de una orgía? ¿No ves que allí solo se iba a follar? —prosigue.

—¿Y tú cómo lo sabes?

—Tías, creo que deberíamos calmarnos —interviene Emily.

Nos quedamos en silencio. Me hierve la sangre.

—Alicia, Rita nos ha hablado de Pablo. Hemos pensado mucho en si decírtelo o no, pero creemos que deberías saberlo —suelta Emily.

—¿El qué?

—Quién es Pablo —contesta Diana.

¿Estoy preparada para lo que viene? ¿Quiero escucharlo?

—Por lo visto, Pablo repite la misma historia cada año. Conoce a una chica joven y guapa, la conquista, le dice que es el amor de su vida, pasan juntos el verano y cuando llega septiembre, adiós —cuenta Emily.

—¿Cómo lo sabéis?

—Hizo lo mismo con una amiga de Rita —prosigue Diana.

—Pero si entre Rita y Pablo hay buen rollo —digo.

—Sí, pero Rita se distanció de él después de lo que sucedió con su amiga. La chica lo pasó fatal. Utilizó la misma estrategia que está usando contigo.

—¿Qué estrategia?

—Rita no quería interferir en tu vida ni en tus decisiones, Alicia. Por eso no te dijo nada —sentencia Diana.

—¡¿Qué estrategia?! —repito.

—Conoció a Gloria el año pasado. Ella vino a pasar una temporada a Ibiza y se apuntó al retiro. Pablo la fichó. Al principio, se hacía el duro hasta que una noche se declaró. A Gloria la pilló desprevenida. Tuvieron un romance muy intenso. Después del retiro, él la «raptó», se la llevó a su casa y organizó su famosa fiesta de máscaras. Gloria lo pasó fatal. Pablo la culpó de no respetar su libertad. Al cabo de unas semanas, él ya estaba tonteando con otras mujeres y dejó a Gloria sin darle explicaciones —narra Emily.

—Rita lo habló con unos amigos y le contaron que hace un par de años pasó lo mismo con otra chica —sigue Diana.

¿Por qué me cuentan esto? ¿Acaso soy Gloria? Cada persona es única. Él me lo dijo, no soy como las demás.

—Alicia, ¿no te das cuenta de que está haciendo lo mismo contigo? —pregunta Diana.

No puedo más.

—Lo que me sorprende es vuestra capacidad para husmear en mi vida. ¿Qué pasa? ¿Somos adultas para drogarnos con MDMA y para follar en un club *swinger*, pero cuando se trata de confiar en la relación de una amiga la cosa cambia?

—Alicia, no es eso —intenta calmarme Emily.

—Entonces, ¿qué es?

—Que Pablo está jugando contigo. Te está utilizando —responde Diana.

—Pero ¿qué coño sabréis vosotras? Rita os ha contado la historia de una persona que no soy yo. ¿Por qué no me apoyáis? ¿Estáis celosas?

—¿Celosas? ¿De qué? —pregunta Diana.

—De la relación que tengo con Pablo.

—¿Por qué íbamos a estarlo? —dice Emily.

—¿No os parece lógico? A mí me cuadra. Tú, Emily, tienes una relación tóxica con James desde hace años... ¡y todavía la sigues manteniendo! ¿Acaso me he metido yo en tu vida? No. Y tú, Diana, de repente enamoradísima de Rita, pero no le dices que te ganas la vida vendiendo tus bragas por internet. ¿Eres consciente de que la estás engañando?

Sus caras se descomponen. Diana me clava sus ojos negros llenos de rabia. No puedo parar de hablar. El orgullo me puede.

—Estoy flipando con que vengáis a advertirme de mi relación con Pablo. Soy mayorcita y puedo decidir por mí misma. Tanta libertad, tanto zorrerismo, tanta hermandad y al final no estáis aquí, conmigo. Deberíais alegraros por mí, ¿no?

—Alicia, creo que te estás equivocando.

—Ah, ¿sí? Venga, Emily, ilumíname. Háblame tú sobre equivocaciones y errores.

—¿Perdona?

—La chica que estaba emborrachándose cuando su madre se estaba muriendo. Dame un consejo vital, oh, por favor.

—Alicia —dice Diana.

—¿No ves la mierda de relación que mantienes con James? ¿Que te sigue manipulando a pesar de la distancia? Joder, Emily, tiene cojones la cosa.

—Alicia.

—Dime, ¿qué hago con Pablo? ¿Termino mi relación con él por un puto rumor de una tía a la que ni siquiera conozco?

—Alicia, ¡cállate la puta boca! —grita Diana.

Emily está llorando. Se levanta.

—Vete a la mierda.

Se va a la orilla de la playa. Me siento mal. ¿Me he excedido?

—¡¿Qué coño te pasa?! —pregunta Diana.

Se levanta y abraza a Emily. Escucho su llanto. La culpa alimenta mi rabia y mi enfado. No quiero asumir lo que ha pasado. No quiero responsabilizarme de mis palabras. Al cabo de unos minutos vuelven las dos. Emily no me mira. Sus ojos están hinchados. Me revienta el alma verla así y sí, me arrepiento de cada palabra, pero necesito que sienta mi dolor. El mismo que aflige mi pecho por dentro.

—¿No te vas a disculpar?

—¿Por decir la verdad? No.

—¿Sabes? Pensé que éramos amigas, Alicia. Que podía contarte las cosas y que no las utilizarías para herirme —suelta Emily.

—Eso mismo pensaba yo de vosotras. Y aquí estamos.

—Intentas hacer daño a los demás porque no quieres aceptar la puta realidad, Alicia. —dice Diana.

—¿Y cuál es?

—Que Pablo no te quiere, que para él eres una más.

—¿Ahora eres vidente, Diana? Qué coño vas a saber tú del amor.

—Qué desagradecida.

—¿Yo? ¿Desagradecida? ¿Quién te abrió las puertas de par en par para que no te quedaras en la calle? ¿Quién te pagó el billete a Ibiza? ¿Quién corrió con todos los gastos cuando no tenías ni un céntimo, Diana? ¿Quién? ¿Y ahora soy yo la desagradecida por no dejar a la persona que quiero?

—Pero ¿qué coño dices, tía? —grita Emily.

—¿Sabes? Pensé que las cosas que habíamos hecho las unas por las otras formaban parte de nuestra amistad y de nuestro amor. No vuelvas a mover un dedo por mí, Alicia, si lo vas a utilizar en mi contra el día de mañana. Eso es de mala persona —sentencia Diana.

—No aceptas mi felicidad. No la soportas, ¿verdad? —le digo.

—¡¿Qué?!

—Era tu momento de protagonismo, Diana. Tu negocio de bragas, tu relación con Rita, tu liberación sexual, tu rebeldía momentánea. Y te lo he robado.

—Estás loca, tía —interrumpe Emily.

—Alicia, ¿dónde estás? ¿Hay alguien ahí dentro? —Me toca la cabeza.

—No me vaciles, Diana, porque te vas a la mierda rápido. Quedamos para hacer las paces por una gilipollez que pasó anoche y me traéis a una playa desierta y desconocida para mí, vengo en el coche aguantando las malas caras de Diana y de Rita, me acorraláis y me soltáis lo de Pablo sin pensar por un segundo, solo por un segundo, en mis sentimientos, en lo que yo siento, en cómo me pueden doler vuestras palabras. Las buenas amigas no interfieren de este modo.

—Parece que no ves la realidad.

—Pero ¿qué realidad, Diana? Joder, de verdad, estamos en un bucle.

—¿Cuánto tiempo llevas con Pablo? ¿Cuánto? ¿Una semana?

—¡¿Y qué?!

—¿Lo conoces bien?

—Pues estoy en ello, pero parece que no puedo tomarme mi tiempo.

—Pero ¿qué tiempo, Alicia? Si ya estáis formalizando una relación. Supongo que te habrá dicho que él es un hombre libre, ¿no?

—Sí, ¿y?

—Claro, igual que con Gloria. ¿Y tu libertad? ¿Sigue existiendo?

—Dejad de compararme con Gloria, joder, ¡que yo no soy esa persona!

—¿En serio? Vaya, pues estás siguiendo sus pasos.

—¿Acaso Rita se interpuso entre Gloria y Pablo? ¡¿Eh?! —grito.

—No —responde Emily.

—Entonces, ¿por qué tenéis que protegerme? No os he pedido ayuda ni consejo. Quiero vivir esta experiencia por mí misma. Si me estampo, será mi problema, no el vuestro. ¿Lo entendéis? Esto no forma parte del club, joder. Es mi vida.

Nos quedamos calladas. Hay mucha tensión. A dónde nos llevará esto. ¿Es necesario?

—Sois unas amigas de mierda. Pensé que por una vez podría confiar y me he equivocado.

—Que tú hables de confiar, Alicia, tiene cojones. Has

utilizado nuestras debilidades para hacernos daño —suelta Emily.

—¿Otra vez dando ejemplo, tía?

—No queríamos influir en tu relación, Alicia. Si te estás poniendo así, es porque algo en tu interior se está dando cuenta de cómo es Pablo y no lo quieres asumir. Bien, es tu problema. Nosotras ya te hemos advertido —dice Diana.

—Ni tan siquiera me habéis dado la oportunidad de decidir por mí misma. Me soltáis esta mierda sobre mi pareja y os quedáis tan anchas.

—Ah, «tu pareja» —ironiza Emily.

—Sí, mi pareja. ¿Acaso habéis investigado a Rita? No, ¿verdad? Claro, ella es maravillosa y está con Diana la intocable. Pero cuando Alicia se enamora, uy, la cosa cambia —me defiendo.

—Algún día entenderás lo que acabas de perder en este momento.

—¿Qué?

—Nuestra amistad —pronuncia Diana.

—Para tener amigas como vosotras prefiero no tenerlas, la verdad.

—Pues adiós al club —dice Emily.

—A la mierda el club, joder. No ha traído nada bueno —suelto.

—¿De verdad piensas eso?

Contengo la respiración. No, no es cierto, pero mi ego me amordaza. No articulo palabra.

—Perfecto, Alicia. Que te jodan —dice Diana.

—Quiero que te vayas de mi casa, Diana. Búscate la vida.

—Tranquila, en cuanto vuelva a Madrid recojo mis cosas. No me verás el pelo más.

—Eso espero.

—Menuda mierda. —Emily llora.

¿Cómo hemos acabado así? ¿En qué momento nos desviamos hacia el camino equivocado? Se levantan y justo cuando están a punto de irse Diana se da la vuelta.

—No queríamos herirte. Lo único que pretendíamos era ayudarte y contarte la verdad, algo importante en nuestra amistad, ¿o no? Hemos meditado mucho en si contarte o no lo que nos dijo Rita. Muchísimo. Luego pensamos en nuestro club, en todo lo que hemos llegado a compartir, en lo mucho que nos conocemos y en la conexión que teníamos, pero veo que nos hemos equivocado contigo, Alicia. Estás demasiado podrida por dentro. Tienes tantas ansias de enamorarte que te ha dado igual de quién. Si no asumes la realidad, es tu problema, pero nosotras, como tus amigas que éramos, teníamos la responsabilidad de decírtelo.

—¿No os ibais? ¿Todavía queréis discutir más? ¿No estáis contentas?

—Nos vamos, Alicia. Aquí te quedas, sola.

—Que os jodan —finalizo.

Diana abraza a Emily. No quiero mirar atrás. No puedo. Se me caen dos lágrimas. Contengo el dolor entre mis costillas. El orgullo sigue a mi lado. Acabo de perder a las únicas amigas que tenía. A mi familia, a mis hermanas, a mis zorras. ¿Cómo han podido hacerme esto? Llevan toda la semana planeando este momento y yo ajena a todo. Falsas. Ayer hacían como si no pasara nada. Mentirosas. ¿Por qué coño me tienen que comparar con Gloria? Somos distintas.

El atardecer transcurre delante de mí. La nostalgia me adentra en un viaje. Pienso en los momentos que hemos compartido. Las risas, los abrazos, las conversaciones, las fantasías, las experiencias, los llantos, los cambios, los «te quiero», los «te extraño». Y no sé dónde guardarlos. Dónde dejarlos. Si borrarlos de mi mente o encerrarlos en el baúl del olvido y hacer como si nunca hubieran existido. Qué hago con este dolor. Dónde lo archivo. Me destripa, me rompe, me deshace, me destroza, me desata. Me hiere tanto que mi sangre no avanza. Que el tiempo se para. Que el espacio se colapsa. ¿Esto finaliza aquí? ¿Así?

Las he perdido. No están. No somos. No hay.

Los segundos se dilatan y me cuesta diferenciar dónde nace la agonía y dónde acaba mi dolor. Ambos son inmensos. Las olas golpean la orilla y los niños ríen. El sol pinta un cielo rosado y las nubes parecen algodón de azúcar. El espesor de mis lágrimas hace que vea borroso. No noto nada. Estoy muerta por dentro. Si pudiese volver atrás, ¿cambiaría algo? Tal vez alargaría la mecha para que prendiese más tarde. Quizá no estallaría. Quizá no habría chispa. Quizá se apagaría el fuego. Pero no puedo volver. Ya está. Está hecho. Y me duele en mis adentros y me obstruye el pensamiento. Aprieto el puño con fuerza y me clavo las uñas en la palma de la mano. Quiero que esta aflicción pase al plano físico. Quiero sentir algo más allá del resentimiento, el odio, el recuerdo.

Saco mi móvil del bolso. Marco su número. Dejo salir el llanto. No puedo pararlo.

—¿Qué ha pasado, Alicia? ¿Estás bien?

Más sollozos ahogados.

—¿Dónde estás?

Con palabras entrecortadas intento contarle lo sucedido. Soy breve, no entro en detalles. Los dejo para más adelante.

—Voy a buscarte. Espérame.

Pasan veinte minutos. La soledad me comprime contra la arena. Siento que me hundo en ella. ¿O es en mí? Desconozco dónde acaba mi frontera.

—Aquí estás.

Una voz. La siento como una mano que me salva de ahogarme en mocos, babas y suspiros.

—Yo...

Salto a sus brazos. Y el mundo se para, se detiene. Vuelve la calma, aquella que anhelaba. Por unos segundos parece que no haya pasado nada, que todo sea una fantasía, un imaginario, algo ficticio, irreal. Su olor me acuna y su calor me ofrece cobijo. Aquí puedo estar. En él. Para encontrarme a mí.

—Tranquila. Ya ha pasado —me susurra.

Su voz me envuelve en un halo de amor y devoción. Merece la pena luchar por ti, aunque seas la causa de mis enfrentamientos. Haces que la guerra se convierta en paz.

—¿Me quieres explicar lo que ha sucedido?

Como un fundido a negro al final de un drama, poco a poco dejo de llorar. Solo quedan los ecos de un sollozo que ha tardado horas en cesar. Nos sentamos en la arena. El sol ha desaparecido, pero aún se aprovecha su luz. Qué alegoría.

—Las he perdido, Pablo. Se acabó.

La melancolía me pilla desprevenida y me retuerce por dentro. Tengo que sacar la angustia. Nuevas lágrimas repiten el mismo recorrido que sus hermanas. Los ojos me escuecen. No puedo respirar.

—¿A quiénes has perdido, Alicia?

—A las chicas, a mis amigas.

—Pero ¿qué ha pasado?

—Que no entienden nuestra relación.

—¿Cómo?

Una breve duda. ¿Se lo digo? ¿Le cuento la historia? La necesidad de conocer su versión gana.

—Rita les ha contado una historia.

—¿Cuál?

—La tuya con Gloria.

Pablo enmudece. Me clava sus ojos. Suelta mi mano. Y aunque está a mi lado, parece que nos separen kilómetros.

—Me han dicho que haces lo mismo cada año, Pablo. Buscas a una chica joven, la seduces y vivís un romance que dura hasta septiembre. Y vuelta a empezar.

—¿Y tú te lo crees?

—No lo sé.

—Joder, Alicia. ¿En serio? ¿Qué necesitas?

—La verdad.

Frunce el ceño. Una sonrisa irónica se escapa. Cierto vacile. Cuéntame, Pablo, quién hay detrás.

—Sí, tuve un lío con Gloria. Nos conocimos en el retiro el año pasado. Me llamó la atención y empezamos a salir. Gestionó fatal que estuviese con otras personas en la fiesta de máscaras. ¡Yo le había advertido de mi libertad! Los celos la cegaron y tuve que poner fin a la relación. No podía más.

Suena bastante verídico. ¿Por qué dudo de él? Mi intuición, maldita seas.

—Te dije que tú no eres como las demás y a esto me refería: tú respetas mi libertad porque conoces la sensación de volar alto y de no tenerle miedo al cielo. Pero hay personas que sienten vértigo incluso al saltar.

Pablo entrelaza sus dedos con los míos. Nuestra energía se fusiona. Inhalo.

—Dicen que me harás lo mismo que le hiciste a Gloria.

—No, siempre y cuando respetemos nuestros vínculos y nuestros espacios. Te dije que no tenía collar. Fui el perrito faldero de alguien durante muchos años. Por eso no quiero perder ni un segundo más de mi vida.

—Yo también necesito esos momentos para estar conmigo misma. Son necesarios.

—¡Exacto!

—Me han dicho que me estás utilizando y que te estás aprovechando de mí.

—¿Qué?

Suelta una carcajada que me asusta.

—¿Acaso me pagas las facturas? ¿O dependo de ti? Parece un chiste, Alicia. Además, puestos a analizar... soy yo quien te está echando un cable con la novela. Y con esto no quiero decir que tú te estés aprovechando de mí, entiéndeme.

—La noche de la fiesta no me presentaste a nadie...

—¡Qué dices! Te introduje entre mis amistades. Poco a poco, Alicia, confía en mí. Harás tu sueño realidad. Me encargaré de eso.

Ojalá.

—Es una lástima que a tus amigas no les guste, no les he hecho nada. Creo que están demostrando lo que realmente aprecian. Y no, no es vuestra amistad. Son amigas para salir de fiesta. Nada más.

Intento reflexionar, pero él sigue hablando.

—¿Quiénes son para entrometerse en tu vida y en tus decisiones? Como si no fueses mayorcita para elegir por ti misma.

—Lo sé, eso mismo les he dicho.

—¿Y?

—Es flipante porque ambas tienen un historial como para ir dando consejos.

—¡Siempre pasa! Las personas con menos aspiraciones acaban dando sus opiniones aunque nadie se las pida.

—Tal cual.

—Alicia, yo estoy apostando por esta relación. Me apetece vincularme a ti. Me encantas, joder. Me gustas mucho. Y cada vez más.

—Y tú a mí, Pablo. Y tú a mí. Pero siento miedo, ¿sabes?

—¿De qué?

—De ese punto final.

—Somos los escritores de nuestro propio cuento, Alicia. Podemos seguir escribiendo toda una vida.

—Me apetece mucho.

—Y a mí.

Apoyo mi cabeza sobre su hombro. No hay luz. La oscuridad tiñe el cielo de azul oscuro. Las estrellas despiertan. La playa está desierta. Una fría brisa hace que mi cuerpo se retuerza en un escalofrío. Pablo me abraza.

—¿Nos vamos a casa, mi diosa?

Lo miro a los ojos. Son misteriosos. ¿Qué ocultan? Quiero descubrirlo. A mi ritmo. Él acerca sus labios a los míos. Los fusiona. Un sabor. Un olor. Un sentimiento. Una explosión. Me derrito por su piel. Me adentro en su pecho. Y después del beso, ahí está su mirada, lista para sujetar mi caída.

—No te imaginas lo increíble que eres, Alicia.

—Me vas a volver loca como sigas así.

—Volvámonos locos, pues.

Se levanta. Me ofrece su mano. La tomo. Me ayuda a incorporarme. Tengo las piernas dormidas y me duele el culo de estar sentada. ¿Cuánto tiempo ha pasado? Intento no pensar. Todo lo que sea echar la vista atrás resulta doloroso.

Pablo me da mi casco. Subimos a la moto. Lo abrazo fuerte. La carretera está oscura. Pienso en lo sucedido. Tiene razón, no son buenas amigas. ¿Por qué quisieron decidir por mí? Es mi vida. Son mis errores, mis valores. No quiero estar con alguien que ponga en duda mi libertad. Aunque ellas la potenciaron, ¿recuerdas? El club. Sí, ese que ya no existe. Se acabó. Ahora continuaré yo sola. Con Pablo. Aprieto su cintura. Él suelta el manillar y me acaricia la mano. Perder para ganar; una cosa por la otra.

Llegamos a casa. Me apetece desconectar.

—Voy a descansar, ¿te importa?

—No. Por cierto, mañana por la noche cenamos con unos amigos.

No me apetece una mierda.

—Vale, sin problemas.

—Buenas noches, preciosa.

Subo las escaleras. Entro en la habitación. Me lavo los dientes, me miro al espejo. Mi reflejo no es el mismo. Algo ha cambiado. No quiero averiguar qué. Me aterroriza saberlo. ¿Era necesario? Pienso en Madrid. Qué lejos estás y qué poco te quiero. Me meto en la cama, protejo mi cuerpo con una sábana liviana. Ahogo mi cara en la almohada. Grito en silencio. Rompo a llorar otra vez y el dolor que guardaba sale disparado. No lo controlo. Tampoco quiero. Mañana será un buen día para volver a empezar. Para enterrar. Para coser. Para sanar. Esta noche es más oscura por las sombras y los fantasmas, pero el tiempo es el mejor remedio para alcanzar la felicidad.

Cojo el móvil. «Diana ha salido del grupo.» «Emily ha salido del grupo.» Y ahí estoy, sola en el mundo virtual, con los restos de un club que quiso ser y nunca llegó. ¿O tal vez sí? No te cuentes mentiras, tralará, y asume la realidad. Duele, lo sé. Nadie dijo que las verdades no tuvieran espinas.

XXII

Conversaciones y vinilos

Abro los ojos. El techo de madera encima de mí. ¿Fue real? Por desgracia sí. A veces, parece que en el mundo de los sueños nada vaya mal. Que las pesadillas son cuentos para dormir en comparación con la puta realidad. Suspiro. Me pesa el cuerpo y no consigo mover ni un dedo. Mi meñique pesa una barbaridad. Mi pelo es una cadena que me ata al colchón. Inflo el pecho. Necesito oxígeno. No alivia, no sirve para curar. Mierda. En qué momento. Por qué. No tenía esa necesidad. Y ahora estoy sola. ¿Lo estoy?

Pablo me trae el desayuno a la cama. Por estos detalles merece la pena el combate.

—Te traigo un batido de fresas y plátano y una tostada con aguacate y semillas de chía. El remedio perfecto para tus ojos hinchados.

—Gracias, de corazón.

Se acerca y me besa. Siento un esqueje de felicidad, un tallo que nace en la tierra estéril.

—Tengo muchas ganas de que conozcas a mis amigos. ¡Son geniales!

—¿Esta noche?

—Sí.

—¿Quién viene? —pregunto mientras mastico.

—Jimena, Hugo y Asha.

El último nombre se me clava como un puñal en el pecho. Los celos regresan a mí. Alicia, no la cagues. Recuerda lo que pasó con Gloria. La libertad, la libertad. Repítelo como un mantra.

—Perfecto. ¿Qué haremos para cenar?

—¿Estás bien?

—Sí, ¿por qué iba a estar mal? —Fuerzo una sonrisa.

—¿Celosa?

—¡¿Por?!

Y el Óscar a la mejor interpretación es para Alicia por su papel en *Cómo tragarte tus dramas (y no atragantarte)*.

—No, por nada. ¿Sabes algo de las chicas?

—Negativo. Me dan igual.

Otra mentira.

—Haces bien. No merecen ni un segundo de tu tiempo. Ya verás el cambio que darás después de todo esto. No eres consciente, pero vas a ser muy grande, Alicia.

—¿Tú crees?

—¡Estoy convencido! Los buenos amigos no se achantan con la grandeza. A mí me costó mucho encontrarlos. Tengo pocos, pero puedo decir que me apoyan.

—Necesito esa clase de amistades. Aquellas que no quieren ser protagonistas.

Pienso en Diana y en Emily. En el fondo sé que mi relato es un bulo, una farsa, un espejismo para no enfrentarme a la realidad. Pero cuesta demasiado asumirlo.

—Tú debes ser la protagonista. ¿Te has visto? Ese pelo, esos ojos, esas tetas... ¡y este culazo! Ven aquí.

Me agarra por la cintura y me empuja hacia él. El batido de fresas mancha las sábanas y mi cuerpo. Tengo aguacate en la piel. Pablo lo lame. «Estás más rica todavía.» Nos reímos. Las carcajadas y los gritos traviesos retumban por la habitación. Pablo me la mete enseguida. Follamos como salvajes. Procuro no pensar en lo sucedido. No quiero centrarme en el agujero equivocado.

—¡Me corro, joder!

Frunce el ceño y arruga sus arrugas. Vuelvo a perfilar sus canas, a identificar sus gestos, a guardarlos bien adentro. No ha tardado ni cinco minutos. Estaba cargado.

—¿Te has corrido? —me pregunta.

Debe de ser una broma. ¿Me has tocado?

—No, pero no te preocupes. He disfrutado mucho.

¿Cuántas mentiras llevamos, Alicia?

—¿Quieres que te coma el coño o algo?

Hombre, si insistes...

—Aunque no sé si podré. Me acabo de correr y mi energía se ha esfumado. Dame unos minutos, por favor.

—Olvídate, Pablo. Está bien. Otro día mejor, ¿vale? Disfruta de tu orgasmo.

—Eres la mejor. Ven aquí.

Me acurruco entre sus brazos. Huele a sobaco. No me importa. El amor es capaz de transformar las manías en tonterías.

Nos quedamos tumbados en la cama llena de batido y aguacate. Esto es lo que quería, lo que deseaba, lo que necesitaba. Un amor. Uno de verdad. Que te cuide, que te proteja, que te quiera, que te aliente, que te haga más grande. Y Pablo lo consigue. Inspiro. Lo consigue, ¿verdad? Busco en mis adentros. Sí. O eso creo.

—Me he quedado dormido, perdona. ¿Nos damos un baño y vamos a comprar algo para esta noche?

Nos levantamos y nos duchamos. Me visto, cogemos el coche y bajamos al pueblo más cercano. Compramos ostras, champán, caviar y pescado para hacer un arroz. Y pensar que hace un mes me conformaba con unos míseros *noodles*. Ahora no sabría vivir sin darle placer al paladar.

Volvemos a casa y nos pasamos la tarde entre fogones. De nuevo escucho las historias que hay detrás de sus películas y esas anécdotas ya conocidas. Pero no importa. Estaría horas escuchándolo.

Son las nueve. Llaman a la puerta. Ya están aquí. Me coloco mi falda larga. Ando descalza. Abrimos la puerta. Siento que somos la pareja más feliz, más alucinante, más increíble que haya pisado el planeta. «Somos.» Todavía se me hace raro.

—¡Qué guapos estáis! —saluda Asha.

—Tú estás para comerte, como siempre, querida.

Pablo rodea la cintura de Asha y le da un bocado cerca del cuello. Trago saliva. La libertad, la libertad.

—¡Por fin nos vemos! —grita una mujer.

—¡Jimena! ¡Hugo! Qué ganas tenía de veros. Ella es Alicia.

—Nos han hablado mucho de ti estos dos. —Jimena señala a Asha y a Pablo.

¿Desde cuándo están en el mismo equipo? ¿En qué momento se han reunido? Un escalofrío se me instala en la nuca. Se hace eterno. Mi corazón no para de latir. Quiero salir corriendo.

—Pasad, pasad. Hemos preparado una cena que vais a flipar.

—Huele genial. Traemos vino.

—¡Vaya! Un gran reserva. Cómo sabéis lo mucho que me gustan las cosas buenas, ¿eh?

Me mira y me guiña un ojo. Sonrío. He captado la indirecta.

—Antes de saborear el arroz, vamos a comernos las ostras y el resto del marisco.

—Cuidado, que son afrodisíacas y estando contigo hay cierto peligro —comenta Asha.

—¿A estas alturas tienes miedo, Asha?

Todos se ríen. No entiendo nada. Fuerzo una carcajada.

—¡Alicia! Pobrecita, te tenemos abandonada. —Jimena me coge del brazo.

—Ah, no, no. No os preocupéis por mí. Estoy de maravilla.

—Qué mona eres. Eres jovencita, ¿qué edad tienes?

¿A qué viene esa pregunta?

—Veintiséis.

Jimena y Hugo miran a Pablo. Él encoge los hombros y sonríe triunfante. La situación me produce cierto rechazo.

—Me tienes que contar tu fórmula, Pablo, para ligar siempre con chicas tan jóvenes —bromea Hugo.

—Hice un pacto con el diablo —se mofa Pablo.

Contengo la rabia, el enfado y el asco. Respiro. Son bromas de cincuentones, Alicia. No tienen mayor importancia. La masculinidad, ya sabes. A veces puede llegar a ser tan tóxica la necesidad de corroborar la hombría.

De repente, noto un dolor en la tripa. Es fuerte. Un líquido. No puede ser.

—¿Me disculpáis un momento?

—¡Claro, querida! ¿Va todo bien? —dice Asha.

—Sí, sí. Voy al baño.

Subo las escaleras.

—Alicia, tienes un lavabo aquí —me recuerda Pablo.

—Sí, lo sé, es que...

—Deja a la chiquilla, que necesita su intimidad, ¡pesado! —se cachondea Jimena.

Sigo mi trayectoria. Me encierro en el baño. Mierda. La regla. ¿Se ha adelantado? ¿Qué día es? 29 de junio. Vaya, una semana antes. Serán los nervios. Miro en mi maleta. No encuentro ningún tampón. ¿Una compresa? Nada. Por favor, universo, deja de castigarme. Inspiro. Me lleno de fuerza. No me queda otra. Vuelvo al salón. Me miran.

—Ey, ¿estás bien? —pregunta Pablo.

—Sí, perdonad. Me da vergüenza deciros esto, pero...

—Nena, tienes total confianza con nosotros —dice Jimena.

—Me ha bajado la regla ahora mismo y no tengo ni un tampón ni una compresa. ¿Tenéis alguna?

—Ah, pues no —me confirman ambas.

—Creo que mi hija tiene compresas. Espera   dice Pablo.

Se va al baño y rebusca en el armario. Segundos más tarde me trae un paquete de compresas. Gracias, gracias, gracias.

—Aquí tienes. ¿Te encuentras bien? —me pregunta.

—¡Ay! Qué bien. Bueno, me duele un poco la tripa, pero se me pasará con el champán.

—Esa es la actitud. —Sonríe.

Vuelvo al lavabo, me cambio las bragas manchadas de sangre (otras más) y me pongo unas viejas. Coloco la compresa. Lista. Escucho que salen al jardín. Me incorporo al grupo. Pablo está sirviendo el arroz. Huele muy bien.

—¡Menudo cocinero eres! Este hombre lo tiene todo —piropea Asha.

No tengo suficientes uñas que morder. Calma, Alicia.

Pablo se levanta. Pone un vinilo de jazz. No reconozco al artista, pero es increíble.

—Adoro esta música, Pablo. ¿Quién es? —pregunta Asha.

—Vincent Peirani, un acordeonista y compositor francés —responde.

—Tú y tu estilo musical. Me fascina.

Asha sonríe y él la mira. Antes de sentarse, se pone justo detrás de ella y le masajea las cervicales. Asha apoya su mano en la de Pablo. Esa complicidad me duele. No entiendo el motivo. Pero la noto punzando, retorciendo, acelerando mi corazón. Pienso en la libertad. ¿Tanto atormenta?

Como un poco de arroz. Me duele mucho la barriga. ¿O son los celos? Da igual. Me quiero ir.

—Lo siento mucho, pero me voy a retirar —digo.

—¿Y eso? —pregunta Pablo.

—Tiene la regla, ¡es normal! —me excusa Jimena.

Asiento con la cabeza.

—Estaba todo riquísimo.

—Anda, chiquilla, descansa —se despide Jimena.

Cojo mi plato. Pablo no se despide. Siguen charlando como si nada. Cuanta más prisa tengo en retenerte, más te vas. Y te vas más.

Subo las escaleras. No enciendo ni la luz. Me gusta esta penumbra. Retiro la sábana y me hago una bola. No me desmaquillo. Me da igual. Cierro los ojos. Respiro. Hay algo que me aflige mucho más que mi útero: la soledad.

XXIII

Encerrada en este amor

Julio llega sin pedir perdón. Estoy sudando en la hamaca. El cosquilleo de las gotas que caen por mi pecho. El agua que se evapora. La humedad que no me deja respirar. Observo el horizonte difuminado. Las horas que pasan lentas. Bostezo. Miro al techo. Hay una brecha. En qué momento. Paseo descalza por el jardín. Entro en la piscina. Buceo. No escucho, no siento. Muevo mis brazos y mis piernas. Vuelvo a la cocina. Un vaso de agua. Algo de hielo. Y de nuevo, a la hamaca. Pablo se acerca y me besa. Acaricia mi brazo. Sonrío, o lo intento.

—Hace tiempo que no salimos —comento.

—Cierto, ¿qué te apetece? ¿Cenamos en el puerto?

—Me encantaría.

Una motivación. Un cambio en la rutina. Una brisa de aire fresco. Me baño en espuma. Me seco el pelo. Me pinto los labios. Sobre la cama, el vestido que me compré en la tienda justo antes del retiro. Diana diciéndome que no. Suspiro. Las echo de menos. ¿Seguirán en Ibiza?

—¿Estás? ¡Oh! Vaya. Pero ¿qué tenemos aquí?

Estoy desnuda. Pablo me besa. No me apetece, pero no me niego. Accedo. Un par de roces. Su polla está dura. La mete, se corre, tira el condón. «Lo siento, no tenemos mucho tiempo», me dice. No pasa nada. Una vez más. Guardo el vestido arrugado. Entierro los recuerdos. Me pongo una falda y una camiseta. Salimos por la puerta. Cogemos el deportivo y nos vamos a cenar. Llegamos al puerto. «La mejor mesa es esta.» Nos sentamos. Todo es carísimo. Parece que cuanto más raro suena el plato, más dinero cuesta.

—¿Verdejo o albariño? —pregunta Pablo.

Soy la chica que compra el vino más barato del supermercado. No encuentro la diferencia. ¿A quién estoy engañando? ¿A mí?

—Verdejo —se responde a sí mismo.

No hay conversación. Carraspeo.

—¿Has estado escribiendo estos días?

—No, la verdad.

—¿Y eso?

—Me está costando encontrar la inspiración.

—¿No te inspiro lo suficiente? —Se ríe.

Acompaño su carcajada para no dejarlo solo.

—Alicia, ¿estás preocupada por ello?

—No, llegará en algún momento. Supongo.

—No debes darle vueltas. Tienes tu casa, tu piscina y a este hombre enamorado que te dará lo que necesites. Relájate un poco y desconecta. Te hace falta. Para eso viniste a Ibiza, ¿no?

—Sí.

—Yo estoy en pleno proceso creativo. Estos días he estado más ausente porque estoy pensando en una nueva película. Me ha llegado un proyecto para septiembre y tiene muy buena pinta.

—¿En serio? ¿De qué trata?

—Dos viajeros que dan la vuelta al mundo y, bueno, las aventuras que viven.

—Suena interesante.

—Sí, buscaremos un buen reparto y empezaremos en cuanto acabe el verano.

¿Y nosotros? ¿Dónde quedamos?

—¿Estás bien? —pregunta.

—Sí, pensando en el futuro.

—¿Y qué se te pasa por la cabeza?

—Pues, nosotros.

—¿Qué?

—¿Seguiremos juntos?

—Alicia...

—Dime.

—Claro que sí. ¿No te gusta mi casa lo suficiente como para quedarte?

—¿Me estás proponiendo que me mude contigo?

—¿Por qué no? Estas semanas hemos estado bien, ¿verdad?

Asiento con la cabeza.

—Seguramente me ausente un poco más, ya sabes, el trabajo. Suelo encerrarme en el estudio y aislarme del mundo. Pero me encantaría tenerte a mi lado. No quiero perderte.

—Eso será difícil. No me iré de tu lado.

—¿Te quedarás?

—¿Y si vemos cómo van evolucionando los días? Llevamos un mes juntos. Démonos otro.

—Cuando pienso en perderte..., no puedo. ¿Qué has hecho conmigo, Alicia?

—¿Yo? ¡Nada!

—Me tienes loco.

—Por la locura, pues.

Brindamos. El verdejo y su frescor. La comida es exquisita, aunque no recuerdo el nombre de las cosas que he comido. Tampoco me importa. Volvemos al coche. Me coge de la mano. Lo observo en la oscuridad, de reojo. Él sonríe. Sus arrugas son afluentes que serpentean por su cara. Recuerdo lo mucho que me gustaban. ¿Y ahora? Es extraño. Me esfuerzo por conectar.

—Tienes el poder de equilibrarme, Alicia.

Un pequeño revoloteo en mis tripas. El eco del efecto que provocaban en mí sus palabras. Me besa la mano. Llegamos a casa.

—Me voy a la cama. ¿Vienes? —pregunto.

—Me quedaré en el sofá un rato. Quiero acabarme este vino.

Subo las escaleras. Me desmaquillo. Mi reflejo me juzga. ¿Qué haces? Y yo me miento. Vuelvo a mi rincón en la cama. ¿Esto será así siempre?

Me despierto sin alarma con la maravillosa luz del día. Me estiro. Qué bien esta sensación. Me giro. Pablo no está. El trabajo a veces es puñetero. Me levanto. Meo. Me lavo la cara y observo mi reflejo. Me peino y me pongo una falda vaporosa y un top estilo *halter*. Voy descalza hasta la cocina. Tengo el desayuno preparado. ¿En serio? Hay una nota. «Mi diosa, estoy en el estudio. Nos vemos luego.» La guardo. Cojo la comida, me siento en el sofá. Desayuno mientras miro el móvil. Me río a carcajadas con cualquier tontería. Qué bien no hacer nada. Las vacaciones. Recojo y friego los platos y luego me tumbo en la hamaca. Voy a por el portátil. Lo abro. La barra que parpadea. Parece que no sale nada. No te presiones, ya llegará. Me baño desnuda en la piscina. Bendita soledad.

Pablo vuelve al mediodía. Escucho atenta anécdotas sobre su nueva producción y sobre el personal que está eligiendo para llevarla a cabo. Me besa. «No sabes lo que me gustas, lo que me haces sentir. Eres mi diosa.» Algo en mí se despierta. Se levanta. Vuelve al trabajo. Limpio los platos. Leo un libro. Observo el sol que baja. Me acerco a la playa y sonrío ante el atardecer más bello que he visto. Un sorbo de mi agua con limón y pepino. Los niños ríen. Decido volver a casa. Me cruzo con un perro salchicha muy gracioso. Le acaricio la cabeza.

Cuando llego, Pablo está haciendo la cena. Qué bien huele. Bebemos vino. Me pregunta si he escrito. Niego con la cabeza. «¿No te inspiro?» Me río. «Demasiado», contesto. Vemos una serie en el sofá.

Me despierto sin alarma cuando la luz del sol llama a mis párpados. Abro los ojos. Me giro. Pablo no está. Suspiro. Un día más. Me levanto. Meo. Me lavo la cara. No me miro al espejo. Recojo mi pelo. Me coloco un pareo que compré hace unas semanas en los hippies. Lo anudo al cuello. Bajo las escaleras. Un batido de frutas y un trozo de bizcocho. A su lado, una nota. «Mi diosa, estoy en el estudio. Nos vemos luego.» La tiro a la basura junto con las demás. Cojo la comida, me siento en el sofá. Desayuno mientras miro el móvil. Algún meme me saca de este vacío de mierda. Vuelvo a la hamaca. Ni tan siquiera recojo. ¿Para qué? Mezo mi cuerpo y miro al techo. Veo la brecha. ¿Está más grande que ayer? Puede ser. Más profunda. Más rota. Ese resquicio me pone nerviosa. Voy a por el portátil. Lo abro. El parpadeo. La impotencia de tener que recordar. No me apetece traerlas de nuevo, a ellas. A esta reminiscencia. A mi soledad. Me quito el pareo. Me baño desnuda. Floto. Vuelo. Un soplo de calma. Navego entre mis verdades y mis mentiras, aquellas que cada día protagonizan más mis pensamientos. No quiero darme cuenta de la realidad. ¿El dolor? Será por el dolor.

Me seco tumbada en el césped. A veces, me masturbo en el jardín. No consigo correrme. Me frustro. ¿Qué me pasa? Pablo vuelve al mediodía. Preparamos algo para comer. Pasta, ensalada, *poke bowl* o algo a la plancha. Me habla otra vez de su puñetera producción. Yo miro el horizonte con ganas de salir de aquí, con la esperanza de evadirme entre el cielo y la playa. Me da unos toquecitos en la rodilla. Me besa con pasión. Su lengua me atraganta. «No sabes lo que me gustas, lo que me haces sentir. Eres mi diosa.» Se levanta. Y de nuevo, se esfuma. Limpio los platos. Me echo una siesta de una hora. Me despierto embriagada. Me doy cuenta de esta soledad que se cierne sobre mí. Salgo a pasear por la urbanización. Bajo a la playa más cercana. Veo el atardecer desde allí. Tampoco es tan bonito. Un sorbo de esta agua rancia. Los niños ríen. La arena traga. Y recorro el mismo camino que ayer y que anteayer. Me encuentro al mismo vecino paseando a su perro salchicha. A los chicos que juegan en la calle con la pelota. A su lado, las muchachas escuchando reguetón. Percibo las miradas y la complicidad de un posible amor de verano entre la rubia y el larguirucho. Sonrío como si supiese lo que es. El amor, digo.

Llego. Pablo está haciendo cualquier mierda para cenar. Bebemos vino. Me pregunta si he escrito. Niego con la cabeza. «¿No te inspiro?» Espiro indignada. Vemos una serie en el sofá. «Me voy a la cama.» Él se queda terminándose la botella y yo me hago una bola en mi rincón. Cierro los ojos fuerte para no escuchar a mi mente.

Me despierto sin necesidad de despertador. La luz hace que me cague en todo. Ducha, desayuno, nota de disculpa, la tiro resignada. La grieta, la barra que parpadea, la piscina que me salva. Pablo que habla sobre sí mismo y lo mucho que se gusta, bla, bla, bla; la siesta de dos horas, el paseo, la playa, el perro salchicha, las miradas, el vino blanco, mi negación, una película, sus disculpas, mi puta soledad. Y otro día. Y otro. Y otro. Y otro. Y otro. Y otro. Y otro. Y otro. Y otro. Y otro. Más.

La rutina se rompe a veces con alguna cena entre amigos. Me quedo en segundo plano escuchando cómo divagan sobre unos o critican a otros. No conozco sus nombres, solo sus miradas. Asha y Pablo se sonríen. Brindan juntos. Se tocan la espalda. Y yo hago pedazos una servilleta de papel para descargar mi ira. Después, aburrida, hago bolitas con mi pulgar y mi índice. Así me siento, así de chiquitita.

Cuando el cielo está despejado, cuento las estrellas hasta que me canso. En ocasiones me emborracho. Pablo se ausenta cada día más. «El trabajo», dice. Y yo cada día me encuentro menos. «La rutina», digo. Hay mañanas que follamos de manera muy salvaje. Sigo sin orgasmar. Me ha comido el coño dos veces en el último mes. Yo me masturbo en cada rincón cuando la melancolía gana terreno. Últimamente me masturbo mucho. Demasiado. Busco esa descarga, ese final. Joder, no puedo. Lloro en la piscina porque de ese modo no puedo contar las lágrimas. El grito es sordo bajo la presión del agua. Me tienta escribir a las chicas, pero la barra parpadea como si fuese el pulso de mi cobardía, de mis mentiras, de mi lamento.

Por la noche me busco y a veces me encuentro. Escucho una voz que me suplica que salga corriendo. ¿Qué coño haces? ¿Por qué pierdes el tiempo? Tengo unos segundos de lucidez que entierro con sus te quiero. Araño las paredes de mi coraza para salir de mi propia cárcel y me sangran los dedos sin que consiga avanzar ni un milímetro. Me amordazo con el presente hasta que me ahogo. Me castigo con el pasado hasta que me atraganto. Y siento que no progreso, que me caigo, que no tengo apoyo, que sangro en vano.

—Alicia, esta noche no me esperes despierta.

—¿A dónde vas?

—He quedado.

—¿Con quién?

—Con Amanda.

—¿La conozco?

—No, es una chica que está trabajando en la producción.

—¿De tu película?

—Sí.

Me callo. No hablo. No vocalizo. Es tanto el dolor que no noto diferencia entre el más y el menos. Asiento con la cabeza. Miro la copa de vino. Bebo. Lo aborrezco. La libertad. El mantra cada vez suena menos creíble. Se distorsiona. Y me obligo a amar, a querer, a aceptar.

—Sabes que te quiero, ¿verdad? Esto no cambia nada entre nosotros.

—Aham.

—Alicia.

El silencio.

—Alicia, mírame.

Accedo.

—Eres mi diosa.

Me abraza y me desintegro en el espacio entre su pecho y mi garganta. Las viejas mariposas intentan alzar sus alas. Algunas lo consiguen, otras están muertas en el fondo de mi desgana. El corazón late fuerte y la rabia sigue echando carbón a mi maquinaria. Así son las relaciones abiertas..., ¿no? Pablo huele mi pelo. Yo intento esnifar su perfume, pero otro interfiere. Más dulce, más afrutado, más joven. Le hago un torniquete a mi corazón. Va a romperse en mil pedazos.

—¿Has pensado en quedarte a vivir?

—No demasiado.

—¿No has tenido tiempo? —vacila.

—¿De qué?

—De pensar.

—Sí, pero tampoco le he dado muchas vueltas.

—¿Eso es que te quedas conmigo?

Miro mis piernas cruzadas. Espiro. Su mirada me atraviesa. Me observa expectante. No sé qué decir. La presión me puede. Asiento con la cabeza. Sonríe. Coge mi copa. La deja a un lado. Nos besamos con fuerza. Follamos. Finjo un orgasmo. Él se corre y grita. A quién quieres engañar, Alicia. Me acaricia la espalda.

—Nos vemos mañana. Cualquier cosa me dices, ¿vale? Te quiero.

Se sube los pantalones. Se peina las canas. Se pone ese perfume y su rastro lo sigue hasta la puerta. Cierra. Y aquí está, la nada. El silencio. Yo sin bragas. Rompo a llorar. Me ahogo en mi propia saliva. Los mocos me atascan la nariz. ¿Por qué no quiero salir de aquí? ¿Qué busco? ¿Por qué simulo haberlo encontrado? Estás sola. Sola. Mientras Pablo se va a follar a otra. ¿Qué edad tendrá? ¿Será más joven? ¿Más guapa? ¿Más alta? ¿Y si se la chupa mejor que yo? ¿Y si se enamora? ¿Y si lo pierdo? ¿Acaso lo tuviste? Es un hombre libre. ¿Y yo? Bebo hasta emborracharme. No quiero escuchar la respuesta.

Duermo pocas horas. Me retuerzo en la cama. Será por el dolor, otra vez. No hay desayuno. Ni batido. Ni nota. Cojo una galleta y un vaso de agua. Está lloviendo. Me quedo de pie en la cocina y mastico. Escucho el tictac de un reloj que cuenta las horas que está con ella. ¿Le preparará el desayuno? ¿Le comerá el coño? ¿Le susurrará al oído? ¿Le dirá cuánto la ama? El suelo no me deja moverme. Tengo pesos en los pies. Mi cuerpo está afligido. Mi mente no para. Ha pasado una hora y sigo comiéndome esa galleta rancia que he encontrado en el armario. La lluvia repiquetea en el techo de cristal. En días como hoy, la casa se convierte en la banda sonora perfecta para los dramas románticos y las añoranzas. Escucho unas llaves. Se abre la puerta.

—¡Papá!

Mierda. Me quedo quieta. No digo nada.

—¿Papá?

Joder, joder. Qué marrón. Y yo aquí, en bragas.

—¿Quién coño eres tú?

Me giro. Detengo la mandíbula. Trago saliva.

—Soy Alicia. ¿Y tú?

—Soy María. ¿Y mi padre?

—¿Pablo?

—Sí, Pablo. ¿Dónde está?

—Pues...

Follándose a una tía del trabajo.

—No lo sé. Volverá pronto. ¿Quieres algo?

—Si quiero algo, lo cojo yo, que para eso es la casa de mi padre.

La situación se tensa. Bebo un poco de agua. Me doy la vuelta.

—¿Qué edad tienes?

Qué pesadez con los años.

—Veintiséis.

—Joder, cada vez flipo más. ¡Joder! —grita.

Me quedo con cara de circunstancias.

—No tienes ni puta idea de con quién estás.

—¿Con tu padre?

—Es un gilipollas. ¿No te das cuenta?

—No deberías hablar así de él.

—Mira, chavala, yo hablo de mi padre como a mí me sale del coño. ¿Te enteras?

—Oye, no quiero enfrentarme a ti. Creo que no es necesario, María. Lo que tengas con tu padre es entre vosotros.

—¿Te ha dicho mi padre que tiene una hija?

—Claro que sí.

—¿Y que no me ha pagado ni la universidad?

—Bueno...

—Parece que prefiere gastarse el dinero en zorras como tú que pierden el culo cada vez que un tío con pasta se cruza en su camino. Estáis deseando emparejaros con alguien que os mantenga.

—Oye, perdona, a mí no me mantiene nadie —me defiendo.

—Ah, ¿no? ¿Acaso has pagado algo estos días, semanas o meses que llevas aquí? Por cierto, ¿cuánto hace que estáis juntos?

—Casi dos meses.

—Bueno, aún te quedan un par antes de que se canse. O de que te deje embarazada y se largue.

—Mira, María, creo que no deberíamos mantener esta conversación.

—Estás ciega. ¿Ya te ha pedido que te quedes a vivir con él?

—Eh...

—Pareces maja, tía. ¿Quieres un consejo? Huye. Sal corriendo. No tienes ni idea de quién es. A mi padre lo odia todo el mundo, por eso se vino a vivir a Ibiza. En Madrid lo tienen calado. Nadie lo soporta. Y aquí la gente está con él por puro interés. Igual que tú.

—Oye, yo no soy de esas, ¿entiendes?

—¿Cuál es tu sueño? ¿Ser directora de cine? ¿Actriz? ¿Modelo? ¿Presentadora?

—Soy escritora.

—Seguro que te ha dicho que tiene muuuchos contactos para presentarte, ¿no?

Me quedo callada. No me lo puedo creer.

—Lo sabía. Igual que con todas. Pareces inteligente. Espero que lo seas. Yo me voy. Dile que he venido y que pague mi universidad, que es mi puto padre.

Un portazo. ¿Estoy viviendo un espejismo? ¿Qué coño está pasando? Me hago una infusión. Me tiemblan las manos. Estoy nerviosa. Me va a reventar el pecho. No puedo más. Joder, ¿dónde estoy? Me acomodo en el sofá. No enciendo la televisión. Al cabo de un buen rato, escucho a Pablo.

—¡Alicia!

Me ve en el salón. Se pone delante de mí. Me regala un ramo de rosas. Son preciosas.

—¿Qué te pasa? ¿Estás bien?

—Ha venido tu hija.

—¡¿Qué?!

—Dice que le pagues la universidad.

—Joder.

—Pablo, ¿me estás engañando?

—¿Qué dices, Alicia?

—Tu hija me ha contado cosas que me han dejado petrificada.

—Mi hija está resentida y es una interesada. Solo viene a pedir dinero.

—Es su universidad.

—Mira, Alicia, mi hija tiene una beca universitaria y un fondo de ahorros para sus estudios. Pero es una cabra loca que no para de gastar dinero y que no se sabe administrar. Cada cierto tiempo viene a pedir pasta. Y yo ya no estoy para pagarle sus caprichos.

Silencio.

—¿Qué pasa? ¿No dices nada?

—Es que no sé qué creer, Pablo.

—¿No confías en mí? Te estoy diciendo la verdad. Vengo con un ramo de flores, con ganas de estar contigo y me encuentro con esto..., genial.

Deja el ramo encima de la mesa. Me siento mal.

—Lo siento, ¿vale? Ha sido muy violento.

—Me lo imagino. Pero necesito que confíes en mí. Si no, esto no funcionará, Alicia.

Asiento.

—Anda, ven aquí.

Me levanto y me acurruco entre sus brazos. Huele distinto.

—¿Qué tal anoche? —pregunto temerosa.

—Estuvo bien.

—¿Solo bien?

—Creo que darte detalles no ayudaría en este momento.

¿Cómo te la chupó? ¿Tenía el culo más respingón? ¿Sus tetas eran simétricas? ¿Y su coño? ¿Cómo te folló? ¿Os corristeis? Dime, joder. Cuéntamelo.

—Es un poco raro.

—¿El qué?

—Que vengas de follarte a otra y me abraces.

Me aparta y me mira con cierto juicio.

—En ningún momento te he engañado.

—Lo sé.

—¿Estás celosa?

—Es la primera relación abierta que tengo y no sé cómo hacerlo bien.

—Pues aceptando que somos libres y que podemos hacer lo que queramos. Pero sobre todo teniendo en cuenta que estamos juntos por propia voluntad.

—Sí, supongo.

—Sabes que te quiero, ¿no?

Eso creo. ¿Será verdad? Ya no sé a quién creer.

—Mira, ¿qué te parece si mañana salimos a navegar?

—¿Tienes barco?

—Sí, bueno, es de un amigo, pero me lo deja muchas veces.

—Vale.

Me besa. ¿A qué saben sus labios? La última vez que los utilizó fue con otra.

—Me tengo que ir a trabajar, pero ¿nos vemos esta noche?

—Sí, claro. Aquí estaré. No me voy a mover.

Rectifico: no me puedo mover.

—Te quiero, mi diosa. Eres increíble, Alicia. Qué suerte la mía.

Sus palabras sanan el dolor que hay en mi interior. Inspiro y espiro. Pablo desaparece de nuevo. Veo las rosas encima de la mesita. Busco un jarrón bonito. Las pongo en agua. Algunas se están marchitando; otras, a punto de florecer. Un trueno perturba mi silencio. Me asomo a la ventana. Está diluviando. Hace un poco de frío. ¿El fin del verano? Me viene al recuerdo la noche en la que las chicas y yo decidimos beber tequila y bailar reguetón en casa en vez de salir a quemar la ciudad. Me río cuando pienso en la Diosa de las Zorras y en el ritual de invocación que hizo Emily. Una lágrima. La borro de mi cara. Basta. Aquí se acaba.

Me como unos *noodles* que encuentro. Pienso en mi piso y en Madrid. Me quedo dormida. Me despierto con otro estruendo. ¿Estará así todo el día? Recibo un mensaje. Cojo el móvil.

—Hola, desaparecida. *Parlem?*

Sonrío aliviada. Es la mano que me salva de la desesperación.

XXIV

El aire de la superficie

Pasan unos segundos y alguien descuelga al otro lado.

—Hola, mamá.

—Ay, Alicia, me tenías preocupada. ¿Por qué no me escribes? ¿Estás bien?

Rompo a llorar. Mataría por tenerla aquí y poder disfrutar de sus abrazos. Esos que curan hasta la herida más infectada. Esos que ahora necesito como el agua. La echo tanto de menos que escuece.

—¿Alicia? ¿Qué ha pasado?

—Mamá, yo...

No puedo parar el llanto. Se mezcla con la lluvia que suena de fondo. Moqueo.

—Alicia, me tienes preocupada, por favor. Cuéntame.

—Estoy en Ibiza.

—Sí, eso me dijiste. Con las chicas, ¿no?

—No, mamá. Estoy sola.

Más lágrimas. Un sollozo.

—¿Y eso?

—Discutimos hace un mes, más o menos —balbuceo.

—Ya decía yo que me escribías poco. Algo me olía. ¿Por qué os habéis enfadado?

—He conocido a un chico..., bueno, a un hombre.

—¿A quién?

—Se llama Pablo y tiene cincuenta y cinco años.

—Coño, es más mayor que yo.

—Sí, mamá.

—Bueno, hija, la edad es un número. ¿Tú estás feliz?

—Es raro.

—¿Por qué, cariño?

—Conocí a Pablo en un retiro al que fui con las chicas. Fue mágico, mamá. Echaba de menos el amor y esa sensación, ¿sabes? Las mariposas, la ilusión, el cariño... Hacía mucho que no lo sentía.

—¿Estás segura de eso?

—¿Por qué lo dices?

—Porque en Madrid te sentías muy querida, ¿no?

Me callo.

—Entonces, conociste a Pablo y... —continúa mi madre.

—Dio una fiesta y contó delante de todo el mundo que estoy escribiendo una novela que narra las experiencias que vivo con mis amigas. Nos señaló.

—Joder.

—Yo no supe reaccionar. Él lo hizo para presentarme a gente del mundillo, ¿sabes? Tiene muchos contactos.

—¿Te ha presentado a alguien?

—No.

—Entiendo. Sigue.

—Las chicas se enfadaron conmigo porque Pablo había contado nuestro secreto. Al día siguiente, quedamos para hablar y me hicieron una encerrona. Me dijeron que Pablo está cada año con una tía joven y que a todas les hace lo mismo: las enamora y luego, se acabó.

—¿Y tú qué dijiste?

—Me enfadé mamá. Me sentí acorralada. Empecé a sacar mierda y nos peleamos. Desde entonces no he vuelto a saber de ellas.

—¿Y con Pablo?

—Pues..., bien, creo.

—Soy tu madre, a mí no me engañas, Alicia.

Me roba una sonrisa.

—Cuéntame. ¿Qué sientes?

—Pablo me cuida muy bien. Me hace el desayuno, me trae flores y me invita a cenar. Todos los días me dice cosas bonitas, es increíble. Pero...

—Pero ¿qué?

—No te asustes, ¿vale?

—No lo haré.

—Tenemos una relación abierta.

—¿Eso significa que cada uno podéis estar con otras personas?

—Exacto. Ayer se acostó con una chica con la que trabaja en su última producción y yo no sé cómo gestionar el dolor que siento. Los celos me comen, mamá.

—Hombre, hija, no tiene que ser nada fácil.

—No lo es.

—¿Y tú?

—¿Yo?

—Sí, ¿con cuántos te has acostado? O cuántas.

No respondo.

—¿Alicia?

—Sí, sí. Estoy aquí.

—Pensé que se había cortado.

—No es que...

—Dime.

—Yo no me he acostado con nadie, mamá. Me paso los días en casa, tumbada en una hamaca y bañándome en la piscina. Algunas noches salimos a cenar fuera, pero son pocos los días que hago algo distinto.

—Estás encerrada, ¿no?

—Sí. Salgo a pasear por la playa por las tardes y me viene bien.

—¿Te ves viviendo así mucho tiempo?

—Me pidió que me quedase a vivir con él.

—¿Y le dijiste que sí?

—No supe qué responder, pero sí, la idea es quedarme.

—Lo importante: ¿tú eres feliz?

Miro a mis adentros. Escucho la respuesta. Grita, me implora, me suplica. La ignoro.

—Creo que sí.

—Alicia, que te he parido.

Joder.

—No sé lo que siento.

—No. No quieres saber lo que sientes porque eres consciente de ello —me corta.

—Pablo me encanta, pero me han dicho tantas cosas sobre él que no sé a quién creer.

—¿Qué te han dicho?

—Que enamora a chicas jóvenes y que se las folla hasta que se cansa. Utiliza estrategias como prometerte que hará tus sueños realidad, colmarte de atenciones y lujos o...

—Dilo, Alicia. Dilo de una vez, coño—. O el chantaje emocional.

—¿De verdad te gusta?

—Siento mariposas en el estómago. Quiero estar con él. Me apetece sentirme así.

—Eso no es amor, hija. Eso es necesidad. Te estás obligando a quererlo.

—Puede ser.

—Sabes que sí. Además, te voy a ser sincera.

—Dispara.

—Te fuiste de Montgat y dejaste a Diego porque querías apostar por tu carrera y conocerte. Al principio me sorprendió, pero luego supe que sería lo mejor para ti, que Madrid te ayudaría a encontrarte. Y no me equivoqué.

Respiro profundo.

—Después conociste a las chicas. ¡Tú nunca has tenido amigas, Alicia! Tu éxito no es haberte mudado o que estés escribiendo tu primer libro. Tu éxito reside en que, por fin, tienes a alguien, las tienes a ellas.

Lloro.

—No has sabido ver que ellas te quieren más que nadie. Bueno, no más que yo. Eso es imposible.

Suelto una carcajada. Mis mejillas están húmedas.

—Alicia, te has empeñado en encontrar el amor, te has forzado a estar enamorada. Te has conformado con el primero que se cruzó en tu camino. Pablo no es tonto y ha sabido conquistarte con su dinero y sus lujos. Te ha cegado esa necesidad y te has convertido en lo que más odias: en una persona conformista.

Unos segundos de silencio. Carraspea.

—Te fuiste a Madrid para luchar por tu libertad. ¿Eres libre ahora?

—No, mamá.

—¿Merece la pena estar ahí, encerrada todo el día y contentando a un hombre que tarde o temprano se cansará de ti?

—Eso no lo sabes.

—¡Claro que lo sé! Y tú también. Si el agua suena, el río...

—Mamá, es al revés. Si el río suena, agua lleva.

—Bueno, ya me entiendes.

Mi madre y los refranes nunca fueron buenos amigos.

—Alicia, escúchate porque lo mismo que te estoy diciendo yo, en el fondo ya lo sabes.

—Pero ¿qué hago?

—¡¿Cómo?! Pues luchar por ti, hija, y por tu libertad.

—Es que... duele. No sé si puedo dejarlo. Me siento bien teniendo pareja.

—No soportas estar sola, pero ¿acaso ahora estás acompañada? ¿Dónde están las chicas?

—No están.

—¿Y Pablo?

—Tampoco.

—¿Entonces? Sigues engañándote, leñe. Dejaste una relación de cinco años con Diego y te largaste a Madrid. Si has podido hacer eso, eres capaz de cualquier cosa.

—Tienes razón.

—Ya lo sé —me vacila.

Nos reímos juntas en la distancia. Necesito su abrazo.

—Te echo de menos, mamá.

—Y yo, hija. Pero sabes que siempre estoy contigo. Aunque desaparezcas y no me llames. Tú y yo estamos unidas.

—Me encantaría tenerte aquí.

—Pues a mí no me gustaría estar ahí.

—¿Por?

—¡¿Encerrada en esa casa todo el día?! Ni de broma. Y a ti tampoco.

—Me faltan fuerzas.

—Cógeme de la mano, ¿la notas?

—Sí.

—Te envío mi energía. Deja de mentirte y date cuenta de que la vida es de los...

—Valientes.

—Exacto. Y tú ¿qué eres?

¿Qué soy? Esa maldita pregunta.

—Soy Alicia, la chica que lo dejó todo y se largó a Madrid.

—La chica que tenía amigas y las perdió por estar con un ricachón que le paga las copas y todo lo demás.

—Dios, cómo me odio.

—¡¿Ves?! Yo también —responde.

—¡Oye!

—Un poquito solo.

Nos reímos.

—Sal de ahí y ve a buscarte. Te encontraste una vez. Conoces el camino. No quieras perderte.

—Tienes razón. Te dejo. Voy a hacer la maleta y a comprar un billete para el primer avión que salga para Madrid.

—¡Esa es mi hija, coño! Me vas contando. Fuerza, Alicia.

—Mamá.

—Dime.

—Te quiero mucho.

—Y yo a ti.

—Muchas gracias.

—¿Por qué?

—Por estar ahí siempre.

—Gracias a ti por contarme las cosas.

—*Adéu, mama.*

—*Adéu*, mi vida.

Cuelgo el teléfono. Mi corazón golpea en el pecho. Mi piel se eriza. Noto el movimiento. Nado hacia la claridad. Asomo la cabeza. Inhalo con fuerza. Lleno mis pulmones de oxígeno. Y ahí está, el aire de la superficie. Vuelvo a respirar. Vuelvo a vivir. Vuelvo a mí. ¿Dónde estabas?

XXV

¿Puedes venir?

La lluvia sigue golpeando el techo. Pienso en la brecha. Salgo al porche. La observo. Gotea. Es una señal. Y si no, me da igual. Me largo. Me piro. ¿Qué coño me ha pasado? Me he convertido en lo que más odio. Yo no soy una mantenida, joder. Soy una mujer libre. Valiente, guerrera, dispuesta a luchar por su carrera y por sus amigas. Subo a la habitación. Abro la maleta. Meto mis cosas con prisa. Cojo el móvil. Busco vuelos. Compro uno. Mañana, a las once. ¿Y cómo voy al aeropuerto?

Un portazo. Es Pablo. Joder, pensaba dejar una nota y largarme sin mirar atrás. ¿Acaso cambia el plan?

—¿Alicia? ¿Dónde estás?

Suspiro. Intento conectar con mi fortaleza, con mi poder. A por ello.

—Estoy aquí, en la habitación.

Pablo sube las escaleras. Ha llegado el momento, joder. Sal de aquí. Vete lejos. Que le den. No agaches la cabeza ni un segundo.

—¿Qué haces aquí, mi diosa?

No va a ser fácil. Pero ¿qué te dice tu intuición? Escúchate.

—Me voy.

De nuevo, la psicología nunca fue mi fuerte.

—¿Cómo que te vas?

Esto ya lo he vivido, ¿verdad? La misma pesadilla. Intacta.

—Me voy a Madrid.

—¿Qué dices, Alicia?

—Lo que oyes.

—No entiendo. ¿Pensabas marcharte sin decirme nada?

—Te iba a dejar una nota.

—Pero ¡¿qué coño?!

—Pablo, lo siento. No puedo seguir con esto.

—¿Pensabas dejarme sin despedirte? ¿Con una puta nota?

—Cálmate, por favor.

—Encima me pides que me calme.

—Pablo, me paso los días encerrada.

—Porque tú quieres.

—Porque no puedo hacer nada. ¿Cómo salgo?

—Tienes mi coche.

—¿Me lo has ofrecido?

—¿Me lo has pedido?

—Sales todos los días y solo vuelves para comer y para cenar. Te pasas las noches en el sofá viendo series y bebiendo vino. Pocas veces dormimos juntos.

—¿No puedo tener mi momento de relax?

—¡Claro que sí! Pero no me has visto en todo el día y pasas de mí.

—No inventes, Alicia.

—¡Es la verdad! Hablas sobre lo intensa y maravillosa que es tu vida, pero te olvidas de que yo también tengo una.

—Y ¿qué haces tú? Ni tan siquiera estás escribiendo porque estás bloqueada —me vacila haciendo hincapié en la última palabra.

—Oye, perdona, no quiero escribir porque no me apetece revivir mi historia con las chicas.

—¡Oh! Ahora son las chicas. ¿Y cuál es tu gran obra maestra? ¿Escribir vuestras aventuras de guarras por Madrid? ¿Es eso?

Me sorprende y me duele a partes iguales. Quiero largarme de aquí. No tengo por qué soportar esto.

—Mira, Pablo, lo que yo haga con mi cuerpo y con mis amigas no te importa una mierda, ¿te enteras?

—Claro que me importa. Eres mi pareja, joder.

—Oh, ¿de verdad? ¿Y cómo tratas tú a tu pareja? Dime.

—Te podrás quejar...

—Dímelo.

—Eres una desagradecida. He hecho muchas cosas por ti, Alicia. ¿Y así es como me lo pagas?

Pienso en Diana y en las palabras que le dije aquella tarde en la playa. Son las mismas. Exactamente iguales. Idénticas.

—¿Qué cosas, Pablo?

—Te he presentado a gente para que publiques tu novela.

—¿A quién?

—A varias personas. En la fiesta te introduje en mi círculo.

—¿Crees que una orgía es un buen sitio para hacer negocios? ¿De verdad?

—Yo he cerrado grandes tratos en esas fiestas.

—Claro, mientras te metes rayas de coca y te follas a modelos rusas. Qué gran empresario eres.

—¿Qué sabrás tú de emprender, niñata? Lo máximo que has hecho es escribir libros para gente que apuesta por su carrera. No eres capaz ni de escribir tu puta historia de promiscuidad.

—Vaya, parece que ahora mi vida sexual es un problema. Ahora resulta que el hombre libre y abierto no lo es tanto. No me sorprende. ¿En qué más me has mentido?

—Yo no te he mentido.

—¿No? ¿En serio? ¿Crees que soy gilipollas y que no me enteraba de que te follabas a Amanda y a Asha antes de decírmelo?

—¿Qué dices? ¡Estás zumbada!

—Ya, claro. Por eso venías con otro olor por las noches. ¿Cuántos años tiene Amanda? ¿Pasa de los dieciocho? ¿La vas a utilizar para presumir delante de tus colegas de que eres un cincuentón que tiene que seducir a jovencitas porque ninguna mujer de su edad lo aguantaría?

—¿Perdona?

—Te haces el duro y el pasota hasta que tienes a la chica comiendo de tu mano. Vas con tus aires de grandeza, de ricachón, de productor de cine, haciendo falsas promesas a muchachas que tienen un sueño. Las invitas a tu mansión y las encierras aquí.

—Estás loca.

—«Conmigo tendrás lo que quieras.» Caviar, champán, ostras, orgías, cocaína, modelos, futbolistas, coche deportivo, ropa, sexo... Hasta que te cansas y buscas a otra víctima. Estás tan podrido por dentro que me das asco.

—Qué pena me das, Alicia. Estás tan desesperada.

—¿Yo? ¿Desesperada? Lo que tú digas, Pablo.

—Sabías cómo era y aun así viniste a mi casa. «Quiero ser escritora y publicar mi primera novela.» ¿A quién le voy a enseñar tu historia? Da vergüenza, coño. Tres tías follándose a todo Madrid ¿para qué? ¿Para empoderaros? ¿Para encontrar la liberación? ¿Para saber quiénes sois? ¿Te das cuenta de que es una excusa barata para ser una zorra?

Cojo mi maleta. Me dirijo a las escaleras. Pablo se pone delante y me corta el paso. Me coge fuerte de los brazos. Ni te atrevas, hijo de puta. Lo empujo con todas mis fuerzas.

—No me vuelvas a tocar en tu vida, capullo. Apártate de mi camino.

—Y si no, ¿qué?

—Apártate, cabronazo de mierda, o te juro que te tiro por las putas escaleras.

—¿Qué dices? ¿Te estás escuchando?

—¡¡Que te apartes, joder!!

Se echa a un lado. Vacilante, hace un gesto con la mano cediéndome el paso. Bajo las escaleras. Me dirijo a la puerta. De nuevo, se interpone.

—Pablo, déjame salir.

Por un momento, siento miedo. Me tiembla el cuerpo. No sé de lo que es capaz. Pero a mí no me gana. La fuerza de querer retomar mi vida desequilibra la balanza a mi favor. Siempre.

—Oye, Alicia. Perdóname.

—¿Que qué?

—No discutamos más. Quédate conmigo.

—¿Para qué, Pablo?

—Para querernos, Alicia. No he querido a nadie como...

—Ya me conozco esa historia. ¿En cuántas películas de las que has producido se repite esta escena? Siempre la misma mierda. «Sin ti no puedo vivir», «no he querido a nadie como a ti», «eres mi media naranja»... ¿Sabes? Todo eso es mentira. Todo.

—Yo te quiero.

—¿De verdad?

—Claro, Alicia.

—Pablo, te pasa lo mismo que a mí. Estás necesitado de

amor. Te sientes tan solo que buscas desesperadamente a una persona, pero nadie te llena, ¿y sabes por qué? Porque ni siquiera tú sabes lo que quieres.

—No sabes nada de mis emociones.

—Sé más de lo que piensas. A mí me ha pasado lo mismo. Quería sentirme querida por alguien, ¡necesitaba tener pareja! Y no me di cuenta de lo más importante: que había dos personas, dos mujeres increíbles, que ya me amaban.

—¿Tus amiguitas?

—Sí, mis amigas.

—¿Y dónde están?

—Pues no lo sé. Por ser una gilipollas y defenderte las he perdido. Tendría que haber sido más inteligente. Tendría que haber salido corriendo en el momento en que me dijiste que me ibas a leer Kapuscinski en la piscina.

Estoy a punto de abrir la puerta. Pablo sigue hablando.

—No eres capaz de tener relaciones abiertas. Otra más que no entiende la libertad.

Me toca el coño.

—Mira, puede que te funcione el discurso de hombre libre. Suena bohemio, atractivo, maduro; un reto que atrae a cualquiera. Pero la realidad es muy distinta. Es posible que yo no esté preparada para tener una relación abierta, pero tú tampoco lo estás para tener a una mujer libre a tu lado. Porque te da miedo. Yo tengo unas alas muy grandes y te juro que nadie me las volverá a atar jamás. Ojalá pudiese advertir a las demás sobre el personaje que eres. Otro gilipollas más que se cree Christian Grey, y yo otra ingenua que se ha tragado el discurso del rico enamorado. No te importa nadie más que tú. Así que ahí te quedas.

Abro la puerta. Salgo. Está lloviendo muchísimo. Hace un poco de frío. Mis sandalias están caladas y no he dado ni tres pasos. La noche será dura.

—¡Alicia! Por favor, no seas mala —dice Pablo.

—Si ser mala es ser mía, sí, seré mala.

Doy un portazo. Mi respiración está desacompasada. No puedo calmarla. No sé cómo hacerlo. Estoy tiritando y dudo si es por el frío o por las emociones. ¿Cómo he podido dejarme engañar así? Me castigo con mis pensamientos. Los recuerdos se abalanzan sobre mí. «Te lo dije», me repito a mí misma. Oh, mierda, cállate. Lo sabías, pero no querías verlo. Preferías la ceguera, la ignorancia porque «se está bien». Y abres los ojos y te ves envuelta en lodo. ¿Y de ti? ¿Qué queda de ti? Busco en el baúl de mis yoes para ver cuál queda en pie. ¿Alguno dispuesto? ¿Alguno entero? Aquella Alicia valiente y fuerte que decidió emprender su viaje, que cumplió sus fantasías sexuales, que apostó por su carrera como escritora... ¿Dónde está? ¿Qué queda de ella?

La lluvia golpea mi piel. Duele. Pablo me llama al móvil. Rechazar. No quiero saber nada de ti. Se acabó. Aunque tenga el corazón en mil trocitos, aunque me pesen la mente y el cuerpo. Te juro que jamás me volveré a perder. Echaba de menos estar en mí. Eso es estar en casa. No son tus brazos, ni tus caricias, ni nuestras miradas, ni los besos que nos dábamos al follar. Eso solo era un espejismo de lo que soy. De lo que eres. De la suma. Pero la calidez de una manta mientras ves una película en invierno, de un chocolate caliente, de un masaje en los pies, de quitarte el sujetador y salir a la calle sin él, de reencontrarte con tus juguetes de la infancia; eso solo lo siento cuando estoy conmigo. Yo soy mi hogar, esté donde esté. Sin ti. Porque la fórmula funciona si le quito el «tú». Pero si le resto el «yo», la ecuación es imposible. No hay miembros, ni términos, ni incógnitas, ni constantes. No hay resultado porque no hay un principio, ni un igual. No hay nada.

Si Paul Dirac tuviese que explicar este momento, diría que la efimeridad de mis emociones varía a la velocidad de la luz. Se basaría en los principios de la mecánica del «cuánto me quisiste» y en la teoría de la relatividad (de tu actitud). Euler y Lagrange calcularían la trayectoria de mi dolor en este agujero negro. Hamilton esculpiría en un puente de piedra cómo trabajar con la complejidad de mis raíces que parecen cuadradas y solo dan negativas. Ni los grandes matemáticos habidos y por haber podrían resolver lo profundamente gilipollas que soy.

Basta. Se acabó. ¿A dónde voy? Camino por la urbanización sin rumbo fijo. Me paro debajo de un tejadillo. Tengo las manos chorreando y la ropa empapada. Las gotas caen de mi pelo al suelo. Las lágrimas pasan desapercibidas. Tampoco percibo mi alma. El calvario es tan agudo que me nubla el conocimiento. Y lo entierro en mil capas de indignación y desilusión. No lo quiero aquí, adentro. Ha estado demasiado tiempo.

Cojo el móvil. Veo varias llamadas perdidas de Pablo. Lo bloqueo. No quiero saber nada. De sus mentiras, de las pocas verdades, de la falsa libertad que predica. Ama sentirse libre, pero está encadenado a sus falsedades. No soporta que alguien sea libre de verdad. Me tiembla la mano. Me resbala el teléfono. Casi se cae. Los mocos se pasean a su antojo por mi cara. ¿Puedo dar más pena? La calle está oscura. No lo dudo. Marco un número. Suena un tono. Y otro. Y otro más. Me cuelga. Va, por favor, cógelo. Joder, ¡cógelo! Pruebo de nuevo. Venga, te lo suplico, ¡dale al botón verde!

—Alicia, ¿qué quieres?

Rompo a llorar.

—¿Puedes venir?

XXVI

La verdad sobre la libertad

A lo lejos, un reflejo. Dos focos que se acercan. La lluvia ahoga la calle. Está diluviando. Tengo frío. Estoy calada. Un coche se para. Baja la ventanilla. Ella.

—¡Entra!

Cojo mi maleta. La guardo en el maletero. Abro la puerta. Me acomodo. Y lloro. Mucho. Me acaricia la espalda. «Estás chorreando, Alicia.» Lo sé. Nos quedamos calladas. Serpenteamos la carretera. Llegamos a su casa. Los recuerdos se amontonan. No sé por cuál empezar. Me olvido el equipaje en el coche. Ella sale a buscarlo. Me abre la puerta de su hogar. No hay nadie más. Menos mal.

—Métete en la ducha. Tómate tu tiempo.

Me da una toalla. Huele bien. Me encierro en el baño. Abro el grifo del agua caliente. Me quito la ropa y la dejo en el bidé. El agua cae por mi cuerpo. Me alivia. Limpio mi cara de lágrimas. Tengo los ojos hinchados. Menudo drama. Intento que la frustración, el tormento, la culpa y la rabia se vayan por el desagüe. Pienso en cómo he podido ser tan idiota. Ya está. Las cosas pasan por algo. Y punto.

No sé cuánto tiempo llevo debajo de la ducha, pero me reconforta. Salgo y me envuelvo con la toalla. Limpio el vaho del espejo con la mano. Observo mi rostro. Doy pena. No tengo ropa limpia. O seca. Voy al comedor. Ella está sentada en el sofá. Me ha preparado una infusión caliente. Me acerco a la maleta y la abro. Exhalo aliviada. No ha entrado agua. Me pongo unos pantalones cómodos y la primera camiseta que encuentro.

—Sécate el pelo —me ordena.

Obedezco. Me siento más liviana. Vuelvo con ella. Me acomodo en el sofá, a su lado. Nos quedamos calladas. La situación es incómoda.

—¿Me vas a contar qué ha pasado? —me dice.

Antes quiero pedirte perdón, Rita.

—¿Por qué?

—Por tratarte así.

—A mí no me tienes que pedir perdón.

—Sí. Me porté fatal, no te creí. Estaba ciega.

—Lo sé. Pablo lo sabe hacer muy bien. Te reduce a la mínima expresión.

—Y que lo digas.

—Pero, insisto, yo no soy quien necesita tus disculpas.

—Entiendo por dónde vas...

—Diana está destrozada. Y Emily ni te cuento.

—¿Dónde están?

—¿Acaso te importan?

—Rita, por favor. Claro que sí.

—Están en Madrid. Se quedaron unos días más y decidieron irse. Les dolía estar aquí sin ti. Para ellas el viaje había terminado.

—Me imagino. Fue muy duro. Lo está siendo, vaya.

—Sí. No me quiero entrometer en vuestras historias, pero, joder, te pasaste, Alicia.

—Lo sé. Y me gustaría pedirles perdón y recuperar nuestra amistad.

—Lo veo difícil si te soy sincera. Diana no quiere saber nada de ti.

—¿Seguís juntas?

—Sí. Hemos decidido continuar con la relación a pesar de la distancia. Algunas veces iré yo a Madrid y otras vendrá ella a Ibiza. Es provisional, hasta que encontremos una excusa para poder estar juntas.

—Y dinero, entiendo.

—Sí, por supuesto. Aunque a ella le está yendo muy bien con su negocio de bragas sucias.

—¿Te lo ha contado?

—Cuando se lo dijiste en la discusión, se dio cuenta de que no podía seguir mintiendo.

—¿Y qué te parece?

—Que es una mujer libre y que puede hacer lo que quiera. Además, es algo provisional. Quiere hacer carrera en el mundo del arte y yo la estoy ayudando a que lo consiga. Pero, mientras, sigue vendiendo su ropa interior. Y, oye, tiene seguidores fieles.

—Sí... Recuerdo cuando vendió las primeras. ¡Saltamos como locas y nos tiramos en la cama pensando en cuánto dinero podría ganar! Era otra forma de rebelarse contra la persona que siempre había sido y que, en el fondo, tanto odiaba. Ha cambiado mucho. Y me alegro por ella.

—Sin embargo, tú, Alicia... Me sorprende que hayas sido capaz de estar con un gilipollas como Pablo.

—A mí también, créeme. No sé si me lo podré perdonar en algún momento.

—Mira, el año pasado hizo lo mismo con mi amiga Gloria. Ella también me apartó de su vida. Fue jodido. Cuando se dio cuenta de la mierda de persona que es Pablo, volvió a mí. Y la perdoné. Le dije que si una persona te ama jamás te apartará de las personas que te llenan y que te hacen feliz. Y te lo repito a ti también.

Cojo la infusión. Le doy un sorbo. Me reconforta.

—No sé qué idea tienes del amor, Alicia, pero estás muy equivocada. Si el amor duele, no es amor. Llámalo como quieras, busca otra palabra.

—Necesidad. Obsesión.

—¡Lo que sea! Pero no te atrevas a manchar un sentimiento tan puro y tan grande con esas ideas tan tóxicas.

Me quedo callada. Trago saliva.

—No te culpo. Lo cierto es que nos enseñan que el amor debe ser de una forma, que las relaciones se rigen todas por el mismo patrón, que no podemos estar solas... Y no es así.

—Cierto.

—El amor no es una necesidad. Es un estado, una sensación, un pulso, una motivación, una liberación. Amar no debe pesar, no debe ser una carga, una pesadumbre, un anclaje. Y eso es lo que hacía Pablo contigo, además de repetir las mierdas típicas del amor romántico.

—¿A qué te refieres?

—El amor romántico son una serie de ideas sobre cómo debemos actuar cuando estamos enamorados o en pareja. ¿Te suena eso de «la media naranja»?

—Sí, claro.

—Eso es fruto del amor romántico. Sacrificar tu vida por otra persona, también. Pensar que el sexo es la base de una relación... ¡Hay parejas asexuales que mantienen vínculos amorosos! ¿Y se quieren menos por eso? ¡Venga ya!

Rita se expresa tanto con las manos que acaba tirando un poco de té en el sofá. No le da importancia.

—¿Y qué me dices de la falta de comunicación? ¿Cuántas parejas se preguntan «¿qué te pasa?» y se responden «nada» o «tú sabrás»? A ver, la persona que está a tu lado no es vidente, coño. ¡Sé sincera!

Asiento con la cabeza.

—Si buscas el amor por una necesidad o por no querer

enfrentarte a tu soledad, al final estás utilizando a la otra persona y eso no es justo. Si tienes miedo a estar contigo misma, deberías trabajarlo.

—Es lo que me pasaba a mí.

—Lo sé, Alicia. A ti y a mucha gente. Igual que lo de positivizar los celos y las posesiones. «Si está celoso, es que me quiere.» ¡Y una mierda! Si está celoso es porque se quiere a él mismo y tiene un ego tan grande que no es capaz de gestionarlo.

—Estás retratando muchas películas románticas, Rita.

—¡Claro! Porque la idea del amor romántico se nos transmite a través de la cultura: música, literatura, teatro, cine... Es el mismo modelo, una y otra vez, cuando, en realidad, el amor ni todo lo puede ni todo lo tiene. Las relaciones hay que trabajarlas. Es necesario comunicar las emociones y los pensamientos y reducir las expectativas. Es imprescindible saber quiénes somos y no fusionarnos con quien esté a nuestro lado. No tienen por qué gustarte sus aficiones ni tienes por qué compartir tu vida entera. La persona ha de acompañarte en tu camino y tú, en el suyo. Ya está. Nos ayudamos con los tropiezos, celebramos los obstáculos que superamos y recorremos el sendero hasta que nos separamos. Basta de obligarnos a estar siempre juntos por encima de todo.

—Rita, coño, qué razón tienes. Estamos más adoctrinados de lo que imaginamos. ¡Qué rabia!

—Bueno, Alicia, lo importante es darse cuenta.

—Pues ¿sabes que pensaba que mi modelo relacional era la no monogamia? Me sentí muy atraída por lo que contabas del poliamor aquella noche. ¿Te acuerdas?

—¿Y por qué piensas distinto ahora?

—Porque he tenido mi primera relación abierta y mira cómo ha acabado...

—¡Eso no es una relación abierta! No me jodas, hermana.

—Ah, ¿no? ¿Por qué?

—Porque él no te quería libre. Él tiene miedo de tener a alguien libre a su lado. Él podía hacer lo que le saliese del nabo, pero tú... calladita y en casa. ¿Hablasteis en algún momento sobre lo que queríais cada uno?

—Bueno, quedamos en que la libertad estaba por encima de todo.

—No, eso no es libertad. Eso es egoísmo. No nos confundamos.

Reflexiono al respecto.

—Tu libertad y la mía no se pueden anteponer una a la otra. Tenemos que estar en equidad. No se trata de ver cómo uno alza el vuelo. Se trata de poder romper con la estratosfera sin movernos del suelo. Se trata de no modificar tu manera de ver las cosas. De respetar la forma de tus alas. De que te sientas grande cuando te miras a través de mis gafas. De no competir por las plumas. De no quererte siendo menos y empezar a entender que sumas. De aceptar que puedes irte por más que yo no quiera. Porque no eres mía, sino del tiempo.

—Joder, deberías escribir eso antes de que se te olvide.

Nos reímos.

—Alicia, si buscas en los demás lo que no encuentras en ti, jamás descubrirás tus poderes. Y es una pena morir sin encontrar tu tesoro, ¿verdad?

Suspiro.

—Pues sí.

—Perdona, me he puesto muy profunda.

—No, no, tranquila. Es justo lo que necesitaba.

—Yo creo que, si te sientes identificada con las relaciones abiertas, Alicia, significa algo. Pero debes evitar cometer los errores clásicos de novata.

—¿Cuáles?

—Para empezar, la falta de comunicación. No hablasteis sobre lo que cada uno deseaba. Pablo impuso su voluntad y tú acataste. Y eso no puede ser bajo ningún concepto. En las relaciones no monógamas se desarrolla un contrato o un acuerdo.

—¿Qué dices? ¿En serio? ¿Y no es un poco frío?

—¡No! A ver, no es un contrato mercantil, coño.

Soltamos una carcajada.

—Se trata de sentarse y hablar sobre lo que cada uno quiere. Los límites y las normas. Ser libres no significa ser gilipollas. Debemos tener claras qué situaciones nos provocan dolor y nos molestan.

—Pero ¿y si no lo sé?

—¡Te lo imaginas! Esto funciona por prueba y error. Lo malo es que sufres como una cabrona. Lo bueno es que te conoces a ti misma a un nivel muy muy profundo.

—¿El contrato es por escrito?

—Puede ser por escrito u oral, como se prefiera. Depende de cada relación.

—¿Y qué pone? ¿Tú tienes uno?

—Claro, con cada relación que mantengo.

—¿Con Diana también?

—Sí, lo hablamos hace tiempo.

—Vaya.

Me sorprende el cambio de mentalidad de Diana.

—En los acuerdos suelen responderse varias preguntas. ¿Qué?, o sea, qué tipo de relación mantenemos y qué prácticas están permitidas.

—Aham.

—¿Quién? A quién nos podemos follar y a quién no. ¿Dónde? Dónde podemos hacerlo, si en nuestra casa o preferimos fuera.

—Uf, hacerlo en la cama que compartes con tu pareja debe de ser muy jodido.

—Lo es, pero hay parejas que lo gestionan sin problemas. Cada uno es un mundo.

—Cierto.

—¿Cuándo? Por ejemplo, ¿podemos quedar con otras personas en fechas señaladas? Y por último, ¿cómo?, es decir, cómo nos vamos a proteger de las ITS.

—¿Por qué hay personas que las llaman ITS y no ETS?

—Porque no todas las infecciones terminan en enfermedad. Por ejemplo, el VIH sería la infección y el sida, la enfermedad. Si recibes el tratamiento, la enfermedad no tiene por qué desarrollarse. ¿Lo entiendes?

—Sí, sí. Qué curioso. Bueno, perdona, estábamos hablando de los contratos.

—Tranquila, ya había terminado. Como mucho añadiría que también se puede establecer cómo se van a comunicar los encuentros e incluso cómo se van a manejar las discusiones.

—Rita, yo creo que soy demasiado celosa para esto.

—¡¿Qué dices?! ¿Y crees que yo no?

—¿Tú eres celosa? No me lo creo.

—¡Pues claro! Soy una persona, no un robot. Siento emociones y las tengo que gestionar.

—¿Y qué haces con los celos? Porque con Pablo me hervía la sangre.

—No tomes a Pablo como referencia, te lo digo por enésima vez: eso no fue una relación abierta, ¿de acuerdo?

—Vale. Me lo grabo en la cabeza.

—Eso es. Los celos se presentan como una totalidad en la sociedad, pero, en realidad, son emociones complejas.

—¿Y eso qué significa?

—Que los tenemos que deconstruir para identificar qué emociones simples se esconden detrás.

—¿Y cómo sé qué emociones simples tengo?

—Las tres emociones negativas básicas son: el enfado, el miedo y la tristeza.

—Qué interesante.

—Cuando sentimos celos, tenemos que intentar descubrir cuál de esas tres emociones percibimos con más intensidad. ¿Tienes miedo al abandono? ¿Te enfada que él tenga más citas que tú? ¿Te pone triste el pensar que ya no es como antes?

—Yo sentía mucha ira, sin duda.

—Claro, a Pablo le importaba una mierda cómo estabas. Él solo quería follar y poseer a las personas.

—Rita, ¿cómo sabes tantas cosas sobre relaciones abiertas?

—¡Porque he vivido muchas! Pero, sobre todo, porque me he informado con antelación.

—¿Y qué me recomiendas para empezar?

—Que leas. Hay muchos libros sobre el tema: *Opening Up*, de Tristan Taormino; *Ética promiscua*, de Dossie Easton y Janet Hardy; *El libro de los celos*, de Kathy Labriola o *Pensamiento monógamo, terror poliamoroso*, de Brigitte Vasallo.

—Cuánta información.

—Y qué poco te debe de apetecer en este momento, ¿verdad?

—Bueno..., me ha venido bien despejar la mente.

—¿Estás mejor?

—Creo que sí, pero todavía siento mucho dolor.

—Y seguirá ahí, por la pérdida, hermana. Y no me refiero a Pablo, sino a ti.

—Quiero volver a mí.

—Estás en ello. ¿Has puesto bien la dirección en el GPS?

Me sorprende su respuesta. El humor destensa la conversación. Es de agradecer.

—¿Crees que me perdonarán las chicas?

—¿Emily y Diana? No lo sé, Alicia. Estaban muy jodidas. Pero inténtalo.

—Me da miedo.

—Si no lo haces, te quedarás con la incógnita como respuesta. ¿De verdad quieres eso para el resto de tu vida? Lucha. Nadie dice que vayas a ganar, pero si no lo intentas, ya habrás perdido.

—¿Te puedo llevar en mi bolsillo para que me des consejos cuando lo necesite?

—¿Para qué? Si ya te tienes a ti misma.

—Yo me doy unos consejos de mierda.

—Lo dudo.

—¿Por?

—Porque mejor que tú no te conoce nadie. Estás en ti.

Me acabo la infusión. El último sorbo está frío. Me levanto. Abrazo a Rita. Ella me devuelve el apapacho. Alivia mi pena. Agradezco no haber pensado en nada durante estas horas. Friego las dos tazas.

—¿A qué hora sale tu vuelo mañana?

—A las once.

—Entonces tenemos que salir de aquí sobre las nueve. ¿Te parece?

—Perfecto.

Nos abrazamos de nuevo.

—Intenta dormir algo, Alicia. Ya estás lejos de todo aquello.

—Gracias, Rita, de corazón.

—No hay de qué, hermana.

Me lavo los dientes. Poco a poco vuelvo a mis adentros. Cojo el móvil. Mi madre me ha escrito. Le contesto. «Vuelvo a Madrid mañana.» «Esa es mi hija. Estoy muy orgullosa de ti», responde. *Emoji* corazón. Miro al techo. Se me caen las lágrimas. En esta soledad en la que me encuentro, la realidad adquiere una dimensión superior.

XXVII

Volar y volar

Suena el despertador. Me sobresalto. Absorbo la baba que resbala por mi comisura. ¿Qué hora es? Son las ocho. Intento incorporarme. Estoy muy cansada. Lógico. Ayer fue un día intenso. He dormido poco, pero hoy alzo el vuelo. Madrid. Tengo ganas. Me dan miedo los recuerdos. Asumo que la cura viaja junto con el tiempo.

Preparo mis cosas y me visto. No pienso demasiado. Salgo. Rita está preparando el desayuno.

—Pensé que te apetecería desayunar antes de irnos. ¿Qué tal has dormido?

Dejo la maleta en la puerta.

—Ha sido raro.

—Es normal. Por cierto...

—Dime.

—Llevas la camiseta del revés.

—No jodas.

Tiene razón. ¿Dónde tengo la cabeza? Ah, ya. Claro.

—Ayer estuve hablando con Diana.

—¿Y?

—Le dije que estabas aquí.

Se me para el corazón. ¿Es un infarto o es ansiedad?

—No sé si quiero saber la respuesta —respondo.

—Bueno, no será fácil, Alicia. Inténtalo, ¿vale?

—Cuando llegue a Madrid, ya veré. De momento, prefiero disfrutar del desayuno y de mis últimas horas en Ibiza.

—Quién nos lo iba a decir, ¿eh?

—¿El qué?

—Que nos encontraríamos.

—La casualidad.

—No. La causalidad.

Sonrío. Es curioso cómo con solo alterar el orden de dos vocales cambia tanto el significado.

—Espero que guardes un buen recuerdo de mi isla, Alicia.

—Aprendizaje, sobre todo. Ibiza me ha hecho crecer. O eso espero.

—Claro que sí. Cuando lo interiorices, te darás cuenta de que las cosas no suceden en vano. Todo aporta, incluso lo que apartas.

Termino los huevos revueltos y el beicon vegano. Apuro el zumo de naranja. Pienso en Pablo y en sus batidos. Cómo pudo. No, Alicia. Cómo te dejaste. Recojo los platos, cojo mi equipaje y subimos al coche. Recorremos las callejuelas. Observo el paisaje. Me despido del pinar, de la playa, de la humedad. Suena una canción. Es mágica.

—¿Qué es esto? —pregunto.

—*Dark Was the Night, Cold Was the Ground*, de Blind Willie Johnson. ¿Te gusta?

—Despierta muchas cosas en mí.

—En 1977, se lanzó al espacio el Disco de Oro de la Voyager. Se incluyeron veintisiete sonidos que representan la diversidad de la vida en la Tierra. Esas ondas tardarán cuarenta mil años en llegar a la estrella más cercana, pero en estos momentos, en mitad del universo, se está reproduciendo esta canción. Se ha lanzado una botella al mar cósmico y el mensaje que contiene es uno de los mejores blues escritos.

—¿Esto es blues?

—Sí, aunque se podría considerar gospel-blues o blues espiritual.

—Vaya, creo que nunca he escuchado blues.

—¡¿Cómo que no?! No te creo. ¿B.B. King, Taj Mahal, Muddy Waters, Little Walter, Big Mama Thornton, Koko Taylor...?

—Ni idea.

—¡No puede ser! El blues es lo mejor que hay después del orgasmo. A veces no sé diferenciar el uno del otro.

—¿Por qué te gusta tanto el blues?

—Porque si pudiésemos escuchar nuestra alma, Alicia, sonaría así.

Dibujo una sonrisa. Sigo disfrutando de la melodía. Modifica mi interior. Despierta en mí algo nuevo. No sabía que existía este rincón en mí. Llegamos al aeropuerto. Paramos frente a la puerta. Saco la maleta del Peugeot.

—Odio las despedidas —digo.

—Seguro que nos vemos pronto.

—Escríbeme cuando vayas a Madrid, por favor.

—Lo haré, Alicia.

Nos abrazamos.

—¡Y aprovecha que vives en una gran ciudad como Madrid y ve a disfrutar de un buen concierto de blues! Hay un pequeño garito que se llama La Coquette.

—Me lo apunto. Gracias por todo, Rita.

Se me escapa una lágrima. Rita sonríe.

—¡Venga o perderás el vuelo!

Nos achuchamos fuerte y entro en el aeropuerto sin mirar atrás. Elevo la vista al cielo. Es azul. Más que de costumbre. Han pasado casi dos meses desde que me vine a Ibiza. De algún modo, dejo una parte de mí en sus playas y en sus pueblos blancos.

Paso el control de seguridad y me dirijo a la puerta de embarque. Media hora de espera. Abren las puertas. Le doy mi documentación a la supervisora. «Feliz vuelo.» Camino por la pasarela. Entro en el avión. Alguien me ayuda a colocar mi maleta. Es de agradecer. Me toca ventanilla, menos mal. Me abrocho el cinturón. Protocolo de seguridad. Nos movemos. Cogemos velocidad. Y, de repente, estamos volando. Lloro bajito para que nadie me escuche. Las echo de menos. Vine con ellas y vuelvo con su recuerdo. El mar parece sólido desde las alturas. Me despido de la isla que me vio caer y que me ayudó a crecer. O eso espero.

Hay algo en mi interior que no termina de creerse todo lo que ha sucedido. Algo que no acepta la realidad, la posibilidad de sufrimiento, la intensidad de la aflicción. Y ese algo gobierna mi centro y consigue que respire lento, que mis torres caigan, que los castillos ardan; que el universo que un día construí se disipe en menos de un minuto. ¿Y ahora qué hago si no tengo cimientos? ¿Y si ellas eran el pegamento? Estoy perdida entre mis escombros y me repito una y otra vez cómo pude ser tan estúpida como para dejarme poseer, como para dejar de ser.

Desde las alturas la vida se ve efímera. Insignificante. Detrás de mí una niña pregunta si podemos tocar el cielo.

—¿Quién quiere tocar el cielo? —dice la mujer a su hija.

Veo una frase pintada a boli en mi ventana. «*Are we there yet?*» Cuándo llegaré allí, al cielo. Qué distancia hay desde este infierno.

Vuelo a través de los reflejos de un azul que no sé dónde empieza y dónde acaba. Las nubes desafían a la gravedad. Parece que las pueda moldear con mi rabia. Me castigo por no haberlo visto venir. ¿Qué necesidad tenía? Intento perdonarme porque solo la información le da poder al arrepentimiento. No sabías nada, Alicia. Relájate. Perdónate. Y sigue luchando por ti.

El asiento se clava en mis escápulas. Me atraviesa hasta el alma. Tampoco es muy difícil en este momento. El viaje se hace eterno. Veo Madrid escrito en la pantalla. Tantos sueños en una bolsa de viaje para acabar quitándolos por exceso de peso. Debo aprender a no crear dragones en mi cabeza, a no fantasear con princesas desdichadas, a no meterme en mi reino de fantasías. No supe ver lo que tenía porque preferí alimentar mis artimañas. ¿Moraleja? Conseguí amar a base de afilar las espadas.

Aterrizo en Madrid. Me quedo sentada hasta que el avión se vacía. No sé si quiero tocar el asfalto. «Señora, ¿está bien?», me pregunta la azafata. Asiento con la cabeza. Me seco las lágrimas. Cojo la maleta y camino por un pasillo sin almas. Me despido con un gesto y prosigo por la pasarela hasta la entrada. El aeropuerto de Barajas es enorme y acabo perdiéndome. No encuentro la salida. Menuda alegoría. Por fin la veo. Hay gente esperando con ilusión y ganas. Nombres escritos en folios. A veces me gustaría fingir que soy una de esas personas y ver a dónde me lleva el mundo. Pero hoy no es el día. Suficientes mentiras.

Cojo el metro. Nadie se mira a los ojos. Hay un mundo paralelo más interesante. Los recuerdos no me permiten mover los pies por el andén. La gravedad me retiene. Es curioso cómo el dolor modifica el flujo del tiempo. Tardo en llegar a casa. Busco las llaves. Abro la puerta temerosa. ¿Estará Diana?

—¿Hola?

No hay respuesta, no hay palabras. La materialización del pasado se cierne sobre mí. El piso huele raro. A cerrado. Dejo la maleta en la entrada. Nos veo perreando en medio del salón, sopesando los miedos en la almohada, escuchando a traición el orgasmo a través de la pared, inventando recursos para poder viajar a la isla, cambiándonos sin temor a ser nuestras, petando el zorrómetro de Emily, alabando el cuerpo de Diana. Los fantasmas se pasean entre las paredes de mi casa. Se mueven, se disipan, se separan. Las sombras de la memoria se plasman. Observo las remembranzas de un pasado lejano que prometí no volver a reanimar. Pero él solito se invita a esta fiesta de nostalgia y desconsuelo. Reproduzco las vivencias a cámara lenta en un *flashback* que juré no rebobinar. Y aquí estoy, dándole al *play*, una vez más.

Me arrodillo en el suelo. Me llevo las manos a la cara. Y lloro alto para que me escuche el paso del tiempo. Vuelvo a estar en el mismo punto de partida. En una gran ciudad casi desconocida, con la maleta llena de miedos y de duelos, con la cartera vacía, con el sueño de escribir y con la esperanza de que la soledad no atraviese mis entrañas. Qué ingenua.

XXVIII

Por fin

Otro amor que sepultar bajo la escarcha del pasado. A veces pienso cuál es el lado positivo de enamorarse si después tienes que soltar. Otro nombre que añadir a la lista de corazones perdidos. Creo que no estoy hecha para el equilibrio.

No he dormido nada. Las horas mueren entre las manecillas del reloj. No tengo hambre. Prefiero estar aquí, tumbada, mirando al techo, intentando buscar una señal. Una que me diga lo gilipollas que he sido por dejarlas escapar. Así es como dejo que se evada el tiempo. No quiero escribir, ni tan siquiera pensar en ello. Que se joda la novela. Solo me ha traído problemas. La única vez que intento hacer algo por mí, por mi carrera... y ha salido mal. ¿Estoy condenada a ser invisible?

Me levanto de la cama. Hago un esfuerzo sobrehumano. El váter me reclama. Cago mirando las juntas de las baldosas. Cuento las esquinas, están mohosas. Me pierdo en la mirada azul de Emily mientras apoya su oreja en la pared. Se me han secado las lágrimas. Pensé que no sería posible, pero sí, lo es. El cuerpo es inteligente y no quiere deshidratarse. Maldita sea. Me meto en la ducha. Ni tan siquiera me enjabono. Dejo que el agua caiga. Me seco con una toalla que huele a pies. Evito mirarme en el espejo. Me noto la cara inflamada. Arrastro los pies hasta la cama. Me tumbo y miro al techo. Parece que cuanta más prisa tienes en morir, más despacio avanzas. Ya podían haber sido eternos los segundos que pasé con ellas.

Me doy asco a mí misma. Victimista de mierda. Sollozando por las esquinas, esperando qué, ¿un milagro? Joder, parezco imbécil. Veo la última temporada de cualquier serie de adolescentes con poderes. A veces pienso que los guionistas se han quedado sin ideas. Tengo un alijo de *noodles* en el armario. Me salvan la vida. Me tropiezo con Diego allanando mi morada. «Yo ya me iba.» Pero nunca es cierto. Siempre vuelve, tarde o temprano. ¿Qué estará haciendo? Su cuenta de Instagram sigue siendo privada. Ha cambiado su foto de perfil. Amplío la imagen. ¿Está con otra? Parece feliz. Lo que faltaba. Mentiría si dijera que me alegro por él y ya me he engañado suficiente.

Una telaraña en una esquina. Es hipnótica. Me paso horas viendo a través de la ventana el bullicio de esta ciudad que tanto amaba. Madrid nunca duerme y si lo hace, me pilla siempre despistada. Pienso en cuánta gente estará desolada y el recuento siempre acaba en mí. Me da asco creerme el ombligo del mundo, la verdad. Como mucho, soy el culo. ¿Y si cambiamos el dicho? Qué más da, a quién le importa.

Agosto hace que no tenga ganas de hacer nada. Sí, ahora échale la culpa al mes. Es mejor no darse cuenta de las cosas. No pierdes la costumbre, Alicia.

La última semana he sobrevivido a base de sobras y paseos al chino en pijama. Me quedo hasta altas horas de la noche en la más absoluta oscuridad, solo iluminada por la luz de una pantalla. ¿En quién te has convertido? Busco por internet si existe una máquina para borrar la memoria o si el dolor puede acabar matando a alguien. Leo artículos que narran los síntomas de una depresión. No me quedan uñas y no recuerdo cómo se hablaba. Mi madre me llama cada noche.

—¿Has hablado con las chicas?

—No, mamá —respondo resignada.

—¿Y por qué no les escribes un mensajito, cariño? No pierdes nada.

Claro, porque no tengo nada que perder.

—Mamá, tengo que pasar página.

Y me quedo abrazando el miedo al rechazo, con la soledad eligiendo con qué recuerdo me voy a torturar esta vez. Me empeño en meter el dedo en la llaga para que no se pueda curar. ¿Conseguiré salir de mí?

Esta mañana el cielo está nublado. Desayuno cereales sin leche y dejo que la envidia me reconcoma cuando veo las fotos de esas *instagramers* en festivales, barcos y playas paradisíacas. Lavo el bol. Cago mirando las baldosas y el moho. Me ducho.

Pienso en Ibiza y en mi repentina anorgasmia. ¿Cuánto hace que no me corro? ¿Semanas? ¡¿Meses?! Intentaba masturbarme, pero cuando me tocaba el coño, no sentía nada. ¿Y ahora? Recorro mi cuerpo con mis manos. Me centro en el cosquilleo de mi piel, en la textura suave del agua rodando por mis poros. Acaricio mis pechos, me pellizco ligeramente los pezones. Algo se despierta. Cojo la alcachofa de la ducha. Freno la acción. No, hoy me masturbaré siendo mía. Salgo de la ducha. No me seco. Hace calor. Me tumbo en la cama. Entreabro mis piernas. No mucho, lo suficiente. Quiero respetar el tiempo de mi clítoris. Respiro. Apoyo mis dedos encima de mi pubis. Desciendo. Hago movimientos circulares muy muy lentos. Me obligo a centrarme en el placer. Algo renace. Me toco el pecho con mi mano izquierda. Aumento un poco la velocidad. Hundo mi estómago. Un espasmo muscular. Me sorprendo mordiéndome el labio inferior. No sé en quién pensar para excitarme. Esa idea me corta el rollo. Dejo de tocarme. Suspiro. Joder.

Pero... ¿a quién necesito? La única imprescindible soy yo. ¡Estoy viva! Tengo derecho a sentir placer, a masturbarme, a dejarme llevar. ¿Acaso Pablo se preocupaba por tu clímax? ¡No! Es tu responsabilidad. Qué te retiene. Qué te frena. Búscalo en ti. De qué tienes miedo. Creo que he vuelto atrás, al punto de partida. Eso es imposible, Alicia. Todo lo vivido está en ti, es información. Eso no se olvida. Ni tus pajas en el sofá viendo porno lésbico. Ni tus tríos con dos hombres y con dos mujeres. Ni tu sexo frenético con Sophie. Ni las orgías. Ni las órdenes de Ricardo. Las vivencias son poderosas, te recuerdan quién fuiste. Bien, quién eres ahora. Lo cierto es que me echo de menos. Quiero volver a mí.

Entierro de nuevo mis dedos en la entrepierna. Esa Alicia jamás se fue. Está aquí, adentro. Hago movimientos circulares. Miro al techo. Es blanco. Me calma. No hay manchas. Su pureza me seduce. Me da paz, tranquilidad, sosiego. Aumento la velocidad. Hay una luz. Noto placer. Mantengo el ritmo. Con mi mano izquierda me penetro. Estoy mojada. Mucho. Introduzco un dedo. Entra fácil. Quiero más. Le sigue otro. Estimulo mi punto G. Gimo bajito. Nadie te escucha, ¿recuerdas? Haz que te oiga la memoria. Lanzo un jadeo al viento. Resulta liberador. Siento como una capa de mí misma cae por el acantilado del dolor. El vacío se quiebra. Las grietas dejan pasar un rayo fino de luz. El placer me sumerge. Me vuelvo loca con mi coño. Me empotro. Me follo. Pierdo el control de mi persona. Las manos tienen vida propia. Grito. ¡Joder! Casi no puedo respirar. Trago saliva. Suelto la garganta. Me cae saliva por el cuello. Me siento viva. Voy percibiendo una sensación ya conocida. La misma que tanto anhelaba. Lloro y sonrío. Abro la boca. Gimo bien fuerte. Las piernas no pueden estar más separadas. Expongo mi coño al tiempo. «Que te quede claro que esta es mi historia», balbuceo. Una avalancha de éxtasis arrasa con mi existencia. No. Puedo. Más. Me dejo abrazar por el orgasmo. Es violento. Una lucha conocida entre mis raíces y mis malezas. La descarga es muy potente. Dura varios segundos. Más de lo habitual. Mi coño explota, mi corazón colapsa. Una lágrima se cuela en mi oreja. Me hago el amor. Me perdono. Me libero. Me abandono. Las piernas se hunden en el colchón. Mi peso se agudiza. Saco los dedos mojados de mi interior. Los saboreo en un gesto un tanto rebelde. Me noto guarra, zorra, mala. Mía.

Abro los ojos. Una carcajada enmudece al silencio. Tardo en incorporarme y cuando lo hago es de forma repentina. La inspiración llega. Doy un brinco. Abro el portátil. La barra está parpadeando. Esta vez no me callo. He vuelto.

XXIX

Yo soy la tentación

No sé a qué coño juegas, pero ni se te ocurra hacerlo conmigo. No soy tu juguete. No soy la sombra de tu zapato ni tu lamedora de culo profesional. Me quieres domesticar y no te das cuenta de que esta perra no lleva collar.

Soy mala, libre, mía. Tan mía que se me desgarra la piel de tenerme. Tan tuya como del viento. Tan de todos como de nadie. Tan mental como espiritual. Tan en la tierra como en el cielo. Y no estoy aquí para librarte de tus males. Yo soy la tentación.

Quieres poseerme, yo ya no estoy. Si pretendes que me quede quieta, me quito las cadenas y echo a correr. Sin mirar atrás. Sin mirarte más.

Yo soy la dueña de mi cuerpo, de mis alas y de mis cuernos. Yo soy la lucha entre lo divino y lo maldito. Yo soy la que me toco donde y como quiero. Yo soy la que grito en las calles y gimo en las almohadas. Yo soy la vulnerabilidad, la debilidad, la tristeza. La gloria, la grandeza, la entereza. Yo soy la que rompe el suelo, a la que no conquistas con tu labia.

Yo soy la que me pinto los labios de rojo y dejo los de abajo abiertos por si me entra un antojo. Yo soy la que folla con los dioses, la que te mira mientras me lo comes.

A mí no me controles. No me apartes. No me toques. No me enjaules. No me ahogues.

Otra vez me cuentas a qué sabe el polvo. Una vez más te repito que he nacido de las cenizas.

Esto es para ti, Pablo.

Aquella a la que llamabas zorra ahora folla con la liberación.

XXX

Escribiendo...

Punto final. En mi interior siento una llama que se aviva con un soplo de esperanza. ¿Y si lo intento? ¿Acaso no estoy perdiendo ya? No te queda nada. Inténtalo. Cojo mi móvil. Inhalo. Me paso una hora escribiendo el mensaje. Lo consigo. ¿A quién se lo envío? «ZORRAS🦊» no existe. ¿Y si creo otro? Entro en WhatsApp. «Nuevo grupo.» «Añadir participantes.» Diana y Emily. Continuar. «Nombre del grupo.» Empiezo a escribir. «Zorr...» Lo borro. Esa etapa acabó. ¿Cómo puedo llamar a esta que empieza? Alicia, ¿qué has aprendido en Ibiza? ¿Que no me puedo enamorar del primer cabronazo que se cruce en mi camino? En serio, concéntrate. ¿Que debo luchar por las personas que realmente me quieren? Vas por buen camino, pero... ¿qué es lo que más anhelaste? ¿Qué es lo que perdiste? ¿Qué es lo que quieres recuperar? ¿Cómo quieres amarlas? ¿Cómo quieres cuidarlas? ¿Cómo quieres verlas? ¿Cómo quieres elevarlas? ¿Cómo te has sentido mientras te masturbabas? Busca esa palabra en ti, joder. Todavía sigues viva. ¿Qué es? Dime, qué eres.

Libre.

Libre hasta que mi alma se deshaga por culpa de esta sociedad ensimismada. Libre porque me da la gana. Soy libre sin pensar en las miradas. Libre para encontrarme desatada. Libre para poder golpear el aire con mi pecho y elevar las alas. Libre para quererme sin anclajes ni pasajes. Libre, tan libre que no necesito palabras. Libre para acabar con la miseria de mis desgracias. Libre para poder soltar el lastre y seguir con la mirada alzada. Libre, tanto que el viento me busca en cada esquina y soy la primera en ganar la batalla. Libre para poder callar esas bocas llenas de moscas. Libre para ponerme minifaldas. Libre para bailar en la barra. Libre para alterar mi consciencia y sentir que floto en medio de la nada. Libre hasta que caigan los estereotipos que ponen en mis espaldas. Libre para decir en voz alta que soy una guerrera y que voy armada. Cuidado que esta perra ladra. Libre para ser rebelde y no aceptar la norma de un sistema que acaba matando almas.

Inhalo. Tecleo el nombre del grupo: «Libres». Aceptar. Envío un mensaje.

No sé cómo empezar con esta tregua, pero me siento vacía si no estáis en mi vida. Lo siento. Buscaba el amor y no me di cuenta de que ya era amada. Viví el zorrerismo con vosotras y me declaré fiel peregrina. Rompimos los suelos de los bares y las pollas de algunos. Después decidimos ser malas porque nos queríamos nuestras. Viajamos y, joder, me quedé atrapada. Y si estoy aquí es porque quiero volver a sentirme como vosotras me hacéis sentir. Porque quiero que sigamos cumpliendo fantasías. Porque quiero ver cómo alzamos el vuelo. Porque quiero conocer a dónde nos lleva el club. Me niego a que el cuento acabe así. Os quiero, joder, pero no de cualquier modo. Os quiero siendo nuestras. Os quiero siendo vuestras. Os quiero siendo libres.

Enviar.
Doble *check*. Enseguida se torna de color azul. Joder. Lo están leyendo.

Emily está en línea.
Emily está escribiendo...
Diana está en línea.
Diana está escribiendo...

LAS FANTASÍAS DEL CLUB DE LAS ZORRAS

EMILY:

- ~~Probar el MDMA~~

- ~~Participar en una orgía~~

- Bullir en un club de intercambio de parejas en Cap d'Agde

ALICIA:

- ~~Hacerlo con una tía~~

- ~~Probar el sadomasoquismo~~

- ~~Hacer un trío con dos tíos~~

DIANA:

- ~~Masturbarme y tener un orgasmo~~

- ~~Ir a un festival~~

- Ser otra persona

Agradecimientos

Aquellas mujeres que hicieron posible *Zorras* vuelven a hacer magia con este segundo libro, *Malas*. De nuevo, va por vosotras.

Carmen, querida. Creo que me falta vida para agradecerte el apoyo, la dedicación y la confianza. Editora, psicóloga, confidente, amiga y compañera de tacos. Tú, que aguantas mis crisis creativas a través de llamadas que duran más de una hora. Tú, que pusiste la semilla para que esta trilogía fuese tangible. Tú, que me alientas para seguir con esta lucha que a veces pesa. Tú, que crees en mí más que yo misma. Es un regalo trabajar a tu lado. Gracias por tanto. Por muchos (libros) más.

Tampoco sería posible sin ti, Bárbara. Gracias por corregir este libro con tanto mimo. Gracias por mejorar expresiones, señalar mis «pajas mentales» sin sentido y quitar mis malditos leísmos. Haces magia.

Clara, gracias por ser el conejillo de Indias de esta trilogía. Es motivador escribir sabiendo que hay alguien detrás que reclama capítulos.

Anna, gracias por darle un sentido estético a las cubiertas. Y a Matu, por ilustrar a nuestras malas como nos las imaginamos.

Gracias a Irene por aceptar mis locuras y trabajar codo

con codo en la comunicación. Gracias por escuchar mis inseguridades, mis nervios, mis alegrías y mi realidad.

Y, finalmente, Eva, agradezco de corazón que apuestes alto por el marketing para que la liberación de lo establecido llegue al máximo de personas posibles.

Este libro va por vosotras, compañeras. Vuestros nombres están escritos junto al mío. Carmen Romero, Bárbara Fernández, Clara Rasero, Anna Puig, Matu Santamaria, Irene Pérez y Eva Armengol.

Alzo un chupito de tequila a vuestra salud y os dedico un perreo intenso hasta romper el suelo.

Gracias a mis amigas por apoyarme en el proceso creativo, por animarme durante los bloqueos mentales, por contarme anécdotas que rozan la ficción y por quererme así, tal y como soy.

Gracias a mi madre por soportar los *spoilers*, por su intuición y por su tremendo apoyo. Sin ti no soy, mamá.

Gracias a Lobo por sus aullidos, por cuidarme tanto y por quererme libre.

Y, por último, gracias a ti, lectora. Gracias por acompañarnos a Alicia, a Diana, a Emily y a mí en este viaje. Sigamos caminando juntas hacia la libertad.

MIS FANTASÍAS PENDIENTES